KURVIG UND LIEBLICH

EINE ROMANZE MIT EINEM KURVIGEN MÄDCHEN AUS EINER KLEINSTADT

GROSS UND SCHÖN
BUCH ZWEI

MARY E THOMPSON

GROSS UND SCHÖN

Willkommen zurück bei Groß und schön. Wo Größe nur eine Zahl ist und Männer Frauen mit Kurven lieben. Liebt das Leben und genießt jeden Tag, denn das Leben ist mit Cupcakes besser.

$\sim$

BUCH 2

Kurvig und lieblich

Manchmal sind Freunde die besten Liebhaber.

Wir waren Freunde. Nur Freunde. Dass er mich ständig um ein Date bat? Das war nur harmloses Flirten. Er meinte es nicht ernst.

Aber er sagte allen Ernstes ein Date mit einer anderen ab, weil wir etwas vorhatten. Er holte mich ab, sprach mit meinen Freunden und sah den ganzen Abend über nach mir. Wie bei einem Date. Und dieser Abschiedskuss?

Daran war nichts Freundschaftliches.

Er küsste wie ein Mann, der genau wusste, was er wollte. Und ich? Ich konnte nicht leugnen, dass ich dasselbe wollte. Ich hoffte nur, dass ich nicht verletzt werden würde, wenn ich ihn an mich heranließ.

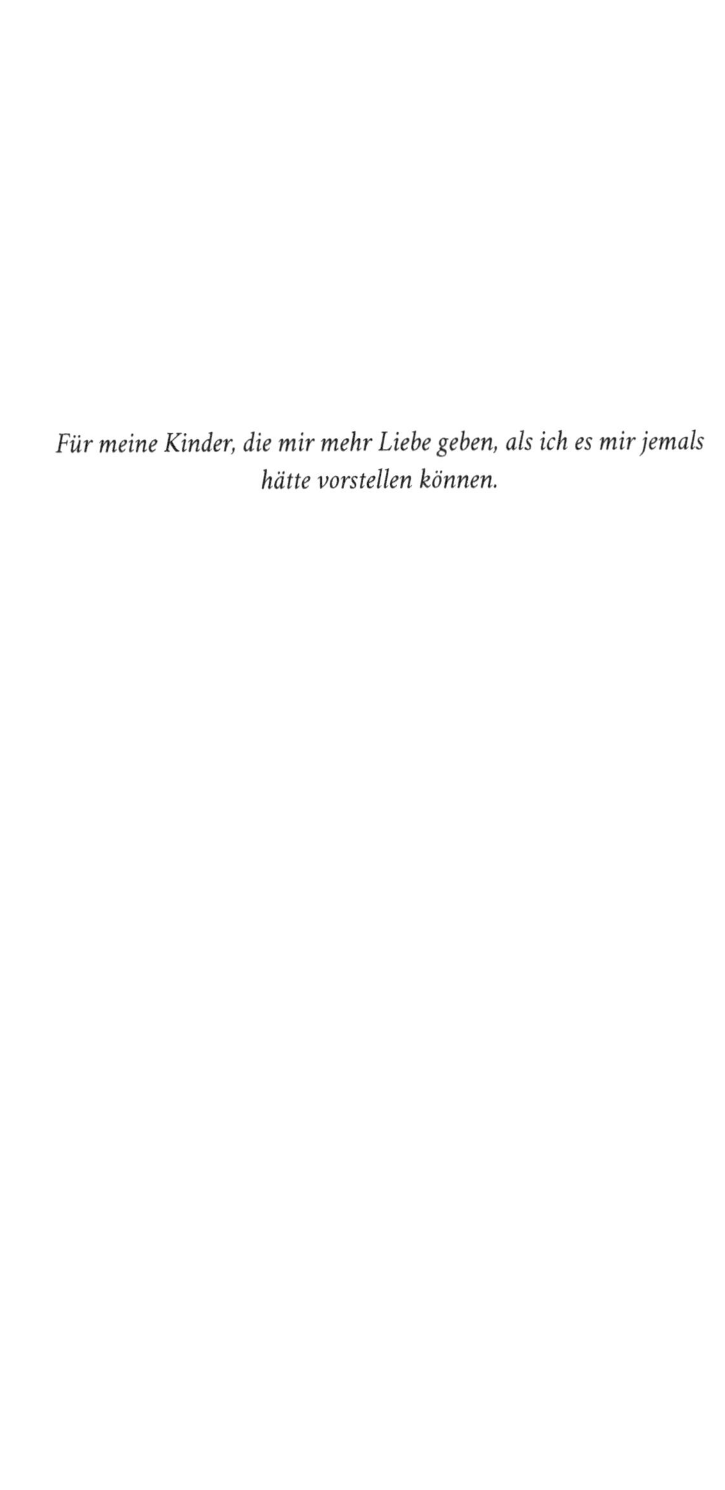

*Für meine Kinder, die mir mehr Liebe geben, als ich es mir jemals
hätte vorstellen können.*

KAPITEL 1

ICH WOLLTE AN DIE LIEBE GLAUBEN, das wollte ich wirklich. Bei so vielen Beispielen für die Liebe in meinem Leben sollte man meinen, es wäre für mich einfach gewesen, an die Liebe zu glauben. Die Ehe meiner Eltern hielt nach zweiunddreißig Jahren immer noch, meine ältere Schwester war glücklich verheiratet, sogar meine beste Freundin hatte die Liebe gefunden.

Aber ich war immer noch skeptisch.

Ich dachte einmal, ich sei verliebt, aber danach lernte ich, wie einseitig Liebe sein konnte. Liebe ist nicht gleichberechtigt oder fair. Liebe ist keine Partnerschaft. Liebe ist Manipulation und Betrug. Liebe bedeutet, sich selbst über jemand anderen zu stellen.

Liebe ist nicht die Geschichte, die man aus den Filmen kennt.

Filme lassen einen glauben, die Liebe könne glücklich, ja sogar fair sein. Sie zeigen Menschen, die alles tun, um der Person, die sie angeblich lieben, zu helfen und sich um sie zu kümmern. Aber ich kannte die Wahrheit.

Die Liebe zeigte immer ihr wahres Gesicht. Die Liebe

sagte einem immer das Eine und tat das Andere. Die Liebe verletzte einen, wenn man die Deckung fallen ließ.

Liebe war niemals bedingungslos.

Aber mit Freundschaft kam ich zurecht. Freundschaft war einfach. Ich konnte meine Freunde lieben, weil wir nie etwas voneinander verlangten. Freundschaft war anders als Liebe, auf all die gute Art und Weise.

Daran erinnerte ich mich, als ich an einem frühen Samstagmorgen zur Arbeit kam. Ich kannte Aidan Matthews seit Jahren, da wir zusammen bei der Luftsicherheitsbehörde, der TSA, am Regionalflughafen von Winterville arbeiteten. Aidan war genau die Sorte Mann, die eine Frau anhimmeln würde. Er hatte dunkelbraunes Haar, das immer ein wenig zu lang schien, sanfte braune Augen, die seine Geheimnisse verbargen, breite Schultern, einen Bizeps so groß wie mein Kopf, eine Brust, an der man sich tagelang hätte weiden können, Bauchmuskeln zum Träumen und Hände, die eine Frau zum Schreien bringen konnten.

Zumindest habe ich das gelesen.

Den Teil mit dem Schreien, nicht den über seine Hände.

Sex war für mich zusammen mit der Liebe auf der Strecke geblieben, beides war schon vor langer Zeit aus meinem Leben verschwunden. Aidan brachte mich fast dazu, es noch einmal versuchen zu wollen, aber ich konnte unsere Freundschaft nicht ruinieren. Wir hatten eine angenehme, lustige Freundschaft. Die Art, bei der es witzig war, wenn er mich jede Woche um ein Date bat. Seit ein paar Monaten schon. Jede einzelne Woche. Ehrlich gesagt, machte er mich langsam mürbe, aber ich wusste, dass er es nicht ernst meinte. Wenn du Aidan sehen könntest, würdest du es verstehen. Er war ein Mann, den jede Frau wollte, und ich war die Frau, die keine Frau sein wollte.

Mit Kleidergröße 50 war ich kaum das, was irgendein Mann als einen guten Fang bezeichnen würde. Ich war die,

die man wieder zurückwerfen würde. Die, die sie ansehen und sich fragen würden, warum ich mich nie um mich gekümmert habe, nicht, was er tun könnte, um sich um mich zu kümmern.

Natürlich würde ich es ihm nicht erlauben, wenn er es versuchen würde. Keinem Mann, nicht nur Aidan. Ich passte selbst auf mich auf.

Es war einmal eine Zeit, da konnte man mich ansehen, schlank und aufgeweckt. Ich war Cheerleaderin in der Highschool. Die Art, die jedes Mädchen hasste, mit einem breiten Lächeln, einem netten Vorbau und diesem perfekten Pferdeschwanz, den anscheinend nur Cheerleader hinbekommen. Ich zog viel Aufmerksamkeit von Männern und meinen Klassenkameraden auf mich. Ich fand leicht Freunde und war dumm genug, mich in einen von ihnen zu verlieben.

Von ihm lernte ich meine Lektion. All die Lektionen, die mich zu der machten, die ich war, lernte ich von ihm.

Ich lernte auch, dass dicke Mädchen nicht vergewaltigt werden. Das war für mich Grund genug, um kräftig zuzunehmen.

Was mich wieder zu Aidan brachte. Wenn wir keine Freunde wären, würde ich annehmen, dass er einfach nur dachte, ich wäre leichte Beute, und deshalb fragte er mich ständig nach einem Date. Aber je näher wir uns kamen, desto mehr erkannte ich, dass er ein guter Kerl war, und obendrein noch heißer als die Hölle. Er konnte jede Frau haben, aber er schien hinter mir her zu sein. Ich vermutete, er dachte einfach, er würde mein Ego ein wenig aufpolieren.

Wenigstens machte es Spaß, mit ihm zu reden.

Ich betrat zu Beginn unserer Schicht den Besprechungsraum. Aidan und ich hatten denselben Dienstplan, was die Sache immer interessant hielt. Man sollte meinen, die Arbeit an einem Flughafen sei aufregend, aber in Wirklichkeit war sie eine Plage. Die meisten Reisenden benahmen sich, als wären sie VIPs, obwohl sie sich nicht von allen anderen da draußen unterschieden. An einem kleinen Flughafen wie Winterville hatten wir nur eine Sicherheitskontrolle, also mussten alle zusammen in der Schlange warten. Meistens war es nicht so schlimm, aber hin und wieder gab es einen dieser Passagiere, der dachte, die Schlange sollte sich für ihn teilen. Das konnte schon mal aufregend werden.

Aidan reichte mir eine Tasse Kaffee, einmal Sahne und zwei Zucker, genau wie ich ihn mochte, als ich bei ihm ankam. Als ich ihm dankte, sagte er: »Ich hoffe nur, dich für mich zu gewinnen. Ich frage mich langsam, ob du eine dieser Frauen bist, die nur einen Mann mag, dem sie hinterherjagen muss.«

Ich grinste ihn über den Rand meiner Tasse an. »Ich bin eine dieser Frauen, die keine Männer mögen.«

»Oh, wirklich? Lass mich diesen Gedanken eine Minute genießen. Kann ich ein Video davon bekommen?«, scherzte er und interpretierte meine Aussage absichtlich falsch.

Ich schlug ihm auf den Arm und ließ mir die Gelegenheit nicht entgehen, den festen Muskel unter seinem Hemd zu würdigen. »Du weißt, dass ich das nicht so gemeint habe. Ich meinte nur, dass ich das Daten aufgegeben habe. Männer machen zu viel Ärger und Liebe ist nicht die Realität.«

Ich sah etwas über seine Augen huschen, wie Schmerz oder Wut. Er überspielte es schnell und drehte den Charme wieder auf, als er sich zu mir lehnte. »Du hast nur noch nicht den richtigen Mann getroffen. Verlierer sind es nicht wert, aber ein echter Mann, einer, der weiß, wie er dich behandeln muss, so wie ich … Du wirst mich anflehen, dich nie zu verlassen, wenn du mir jemals eine Chance gibst.«

Ich warf den Kopf zurück und lachte mit ihm, weil ich das Leuchten in seinen satten braunen Augen liebte. »Funktioniert dieser Spruch jemals?«

Er lachte lauter und zwinkerte mir zu. »Sag du es mir.

Bringt er dich dazu, es dir anders zu überlegen und mit mir auszugehen?«

Ich verdrehte die Augen und lachte über das neckische Funkeln in seinen Augen. »Wenn ich denken würde, dass du es wirklich ernst meinst, würde ich darüber nachdenken, aber ich weiß, dass ich nur eine Ablenkung bei der Arbeit bin. Wenn du von hier weggehst, habe ich keinen Zweifel daran, dass eine Schlange von Frauen dir hinterherläuft und dich anfleht, sie nie zu verlassen.«

Aidans Augen verengten sich, eine Herausforderung lag in ihnen. Er beugte sich näher und öffnete den Mund, um etwas zu sagen, aber unsere Chefin, Miriam, kam herein, bevor er antworten konnte.

»Okay, alle zusammen. Heute sollte ein ziemlich gewöhnlicher Tag werden. Gestern war ein guter Tag hier und die letzte Nacht verlief gut, also sollten wir einen ruhigen Tag vor uns haben. Das Einzige, was wir Neues haben, ist eine Flugverbotsverfügung für einen Mann. Sein Name ist Robert Stewart. Hier ist sein Bild. Ich habe es der Liste hinzugefügt und die neuen Updates an Ihren Stationen ausgehängt. Fangen wir da draußen an.«

Ich leerte den Rest meines Kaffees und ging mit den anderen aus dem Besprechungsraum. Aidan griff nach meinem Ellbogen, als wir zur Tür hinausgingen.

»Was machst du heute nach der Arbeit?«

Mein Mundwinkel zuckte nach oben, als ich an meine Pläne dachte. Es waren erst ein paar Wochen vergangen, seit ich Charlie, die Besitzerin meiner neuen Lieblingsbäckerei, Beiß mich!, kennengelernt hatte, aber ich liebte sie bereits. Sie war witzig und süß und ihre Cupcakes waren gut genug, um jeden Mann zu ersetzen. An diesem Nachmittag fand ihre große Eröffnungsfeier statt.

»Ich treffe mich mit ein paar Freunden bei der großen

Eröffnung von Beiß mich!, der neuen Bäckerei in der Stadt. Warum?«

Aidan lächelte, ein leises, wissendes Lächeln. Es machte mich nervös. Plötzlich schwitzte ich. Ich wusste nicht, worüber er lächelte, aber es war ein Lächeln, das mir sagte, er dachte, er hätte mich in der Tasche. Der Spieß drehte sich um und ich hatte ihm den Schlüssel in die Hand gegeben.

»Kann ich mitkommen? Ich würde gerne deine Freunde kennenlernen und dich mal ganz entspannt erleben.«

Ich stieß den Atem aus, den ich angehalten hatte. Es war nicht so schlimm, wie ich gedacht hatte. Er verlangte nichts und manipulierte mich nicht. Er bat einfach darum, mich zu einer öffentlichen Veranstaltung zu begleiten. Einer, bei der meine Freunde sein würden. Einer, der bedeuten würde, ihn in meine Welt zu lassen. Einer, der mir die Chance geben würde, noch ein kleines bisschen mehr über ihn zu sabbern.

»Klar, warum nicht. Die Party geht fast den ganzen Nachmittag, also gehe ich nach meiner Schicht dorthin. Sie ist in der Lake Effect Lane in diesem Einkaufszentrum.«

Aidan nickte und ließ meinen Ellbogen los. »Ich weiß, wo das ist. Ich freue mich darauf, den Nachmittag mit dir zu verbringen. Und nur, damit du Bescheid weißt«, sagte er und beugte sich näher zu mir. Sein Atem kitzelte mein Ohr und brachte mein Gehirn völlig durcheinander, »Ich meine es immer ernst, wenn ich dich frage, ob du mit mir ausgehst. Jetzt, da ich weiß, dass du das nie in Betracht gezogen hast, werde ich dafür sorgen, dass meine Absichten in Zukunft klarer sind.«

Mein Puls schnellte in die Höhe, als Aidans besitzergreifender Tonfall meine Adern durchströmte. Anstatt Angst zu haben, wie ich es erwartet hätte, war ich auf unerklärliche Weise aufgeregt. Ich wollte ihn fast reizen, nur um zu sehen, was genau er tun würde, um mich umzustimmen.

Aidan trat so schnell zurück, dass ich beinahe umgefallen

wäre. Ich merkte erst, als er sich von mir entfernte, dass ich mich an ihn gelehnt hatte und meine Finger über sein Hemd strichen. Ein verschmitztes Lächeln huschte über seine perfekten Lippen und er drehte sich um, um neben mir zu unserem Posten zu gehen.

Zu meinem Glück waren Aidan und ich zusammen hinter dem Röntgengerät postiert. Normalerweise beobachtete ich das Gerät und er inspizierte Taschen genauer, wenn wir an diesem Posten arbeiteten. Das kam mir gelegen, denn so konnte ich mich verstecken. Außer Sichtweite der Passagiere und der Crew zu sein, bedeutete, dass ich wahrscheinlich keine bissigen Bemerkungen erhielt oder Kommentare über mein Gewicht hören musste.

Man sollte meinen, dass Leute auf Reisen Besseres zu tun haben, als sich über mich lustig zu machen, oder? Tja, leider ließen sie ihren Frust an jedem aus, der gerade in der Nähe war, wenn sie sauer wurden. Da niemand auch nur davon träumen würde, seinen Frust an Aidan auszulassen, bekam ich die volle Wucht ihrer Unhöflichkeit ab, besonders wenn ich ihre Taschen kontrollieren musste.

Aidan wusste, dass ich mich gern versteckte, auch wenn er nicht wirklich verstand, warum. Es war nur eine dieser Sachen, die zeigten, was für ein guter Freund er war. Er tat Dinge, damit ich mich wohlfühlte, ohne wissen zu müssen, warum er sie tat.

Wie konnte ich es auch nur in Erwägung ziehen, das zu verlieren?

Mein verräterischer Körper musste sich wieder verschließen und zu dem zölibatären Leben zurückkehren, das er geführt hatte. Einen Freund wie Aidan zu verlieren, war ein paar Stunden von etwas nicht wert, das sowieso keinen Spaß machen würde. Ich würde lieber ein paar Stunden mit ihm dasitzen und reden, als ihn über mir schwitzen zu haben und etwas vortäuschen zu müssen, das mit Sicherheit nur ein weiterer grauenhafter Vorwand für Sex wäre. Es war nicht einmal die Zeit wert.

Ich wusste, dass in meinem Leben etwas fehlte, aber ich war mir ziemlich sicher, dass ich es nicht unter Aidan finden würde. Ich wusste nicht, wo ich es finden würde, aber Sex war για mich noch nie eine Antwort gewesen, und auf keinen Fall würde er es jetzt sein.

Ich schob die Gedanken an Aidan und die Leere in meinem Leben beiseite, als sich die Mitarbeiter der Fluggesellschaften dem Sicherheitskontrollpunkt näherten. Es gab drei Gates im Terminal, und jedes Gate bediente eine andere Fluggesellschaft, also mussten wir auch deren Mitarbeiter kontrollieren. Im Laufe der Jahre hatten wir jeden von ihnen ein wenig kennengelernt, auch wenn wir uns nur im Vorbeigehen sahen.

Aber für einige von ihnen war das mehr als genug.

Zoey Sanders war eine von ihnen. Ein paar Sekunden, um ihre Designer-Handtasche zu durchleuchten, waren immer mehr als genug Zeit, um mich daran zu erinnern, was für eine Bitch sie war. Es half nicht, dass sie mit ihrem langen, glänzenden braunen Haar und den perfekten bernsteinfarbenen Strähnchen perfekt war. Ihre braunen Augen waren in diesem rauchigen Look geschminkt, der besser in einen Nachtclub als an einen Flughafen gepasst hätte, aber irgendwie stand es ihr. Ihr anthrazitfarbener Bleistiftrock und die taillierte weiße Bluse betonten ihre superschlanke Figur, wobei ein paar Knöpfe zu viel offen standen, für den Fall, dass sich jemand nicht sicher war, wie perfekt ihre Brüste waren.

»Hi Aidan«, säuselte sie.

»Hey Zoey. Wie geht es dir heute Morgen?«, fragte Aidan mit einem Lächeln. Ich hasste es, wenn er sie anlächelte. Die Bitch hatte mehr als genug Selbstvertrauen, und dann musste er sie auch noch anlächeln, als ließe sie die Sonne aufgehen. Das machte mich wahnsinnig.

Was mich gewaltig nervte.

»Viel besser, jetzt, da ich weiß, dass du hier bist, um uns zu beschützen. Was machst du heute nach der Arbeit?« Ihre Augen glitten über ihn und verbargen nicht, dass sie ihn abcheckte. Ihre Absichten waren verdammt offensichtlich. Und obwohl ich kein Recht auf ihn hatte, hasste ich es, dass ich absolut nichts tun konnte, außer dazustehen und zuzuhören, wie er Pläne schmiedete, sie später zu vögeln, anstatt mit mir auszugehen.

Dumm, dumm, dumm.

»Tut mir leid, Zoey, ich habe schon was vor.«

Ich bin mir nicht sicher, wer überraschter war, sie oder ich. Aidan machte einfach weiter, schob ihre Tasche zum Ende des Bandes und zog dann die Handtasche der Frau hinter ihr herüber.

»Was ist mit nächstem Wochenende?«, versuchte Zoey es erneut.

»Ich bin nicht sicher. Aber wahrscheinlich eher nicht. Ich habe viel um die Ohren, Zoey.«

Sie griff nach ihrer Handtasche, beugte sich aber zu ihm, um ihm einen Blick in ihren Ausschnitt zu gewähren, während sie ihren Rücken durchbog. Er wandte den Blick nicht von ihren Augen ab, und ich spürte, wie meine innere Schlampe ein kleines Jubelgeschrei ausstieß, dass er ihr nicht nur einen Korb gegeben, sondern auch ihre Brüste nicht mit Blicken ausgezogen hatte.

»Du weißt, wo du mich findest. Jederzeit, Aidan«, schnurrte sie, bevor sie sich umdrehte und davonstolzierte. Ich verdrehte die Augen, sah Aidan aber nicht an. Zoey gehörte definitiv zu den Frauen, die Sex so aussehen ließen, als würde er Spaß machen. Sie musste beim Vortäuschen besser sein als ich. Wen kümmerte das schon? Ich hatte keinen Grund, auf Zoey eifersüchtig zu sein, wir spielten in völlig unterschiedlichen Ligen, also war es nicht so, dass ich wirklich mit ihr konkurrierte. Aber es fühlte sich gut an, dass Aidan seine Pläne mit mir nicht abgesagt hatte, um mit ihr auszugehen, und dass er den Tag damit verbringen würde, mit mir zu reden, anstatt Zoey zu begrabschen.

»Also, was denkst du, was dieser Flugverbots-Passagier getan hat?«, fragte Aidan. »Der letzte hatte sich zehn Jahre lang vor dem Unterhalt für seine Kinder gedrückt, und sie versuchten, ihn ins Gefängnis zu bringen. Was denkst du über diesen hier?«

Ich lächelte und begrüßte die Rückkehr des Gesprächs zwischen Aidan und mir. Es war ein Running Gag zwischen uns, uns Geschichten für all die Flugverbots-Passagiere auszudenken. Es ließ den Tag ein wenig schneller vergehen, wenn wir etwas Lustiges an unserer Arbeit fanden.

»Ich glaube, er ist ein verwöhntes reiches Söhnchen, das abgehauen ist, als sein Vater ihm verboten hat, zum Zirkus zu gehen.«

Aidan lachte mit mir, seine Hände streiften meine, als er den Bildschirm anhielt, um sich die Tasche unter dem Röntgenstrahl genauer anzusehen. Er ließ die Tasche weiterrollen und sah zu mir herunter. »Ich dachte eher, seine Ex hat herausgefunden, dass er ihren Diamantring gegen einen Zirkonia ausgetauscht und die Diamanten versetzt hat.«

»Ooh, das würde mich stinksauer machen. Also, wenn ich Diamanten mögen würde.«

»Welche Frau mag keine Diamanten?«, fragte Aidan amüsiert.

»Na ja, ich. Ich finde wohl, dass niemand sonst mir vorschreiben sollte, welchen Schmuck ich tragen soll. Diamanten sind hübsch, aber es fühlt sich so an, als ob jeder einen Diamanten hat, zumindest jeder, der verheiratet oder verlobt ist. Ich hätte lieber etwas Ungewöhnliches, wie Tansanit.«

»Im Ernst?«

»Ja, der ist wunderschön. Und er ist anders. Ich bin auch ein Fan von Amethysten, Saphiren und Peridot, das ist mein Geburtsstein. Die sind wunderschön, aber anders als ein simpler, gewöhnlicher Diamant. Andererseits spielt es keine Rolle. Kein Mann wird mir je Schmuck kaufen.«

»Ich würde«, sagte Aidan leise, seine Lippen so nah, dass ich seinen Atem an meinem Hals spüren konnte.

Ich warf den Kopf in den Nacken und lachte. »Du bist urkomisch. Das ist auf einer Stufe damit, dass du mich ständig fragst, ob ich mit dir ausgehe. Du musst denken, ich habe ein wirklich geringes Selbstwertgefühl, dass du so tust, als würdest du mich mögen.«

Aidans Blick traf meinen und mir blieb der Atem im Hals stecken, aber bevor er etwas sagen konnte, setzte unser morgendlicher Ansturm ein und verschaffte mir die perfekte Flucht vor seinen heißen Blicken. Und der rohen Lust, die ich in ihnen sah.

KAPITEL 2

MIT AIDAN an meiner Seite verging unsere neunstündige Schicht wie im Flug. Ehe ich mich versah, kam die nächste Schicht herein, und Aidan und ich gingen zu den Personalräumen.

»Kann ich dich für die Party abholen?«, fragte er, als wir den Pausenraum betraten.

»Eigentlich wollte ich zu Fuß gehen. Ich wohne ganz in der Nähe, und es ist einfacher, mein Auto bei meiner Wohnung stehen zu lassen und rüberzulaufen.«

»Noch besser. Was hältst du davon, wenn ich mit dir gehe?«

Ich wusste nicht, warum er so unbedingt hingehen wollte, aber ich verstand schon gar nicht, warum er mit mir gehen wollte. Trotzdem fiel es mir schwer, Nein zu ihm zu sagen.

»Okay, sicher. Ich wohne in den Tree Branch Apartments, Nummer 307.«

»Klingt super. Ich gehe nur kurz nach Hause, um mich umzuziehen, und bin dann bald da.«

Ich nickte, als ich ihm zur Tür hinaus folgte. An einem einzigen Tag hatte sich alles zwischen Aidan und mir verändert, und ich hatte das Gefühl, in seiner Nähe nicht mehr ich selbst sein zu können. Er hatte mir im Laufe des Tages noch mehr dieser raubtierhaften Blicke zugeworfen und schien mich öfter als sonst zu berühren. Ich wusste nicht, was das alles zu bedeuten hatte, aber ich fragte mich langsam, ob er es all die Male wirklich ernst gemeint hatte, als er mich um eine Verabredung bat. Ich konnte nicht verstehen, warum er an mir interessiert sein sollte, aber … Vielleicht hatte er sich den Kopf gestoßen und ich wusste nichts davon. Oder er war hypnotisiert worden. Das funktionierte doch, oder?

Aber das war alles egal. Aidan würde in mein Privatleben eindringen, meine Freunde treffen und mich außerhalb der Arbeit sehen. Ich fragte mich unwillkürlich, was meine Freunde denken würden, wenn ich mit einem Mann auftauchte, besonders mit einem, den sie nicht kannten.

Ich wusste, dass meine Freundin Sam Reed total auf ihn abfahren würde, aber sie fuhr auf jeden halbwegs attraktiven Mann ab. Ich liebte Sam, aber manchmal konnte ich sie einfach nicht verstehen. Es war, als ob sie eine völlig andere Sprache sprach, wenn sie über Männer redete, eine, die ich nie verstehen konnte.

Andererseits stimmte Mandy in letzter Zeit auch Sams Einschätzungen zu. Mandy und ihr Freund Xander waren verliebt. Sie hatten sich zufällig kennengelernt, als er bei der Kundenservice-Hotline anrief, wo Mandy arbeitete, und waren nun unsterblich verliebt.

Natürlich wartete ich nur darauf, dass die Sache in die Luft flog. Nicht, dass ich das meiner besten Freundin wünschte, aber ich wusste, dass es passieren würde. Sie hatten schon einmal ein Problem gehabt, und ich wusste einfach, dass wieder etwas passieren würde. Und wie immer würde ich für Mandy da sein, um ihr zu helfen, die Scherben aufzusammeln.

Zu Hause zog ich meine Uniform aus und schlüpfte in

eine hellbraune Caprihose und ein schwarzes T-Shirt. Mein honigfarbenes Haar wollte nicht so, wie ich wollte, aber ich fuhr mit einer Bürste hindurch und beschloss, dass es gut genug sein musste. Mit ein wenig Mascara und etwas Lipgloss war ich abmarschbereit. An der Haustür griff ich nach der Leine für Brownie, meinen dreijährigen Deutschen Schäferhund.

Ich öffnete die Tür und sah Aidan, der gerade klopfen wollte. Brownie, normalerweise ein guter Wachhund, blickte zu mir auf, bevor er seinen Kopf an Aidans Hand schmiegte. Er kniete sich vor uns nieder und kraulte Brownie hinter den Ohren. »Ich wusste gar nicht, dass du einen Hund hast. Er ist wunderschön.«

»Danke. Er ist drei. Ich habe ihn aus dem Tierheim. Sie glaubten nicht, dass er reinrassig ist, aber wenn er ein Mischling ist, dann mit etwas anderem Großem. Man kann den Deutschen Schäferhund aber überall an ihm erkennen.«

Aidan kraulte Brownie weiter, der sich auf den Boden geworfen hatte, um seinen Bauch zu präsentieren. Aidan blickte zu mir auf und schirmte seine Augen vor der Nachmittagssonne ab. »Wolltest du mit ihm Gassi gehen oder kommt er mit?«

Ich lachte. »Nein, Brownie darf nicht mit in Geschäfte. Er frisst alles, was nicht niet- und nagelfest ist. Ich wollte nur eine Weile mit ihm Gassi gehen, da er den ganzen Tag allein zu Hause war.«

Aidan stand auf und klopfte sich den Schmutz von den Knien, was meine Aufmerksamkeit auf seine massigen Oberschenkel lenkte, die darum kämpften, aus seinen Cargoshorts auszubrechen. Er trug Turnschuhe und ein T-Shirt der Buffalo Bills.

Aus irgendeinem Grund sah er zum Anbeißen aus.

»Lass uns gehen. Ich gehe mit dir. Schließ deine Tür ab.«

Ich lächelte über seine Aufforderung und ging dann die

Treppe hinunter zum Hundebereich hinter meinem Gebäude. Brownie sprang aufgeregt auf und ab, als er das Tor sah. Sobald wir uns in dem eingezäunten Bereich befanden, machte ich seine Leine ab und ließ ihn in der Grünanlage herumlaufen, die der Komplex für die Bewohner bereithielt. Das war einer der Gründe, warum ich mich überhaupt für Tree Branch entschieden hatte. Hunde wie Brownie brauchten eine Gelegenheit, sich auszutoben.

»Du siehst gut aus«, sagte Aidan, ohne die Augen von Brownie zu nehmen. »Ich habe dich noch nie ohne Uniform gesehen.«

Plötzlich schüchtern, flüsterte ich ein Danke.

Ich versuchte, mich daran zu erinnern, dass Aidan mein Freund war. Wir waren seit Jahren befreundet und es gab keinen Grund für mich, mich in seiner Nähe unwohl zu fühlen. Selbst wenn er wirklich daran interessiert wäre, mit mir auszugehen, brauchte ich mir keine Sorgen zu machen. Es würde sowieso nicht von Dauer sein.

Brownie sprang zu uns herüber und kaute fröhlich auf einem Stock, den er auf der anderen Seite des Geheges gefunden hatte. Aidan bückte sich, um ihn aufzuheben, und Brownie sprang weg, um auf den Wurf zu warten. Aidan zog ihn ein paarmal auf, bevor er den Stock über das Gras schleuderte. Brownie schoss ihm nach und schnappte ihn sich im Vorbeilaufen vom Boden.

Brownie kam wieder zu uns zurück, Aidan warf den Stock noch einmal und wandte sich dann mir zu. »Ist es dir unangenehm, dass ich hier bin? Ich habe das Gefühl, du willst mich nicht hier haben.«

Ich fragte mich nicht zum ersten Mal, woher er immer zu wissen schien, was ich dachte oder fühlte. Ich wusste, dass ich ihm die Wahrheit schuldete, aber ich wusste nicht, wie ich ihm die Wahrheit sagen sollte. Oder auch nur eine Version davon, die ihm helfen würde zu verstehen.

Andererseits fiel mir auch keine Version ein, die mir selbst beim Verstehen half. Dass er da war und einen Stock für meinen Hund warf, fühlte sich zu sehr wie eine Pärchensache an. Zu sehr, als ob wir etwas anfangen würden. Etwas, von dem ich nicht sicher war, ob ich bereit dafür war. Selbst wenn es mit Aidan war, dem ich mehr vertraute, als ich einem Mann in den letzten zehn Jahren vertraut hatte.

Er kannte meine Vergangenheit nicht, die Lügen und das Trauma, das ich durchgemacht hatte. Er konnte es unmöglich wissen. Aber er war bereit, sich durch alles durchzukämpfen, was mich zurückhielt. Er hatte mich monatelang um eine Verabredung gebeten, und ich hatte endlich zugestimmt. Obwohl es kein Date war, war es mehr, als ich seit längerem gehabt hatte, als ich zugeben wollte.

»Ich schätze, ich weiß nicht, wie ich mich in deiner Nähe verhalten soll. Bei der Arbeit haben wir diese unkomplizierte Freundschaft, aber es ist ganz anders, wenn wir nicht bei der Arbeit sind. Ich bin mir nicht wirklich sicher, was ich zu dir sagen oder wie ich mich in deiner Nähe verhalten soll.«

Brownie winselte zu unseren Füßen, als Aidan ihn ignorierte und sich mir zuwandte. »Claire, hör zu, ich mag dich. Das habe ich nie vor dir verheimlicht. Na ja, vielleicht in den ersten paar Jahren, als wir uns kennengelernt haben, aber in letzter Zeit nicht. Ich bin immer noch derselbe Typ, mit dem du zu Mittag isst und den du jeden Tag schikanierst. Selbst wenn aus uns nie etwas wird, will ich trotzdem, dass wir Freunde bleiben.«

Ich atmete tief durch, denn ich wusste, dass er recht hatte und ich mich albern verhielt. Nichts hatte sich geändert. Und das musste es auch nicht. Er sagte, er möge mich, nicht dass er mit mir ausgehen wolle. Er war immer noch der gleiche Freund, mit dem ich den Tag über geredet hatte, nur dass er jetzt Kleidung trug, die mich mehr von seinem unglaublichen Körper bewundern ließ.

»Du hast recht. Es tut mir leid. Na gut, auf zu Beiß mich!«

»Nichts lieber als das«, murmelte Aidan, gerade laut genug, dass ich es hören konnte. Mir klappte der Mund auf, und er zuckte nur mit den Schultern, dann warf er den Stock noch einmal für Brownie.

Nachdem Brownie wieder in der Wohnung eingeschlossen war, gingen Aidan und ich zu Beiß mich! Schon von Weitem konnte ich erkennen, dass der Laden brechend voll war. Leute saßen an Bistrotischen vor dem Lokal und eine Schlange stand vor der Tür.

Wir drängten uns hinein und ich entdeckte Mandy, Xander, Sam und Addi an einem Tisch im hinteren Teil des Raumes. Sie hatten einen zusätzlichen Stuhl, aber der Menschenmenge nach zu urteilen, kostete es sie alle Mühe, ihn freizuhalten. Ich zeigte Aidan, wo sie saßen, und er folgte mir durch die Menge, während seine Hand auf meinem Kreuz ruhte.

Ich will nicht lügen, seine warme Hand auf mir jagte mir ein Kribbeln über den Rücken.

Sam sah uns als Erste und ihre Augen leuchteten auf, als sie bemerkte, dass Aidan mir folgte. Sie stieß Addi an, die sich daraufhin fast an ihrem Cupcake verschluckte. Mandy und Xander waren zu sehr mit Addis Husten beschäftigt, um zu bemerken, dass wir uns dem Tisch näherten.

»Alles in Ordnung?«, fragte ich Addi, als wir am Tisch ankamen.

Sie nickte, während ihr vor Sauerstoffmangel die Tränen über die Wangen liefen. Sam gab ihr noch einen kräftigen Klaps auf den Rücken und richtete dann ihre braunen Augen und ihr umwerfendes Lächeln auf Aidan. »Ich bin Sam. Bist du ein Freund von Claire?«

»Vorerst, ja. Ich bin Aidan«, sagte er und streckte die Hand nach ihrer aus. »Sam? Du bist doch die Fotografin, oder?«

Sam grinste zu ihm auf und klimperte flirtend mit den Wimpern. »Die bin ich. Leider weiß ich aber gar nichts über dich, Aidan. Woher kennst du Claire?«

Bevor er antworten konnte, zog Xander Mandy von ihrem Stuhl auf seinen Schoß und schob Mandys Stuhl in Aidans Richtung. Er warf mir einen kurzen Blick zu und setzte sich dann zwischen Sam und Xander. Ich ließ mich auf den Stuhl auf der anderen Seite von Xander fallen, neben Addi.

»Claire und ich arbeiten zusammen für die TSA. Du musst Addi sein«, sagte er und richtete seinen Blick auf sie. »Und ich habe keinen Zweifel, dass ihr beiden Xander und Mandy seid.«

Xander streckte seine Hand hinter Mandys Rücken aus und schüttelte Aidans. Mandy und Addi lächelten ihn an. Sam lehnte sich näher heran und sagte: »Also Aidan, erzähl uns was über dich. Was machst du in deiner Freizeit?«

»Nicht allzu viel. Ich spare, um ein Haus zu kaufen, also arbeite ich eigentlich sehr viel. Normalerweise übernehme ich jede Woche ein oder zwei zusätzliche Schichten, sodass ich ungefähr sechs Tage die Woche arbeite.«

»Das wusste ich gar nicht«, platzte es aus mir heraus, bevor ich mich zurückhalten konnte.

»Wo willst du denn kaufen? Ich wohne in einer tollen Gegend. Du solltest mal vorbeikommen und sie dir ansehen«, sagte Sam und lehnte sich an ihn.

Ich ballte meine Fäuste unter dem Tisch und versuchte, mich nicht aufzuregen. Ich hatte keinen Anspruch auf Aidan und Sam konnte so viel flirten, wie sie wollte. Ich hatte schon so lange Dates mit Aidan abgelehnt und Sam passte genauso gut wie ich in das Schema seiner Traumfrau. Wir hatten die gleiche Größe, aber sie hatte größere Brüste und dieses lange, wallende Haar, das wie für feuchte Träume gemacht schien. Ihre tiefbraunen Augen zogen die Menschen in ihren

Bann und weckten in einem den Wunsch, ihr alle Geheimnisse zu verraten.

Das war natürlich auch ein Grund, warum sie eine so fabelhafte Fotografin war. Die Leute wollten in Sams Nähe sein. Die Leute wollten für sie lächeln und vertrauten ihr genug, um sie die verborgenen Momente einfangen zu lassen, die niemand sonst sah.

Ich war schon immer neidisch darauf, wie leicht es ihr fiel, mit Menschen zu reden und Small Talk einfach erscheinen zu lassen. Wo ich mich immer im Schatten versteckt hatte, hatte Sam keine Angst davor, wenn nötig ins Rampenlicht zu treten.

Aidan drehte sich zu Sam und sagte: »Das klingt großartig. Ich habe mich noch nicht wirklich entschieden, wo ich kaufen will. Ich liebe Winterville, also weiß ich, dass ich in der Stadt bleiben werde, aber ich weiß einfach nicht, wo. Ich hätte gerne einen Hund, also hoffe ich auf ein Haus mit Garten und zwei oder drei Schlafzimmern. Ich koche gerne, also will ich eine tolle Küche.«

»Hast du schon mal über ein renovierungsbedürftiges Haus nachgedacht? Ich habe mein Haus für einen Spottpreis bekommen und alles selbst renoviert«, fragte Xander. Plötzlich liebte ich Mandys Freund dafür, dass er die Aufmerksamkeit von Sam ablenkte.

»Das habe ich in Erwägung gezogen. Ich arbeite gerne mit meinen Händen, aber ich habe Angst, dass ich mich übernehme und nie fertig werde.«

Xander lachte. »Ich weiß genau, was du meinst. So habe ich mich auch gefühlt. Ich habe ungefähr doppelt so lange gebraucht, um mein Haus fertigzustellen, wie ich dachte. Der Schlüssel ist aber, etwas zu finden, in dem man leben kann, während man es renoviert.«

Aidan nickte und wandte sich Xander zu, um ihr Gespräch fortzusetzen. »Ja, ich möchte so schnell wie möglich umziehen. Wenn ich etwas mit mehr als einem Badezimmer bekomme, weiß ich, dass es nicht so schlimm sein wird, das Haus zu renovieren, solange die Bausubstanz in Ordnung ist. Du klingst, als ob du dich mit Häusern auskennst.«

Xander grinste. »Ja, ich arbeite bei Colton Construction als Projektmanager. Ich bin Elektroingenieur, habe aber auch ein paar anständige handwerkliche Fähigkeiten.«

»Lass dich von ihm nicht täuschen. Er ist unglaublich. Sein Haus ist umwerfend. Du solltest mal vorbeikommen und es dir ansehen. Er hat Vorher-Bilder, damit man eine richtige Vorstellung davon bekommt, was alles gemacht wurde. Es ist der Wahnsinn«, pries Mandy Xander an.

Ich riskierte einen Blick zu Sam und sah, wie sie die ganze Situation aufnahm. Zum Glück war sie nicht wütend, sondern beobachtete nur. Ich glaubte auch nicht, dass sie wusste, dass ich irgendein Interesse an Aidan hatte.

Warte. Scheiße, ich wollte ihn nicht mögen.

Sam war meine Freundin. Wenn sie ihn wollte, musste ich mich zurückziehen und ihn ihr überlassen. Schließlich hatte ich mir die letzten zehn Jahre eingeredet, dass die Liebe kein Teil meiner Zukunft sein würde. Sam sollte eine Chance haben.

»Das könnte ich wirklich mal machen. Danke. Es ist überwältigend, über den Kauf eines Hauses und all diese Dinge nachzudenken. Ich bin zwar 31, aber ich fühle mich immer noch nicht alt genug für Verantwortung. Gleichzeitig habe ich es satt, zur Miete zu wohnen.«

»In meiner Nachbarschaft gibt es einige ältere Häuser, aber die meisten sind in ziemlich gutem Zustand. Ich gebe dir meine Nummer und du kannst vorbeikommen und dir mein Haus ansehen. Wir können auch durch die Nachbarschaft schlendern, damit du siehst, wie es wäre, mein

Nachbar zu sein«, schaltete sich Sam wieder in das Gespräch ein.

»Danke, Sam. Das klingt großartig. Ich bin wirklich froh, dass Claire mich heute mitgenommen hat. Sie redet die ganze Zeit von euch, aber ich hatte keine Ahnung, dass ihr alle so herzlich sein würdet.«

Xander lachte und rieb Mandy den Rücken. »Verärgere nur keine von diesen Damen. Du wirst es teuer bezahlen, wenn du eine von ihnen verletzt. Ich habe meine Lektion schnell gelernt.«

»Ja«, warf Sam ein. »Ich musste Mandy vor ein paar Wochen von einer Party abholen, als sie dachte, Xander wäre ein Arschloch. Er hat sie über 24 Stunden lang nicht finden können. Wir beschützen uns gegenseitig.«

»Loyalität ist eine sehr wichtige Eigenschaft bei einem Menschen. Ich würde eine Freundschaft oder eine Beziehung mit jemandem, der nicht loyal ist, nicht in Betracht ziehen. Es sagt viel über euch alle aus, dass ihr so gute Freunde seid.«

»Claire und Mandy sind schon ewig befreundet, aber Addi und ich haben sie im College kennengelernt. Wir vier haben uns in unserem ersten Studienjahr getroffen und sind seitdem beste Freundinnen. Wir würden alles füreinander tun.«

Ich zuckte zusammen, als Sam ihre Hand auf Aidans Arm legte. Er blickte darauf hinunter und dann mit einem Lächeln wieder zu ihr auf. Ich wollte mich für sie freuen. Alles loslassen und einfach akzeptieren, dass eine meiner besten Freundinnen einen anderen Freund von mir mochte. Sie passten perfekt zueinander, nahm ich an.

Ich wollte es geschehen lassen, aber ich konnte die Übelkeit nicht bekämpfen, die in mir aufstieg. Die Eifersucht, die aus dem Nichts kam und mich von den Socken gehauen hätte, wenn ich nicht schon gesessen hätte.

Ich hätte Ja sagen sollen. Wenigstens bei einem der Male, als er mich um ein Date gebeten hat, hätte ich zusagen sollen. Nur ein einziges Mal, und ich wäre die Frau, mit der er flirtete. Stattdessen flirtete er mit einer meiner besten Freundinnen. Jemand, gegen den ich niemals um einen Mann kämpfen würde.

Deshalb musste ich gehen, denn ich konnte nicht einfach dasitzen und zusehen.

KAPITEL 3

ICH SPRANG von meinem Platz auf und eilte zum Tresen. Charlie sprach gerade mit einer Frau, die etwas kleiner war als ich und schwarze Shorts sowie ein rot geringeltes Top trug. Sie hatte schulterlanges blondes Haar und blaue Augen in der Farbe des Himmels an einem sonnigen Tag. Sie strahlte Selbstbewusstsein aus.

Das war eine Frau, von der ich etwas lernen konnte.

»Hi Claire«, begrüßte mich Charlie herzlich. »Wie geht es dir?«

»Hey Charlie. Die Party ist großartig. Es sieht so aus, als wärst du ein voller Erfolg«, antwortete ich und wich ihrer Frage, wie es mir ging, aus. Ich mochte Charlie, aber wir kannten uns erst seit ein paar Wochen. Sie fragte aus Höflichkeit, nicht, weil sie meine ganze verkorkste Geschichte hören wollte.

»Ja, ich bin ziemlich zufrieden damit, wie alles gelaufen ist. Claire, das ist meine gute Freundin, Alexandria Mack.«

Ich wandte mich an die Blondine und lächelte. Sie war herzlich und freundlich und jemand, von dem ich wusste, dass ich mich gut mit ihr verstehen würde. »Es ist schön, dich kennenzulernen, Alexandria.«

Sie verdrehte die Augen und grinste Charlie an. »Meine Freundin hier ist gern eine Klugscheißerin. Nennt mich Lexi, zumindest außerhalb der Arbeit. Es ist auch schön, dich kennenzulernen, Claire.«

»Kann ich dir einen Cupcake holen?«, fragte Charlie.

Das Einzige, was mich davon abgehalten hatte, mir einen Cupcake zu holen, als ich zur Tür hereingekommen war, war die Tatsache, dass es eine Schlange gab. Charlies Cupcakes waren dicht und saftig und zergingen einem auf der Zunge. Man sollte ihre Cupcakes ernsthaft zu Friedensverhandlungen mitbringen. Ich garantiere, sie würden jeden zum Lächeln bringen.

»Auf jeden Fall. Was hast du noch da?«

Charlie backte all ihre Cupcakes tagsüber, während der Laden geöffnet war, und hielt so den Duft von frisch Gebackenem im Laden. Jeden Morgen, bevor sie öffnete, war sie schon früh da, um sie alle für den Tag mit Zuckerguss zu überziehen und manchmal noch mehr zu backen. Tagsüber war sie so beschäftigt, dass sie selten Zeit hatte, ihre Vitrinen wieder aufzufüllen, also wusste ich, dass ihre beliebtesten Sorten – Red Velvet, Vanilleschote, Schokoladenmousse und Oreo – ausverkauft sein würden.

»Tatsächlich habe ich dir einen Vanilleschote aufgehoben, da ich weiß, dass das deine Lieblingssorte ist. Ich habe auch an einem S'Mores-Cupcake und einem Zimtschnecken-Cupcake gearbeitet.«

Ich stöhnte. »Nach dem Tag, den ich heute habe, probiere ich beide. Du bist meine Rettung!«

Charlie lächelte und ging weg, um meine Cupcakes zu holen. Ich wandte mich Lexi zu, aber bevor ich etwas sagen konnte, fragte sie: »Kennst du den Typen da drüben? Umwerfend, dunkles Haar, Muskeln ohne Ende?«

Ich blickte zu meinen Freunden hinüber und sah, wie Sam über etwas lachte, das Aidan gesagt hatte. »Ja, Aidan und ich arbeiten zusammen. Warum?«

»Er starrt hier rüber, seit du hergekommen bist. Ich habe mich schon gefragt, ob mir Toilettenpapier aus den Shorts hängt oder so, aber dann ist mir klargeworden, dass er dich beobachtet hat. Ist er dein Freund?«

Aus irgendeinem seltsamen Grund hatte ich das Bedürfnis, mein Herz auszuschütten. Aidan und Sam flirten zu sehen, zerriss etwas in mir. Es war ein langer Tag gewesen, der mit diesem schrecklichen Miststück Zoey angefangen hatte, die mit ihm flirtete, und dann musste ich zusehen, wie Sam mit Aidan flirtete, nur Stunden, nachdem mir klar geworden war, dass ich vielleicht Gefühle für ihn hatte. Konnte ich noch verkorkster sein?

Ich schüttelte den Kopf, als ich meinen Blick von Aidan und Sam losriss. »Er ist nicht mein Freund. Wir sind Freunde, und er hat mich ein paar Mal um ein Date gebeten, aber ich dachte immer, er macht Witze. Ich meine, er ist heiß, und ich bin es nicht. Das würde nie funktionieren.«

»Warum nicht?«

»Er ist wie ein Gott, und ich bin so weit davon entfernt, dass ich ihm nicht mal die Stiefel lecken könnte. Er ist perfekt, und ich bin alles andere als das. Außerdem ist die Frau, mit der er gerade flirtet, eine meiner besten Freundinnen.«

Lexi sah wieder zu dem Tisch mit meinen engsten Freunden hinüber. Ich beobachtete sie, anstatt zum Tisch zu schauen. Ich war mir nicht sicher, ob ich es noch länger ertragen konnte, ihnen zuzusehen. Egal, wie sehr ich Sam unterstützen wollte, es würde schwer sein, zuzusehen, wie sie und Aidan sich ineinander verliebten.

»Wenn sie deine beste Freundin ist, warum sollte sie mit

einem Typen flirten, den du magst? Sie klingt nicht nach einer sehr guten Freundin.«

Ich lächelte über ihre Ehrlichkeit. Ich könnte jemanden wie Lexi in meinem Leben gebrauchen. Jemanden, der mir die Wahrheit sagen würde, ob sie nun leicht war oder nicht. Lexi war knallhart.

»Sie weiß nicht, dass ich ihn mag. Ich habe keinem von ihnen je von Aidan erzählt, weil ich nie dachte, dass er wirklich interessiert war. Und meine Vergangenheit ist ziemlich verkorkst, und ich vertraue der Liebe nicht gerade.«

Lexi schnaubte. Sie sah mich an, als wäre ich verrückt, und in diesem Moment fühlte ich mich auch so. Da stand ich und schüttete einer quasi Fremden mein Herz aus. Ich wusste nichts über diese Frau außer ihrem Namen, und ich erzählte ihr all dieses Zeug, das ich nicht einmal Mandy erzählt hatte. Ich gestand meine Gefühle für Aidan und zog damit so gut wie über Sam her.

Und ich hatte Lexi dazu gebracht, zu denken, Sam wäre die schreckliche Freundin.

»Hör zu, niemand vertraut der Liebe. Meine Eltern haben sich getrennt, als ich ein Kind war, und Liebe existierte in meinem Leben nicht. Ich war eine Verhandlungsmasse für jeden meiner Eltern, hatte nie wirklich das Gefühl, dass sie mich liebten, es sei denn, einer wollte mich benutzen, um den anderen zu verletzen. Als Erwachsene akzeptiere ich einfach, dass Liebe nicht existiert, und mache weiter.«

Ich starrte sie an und fragte mich, wo sie mein ganzes Leben lang gewesen war. »Bist du meine lange verschollene Schwester oder so was? Ich schwöre, ich fühle genauso.«

»Genauso in Bezug auf was?«, fragte Charlie, als sie meine Cupcakes vor mir abstellte. Ich roch an jedem einzelnen und genoss das intensive Aroma des Zuckers, den sie für den Guss verwendete. Mir lief das Wasser im Mund zusammen, als ich entschied, welchen Cupcake ich zuerst essen würde.

»In Bezug auf die Liebe«, sagte Lexi zu ihr. »Claire und ich glauben beide, dass Liebe nicht existiert. Das Problem für sie ist, dass da ein sehr süßer Mann ist, der sie von der anderen Seite des Raumes abcheckt. Und er ist ihr Kollege und Freund, aber ihre beste Freundin flirtet mit ihm, weil sie nicht weiß, dass Claire hier den Mann mag.«

Ich stieß den Atem aus und lachte halb über Lexis knappe Beschreibung meines Lebens. Wenn es jemand anderen betreffen würde, wäre ich amüsiert, aber weil es um mich ging, wollte ich weinen. Wie war ich nur in all das hineingeraten?

Anstatt Lexis allzu zutreffende Geschichte zu kommentieren, nahm ich einen riesigen Bissen von dem S'Mores-Cupcake. Das Erste, was ich schmeckte, war der Graham-Cracker, der den Boden des Cupcakes auskleidete. Schokoladenkuchen umhüllte einen süßlich weichen Marshmallow. Obenauf war ein Zuckerguss mit Marshmallow-Geschmack, über den Graham-Cracker-Krümel gestreut waren.

Ich war verliebt.

Sommerzeit in Winterville bedeutete normalerweise Lagerfeuer nach Einbruch der Dunkelheit, geröstete Marshmallows und S'Mores. Ein Bissen von Charlies Cupcake und ich wusste, dass ich meine S'Mores über den Sommer bei Beiß mich! statt am Feuer holen würde.

»Du bist eine Meisterin. Ich glaube, ich ziehe einfach hier ein. Es ist weniger verwirrend, wenn das Leben voller Cupcakes anstatt voller Männer ist.«

Charlie lachte und ihr perlendes Lachen durchbrach das Elend, das ich in diesem Moment empfand. Ich blickte zu den Fältchen um ihre Augen auf und war neidisch auf alles, was ihr in ihrem Leben Freude bereitete. Ich wünschte, ich hätte auch diese Art von Freude in meinem Leben. Mir wurde wieder einmal schmerzlich bewusst, dass mir etwas in meinem Leben fehlte. Mehr als ein Mann, mehr als ein Job. Eine Bestimmung. Eine Mission. Etwas, das mich lebendig fühlen lassen würde. Etwas, das mir Freude bereiten würde.

»Wenn man hier wohnt, wird man nur dick, glaub mir. Das löst keine Probleme mit Männern. Oder mit besten Freundinnen. Das ist Sam, oder? Sie ist die Fotografin?«

Ich nickte. Sam, Addi, Mandy und ich trafen uns seit ein paar Wochen zu unserem wöchentlichen Mädelsabend im Beiß mich!. Eine von Addis befreundeten Lehrerinnen hatte Cupcakes mit in die Schule gebracht und Addi schlug den Laden vor, als Mandy eines Abends einen Ort brauchte, um sich vor Xander zu verstecken. Wir alle verliebten uns auf den ersten Bissen in diesen Ort und beschlossen, uns dort jede Woche zu treffen.

Charlie nach und nach kennenzulernen war ein netter Bonus gewesen. Sie war so süß wie ihre Cupcakes, aber meistens saß sie hinter der Theke fest, während wir abhingen. Sie freute sich immer, uns zu sehen, aber es war schwer, so nah beieinanderzusitzen und sie nicht in unsere Gespräche einzubeziehen.

Wir alle schienen instinktiv zu wissen, dass Charlie eine unserer guten Freundinnen werden würde. Addi war normalerweise die Erste aus unserer Gruppe, die da war, weshalb sie Charlie besser kannte als der Rest von uns, aber wir mochten sie alle. Ich fand es schon immer leichter, anderen Frauen zu vertrauen, die wie ich übergewichtig waren; irgendetwas an ihnen sagte mir, dass sie nicht so wahrscheinlich hinterhältige Zicken waren wie die dünnen, mit denen ich in der Highschool rumhing. Das war ein riesiger Pluspunkt für Charlie, gleich nach ihren Cupcakes.

»Ja, Sam ist Fotografin. Und so süß, wie man nur sein kann. Sie ist so wunderschön, sie könnte auch vor der Kamera stehen.«

Lexi ließ ihren anerkennenden Blick über Sams lässigen Look aus enganliegender Jeans-Capri, einem kurzärmeligen Oberteil mit Leopardenmuster und ihrem wallenden, kastanienbraunen Haar wandern. Ihre rotgerahmte Brille umrandete ihre satten, braunen Augen und machte sie von einer hübschen Frau zu einer Fantasie von einem klugen Mädchen.

Solange man ein bisschen mehr auf den Rippen mochte.

Sam trug wie ich Größe 48, aber ich beneidete sie immer darum, wie viel besser sie darin aussah. Wenn ich sie ansah, sah ich eine umwerfende Frau, die immer top gestylt war. Mein Spiegel hingegen zeigte nur eine dicke Frau.

Manche Dinge waren einfach nicht fair.

»Ich weiß nicht. Sie ist sehr hübsch, aber es ist ja nicht so, als wärst du schrecklich. Du hast ein tolles Lächeln und ein wirklich freundliches Gesicht. Frag mal Charlie, ich rede normalerweise nicht mit Fremden, aber du hast eines dieser Gesichter, bei denen man all seine Geheimnisse beichten will. Außerdem bist du genauso attraktiv wie deine Freundin. Aber nichts davon ist wirklich wichtig. Was zählt, ist, dass dein Freund sie nur angesehen hat, wenn sie seine Aufmerksamkeit von dir abgelenkt hat. Es ist offensichtlich, dass er verknallt ist«, sagte Lexi zu mir und riss mich aus meiner Selbstmitleids-Party.

Ich blickte wieder hinüber und erwischte Aidan dabei, wie er mich beobachtete. Er schenkte mir ein strahlendes Lächeln, bevor Sam es wieder schaffte, seine Aufmerksamkeit zu erlangen, und ich bemerkte, wie das Leuchten in seinen Augen ein wenig verblasste, als er sie ansah. Vielleicht hatte Lexi recht, vielleicht stand er gar nicht auf Sam.

Ich wandte mich wieder meinem Cupcake zu, nur um meinen Mund zu beschäftigen. Ich wusste nie, wie ich Komplimente annehmen sollte, und dass eine so selbstbewusste und schöne Frau wie Lexi mir sagte, dass sie mich mochte, war fast so umwerfend, als hätte Aidan gesagt, ich wäre seine Traumfrau.

»Schau jetzt nicht hin, aber dein Hottie kommt, um dich zu holen«, flüsterte Charlie.

Reflexartig drehte ich mich zu Aidan um und sah zu, wie er sich mit jedem bewussten Schritt in meine Richtung näherte. Sein Blick war auf meinen geheftet und ich sah darin eine Mischung aus Verärgerung und Verlangen. Mir stockte der Atem, als ich erkannte, dass beides mir galt, und ich hatte keine Ahnung, was ich bei beidem tun sollte.

Als er mich erreichte, keilte er mich mit seinen Armen ein und stützte seine Hände auf der Theke hinter mir ab. Er lehnte sich zu mir und küsste meine Wange, dann schmiegte er sich an mein Ohr. Er flüsterte: » Ich bin hergekommen, um Zeit mit dir zu verbringen, nicht mit deinen Freundinnen. Sie sind nett, aber ich bin für dich hier.«

Ein Keuchen entwich meinen Lippen, sowohl wegen der Nähe seiner Lippen als auch wegen der Intimität seiner Worte. Vielleicht auch ein bisschen, weil er nicht das geringste Interesse an Sam zu haben schien.

Aidan wich so weit von mir zurück, dass er mir in die Augen sehen konnte, seine eigenen loderten und ließen meinen Mund austrocknen. Seine Hand griff um mich herum und kam mit meinem Zimtschnecken-Cupcake zurück, dem, von dem ich gerade gegessen hatte. Er nahm einen großen Bissen und hinterließ seine eigenen Zahnabdrücke direkt neben meinen.

Der Frischkäse-Guss klebte an seinen Lippen, als er die Augen schloss und den Bissen aß, den er genommen hatte. Meine Zunge fuhr heraus, um meine eigenen Lippen zu lecken, und ich wünschte, ich könnte mich einfach vorbeugen und ihm den Frischkäse von seinen lecken, fragte mich, wie er an ihm schmecken würde. Seine rosafarbene Zunge glitt heraus, zog den Guss von seinen Lippen in seinen Mund und er stöhnte, als wäre es das Beste, was er je gegessen hatte.

Wahrscheinlich war es das auch.

»Ich verstehe, warum du hierherkommst. Das ist unglaublich«, murmelte er, so nah bei mir, dass ich seinen Atem auf meinem Gesicht spüren konnte, der Duft von Zimt, der mich umwehte.

»Charlie ist die Besitzerin. Sie macht all diese Cupcakes. Und das ist ihre Freundin Lexi«, sagte ich zu ihm und nickte in ihre Richtung. Ich riskierte einen Blick zu meinen Freundinnen und sah, wie beiden die Kinnlade auf den Boden fiel, als sie zusahen, wie Aidan meinen Cupcake weiter verschlang, während er mich weiterhin gegen sich drückte.

Nach zwei weiteren Bissen war mein Cupcake weg. Ein Teil von mir war genervt, dass er mir keinen weiteren Bissen angeboten hatte, aber ihm beim Essen zuzusehen war den Preis des Cupcakes allemal wert. Aidan leckte den letzten Guss von seinen Fingern, dann drehte er sich endlich zu Charlie und Lexi um. » Schön, euch beide kennenzulernen. Du bist darin fantastisch. Wie wäre es mit zwei weiteren von dem, was ich gerade gegessen habe, damit ich Claires ersetzen und einen weiteren für mich haben kann?«

Charlie nickte, genauso verblüfft von der ganzen Situation wie ich, und holte die beiden Cupcakes, die Aidan bestellt hatte. Er wandte sein Lächeln Lexi zu. » Arbeitest du auch hier?«

Lexi schüttelte den Kopf. » I'ch bin Vizepräsidentin für schlanke Fertigung bei EAAC Pigments. Charlie und ich haben vor ein paar Jahren zusammen einen Managementkurs besucht. Wir haben uns auf Anhieb verstanden und sind seitdem gute Freundinnen.«

Aidan nickte anerkennend und ich starrte Lexi mit offenem Mund an. Ich hatte keine Ahnung, dass sie so klug und mächtig war. Scheiße, Vizepräsidentin? Ich stand da und redete mit einer Vizepräsidentin, als wären wir alte Freundinnen. Ich wusste, sie musste mich für eine Idiotin halten.

»Normalerweise erzähle ich den Leuten nicht, was ich mache, bis sie mich kennengelernt haben, weil sie mich dann so ansehen wie Claire es gerade tut. Ich bin nur eine ganz normale Person, die in ihrer Karriere gut vorangekommen ist, weil ich keine Angst davor habe, die Männer herumzukommandieren«, lachte sie höflich. Ich bemühte mich, die Panik aus meinem Gesicht zu verbannen und wusste, dass sie recht hatte. Ich mochte sie. Ich konnte sie nicht verurteilen, nur weil sie klug war. Das wäre ihr gegenüber nicht fair, und auch mir gegenüber nicht. Ich konnte immer eine weitere Freundin gebrauchen.

Charlie reichte Aidan die Schachtel mit zwei Cupcakes darin und er gab ihr seine Kreditkarte. Immer noch von ihm eingeklemmt, hatte ich keine andere Wahl, als die Anspannung in seinem Arm zu bewundern, als er über die Theke griff, seine Füße bewegten sich keinen Zentimeter von der Stelle, an der er mich gefangen hielt.

Und endlich wurde mir klar, dass ich keine Angst hatte.

Das letzte Mal, als ich von einem Mann eingeklemmt wurde, war der schlimmste Moment meines Lebens gewesen. Aber dort bei Aidan wusste ich, dass ich ihm mehr vertraute, als ich es vielleicht selbst mir gegenüber zugeben wollte.

KAPITEL 4

AIDAN NAHM einen der neuen Cupcakes aus der Schachtel, die Charlie ihm gereicht hatte, und hielt ihn mir hin. Ich sah ihn an und fragte mich, ob er wirklich wollte, dass ich abbiss, oder ob er ihn mir einfach nur geben wollte.

Ich streckte die Hand nach dem Cupcake aus, aber er schüttelte den Kopf, und seine Augen weiteten sich leicht, als meine Zunge über meine Lippen fuhr. Ich beugte mich zu ihm und biss von dem Cupcake in seinen Fingern ab. Er lächelte mich an, führte den Cupcake dann zu seinen eigenen Lippen und nahm den Bissen direkt neben meinem.

Ich verschluckte mich fast, während er mich beobachtete und ich ihn. Ich hatte noch nie etwas so Unschuldiges erlebt, das so sinnlich und … heiß wirkte. Als er mir den Cupcake wieder anbot, öffneten sich meine Lippen von ganz allein, sodass ich noch einen Bissen nehmen konnte. Aidans Augen weiteten sich, als sich meine Lippen um seinen Finger schlossen, und ich bemühte mich, ihn nicht zu beißen, aber ich wusste, dass er daran nicht dachte.

Er schob sich den letzten Bissen in den Mund, seine Augen auf meine gerichtet, während er an dem Finger lutschte, der gerade noch in meinem Mund gewesen war. Mein Höschen wurde feucht und meine Knie zitterten, als ich ihn beobachtete. Ich hatte mir nie gewünscht, dass ein Mann mich so behandelte, aber aus irgendeinem Grund konnte ich mir vorstellen, wie Aidan mich zum Schreien brachte.

Und verdammt, wie sehr ich wollte, dass er es versuchte.

Ich hatte eine Zeit lang geglaubt, dass mit mir etwas nicht stimmte. Vielleicht war ich kaputt und konnte Sex einfach nicht genießen. Natürlich trägt eine Vergewaltigung als Teenager nicht dazu bei, dass man sich auf Sex freut. Das hat meine Therapeutin immer gesagt.

Aber als ich in der überfüllten Bäckerei stand und meine neuen Freunde dabei zusahen, wie Aidan mich mit Cupcakes fütterte, konnte ich nur daran denken, wie gut er mich fühlen lassen konnte. Und wie sehr er das Risiko wert sein könnte.

Als Aidan den zweiten Cupcake herausnahm, nahm er den ersten Bissen. Er hielt ihn mir wortlos hin und ich biss ab. Er beobachtete meine Lippen, während ich kaute, und meine Augen schlossen sich, während ich die herrlichen Aromen und das Gefühl des sexy Mannes genoss, der sich an meinen Körper drückte. Ich wusste, dass er es auch genoss, oder aber er hatte eine Waffe in der Tasche.

Aidan nahm einen weiteren Bissen und hielt mir dann das letzte Stück des Cupcakes hin. Er zog eine Augenbraue hoch und forderte mich heraus, es zu nehmen. Ich wusste, was es bedeutete. Ich wusste, was er wollte. Ich wusste, was ich wollte.

Ich wollte seine Finger sauber lecken. Und das nicht nur, weil sie mit Zuckerguss bedeckt waren.

Ich schloss die Augen, unfähig, ihm in seine zu blicken, und ließ meinen Mund aufgehen. Seine Finger glitten zwischen meine Lippen, vorangegangen von dem letzten

Bissen unseres Cupcakes. Ich wickelte meine Zunge um den Bissen und befreite ihn von seinen Fingern, dann fuhr ich mit der Zunge über die Fingerkuppen und fragte mich, was er getan hatte, um sie so rau und sexy zu machen. Ich hatte Männer, die mit ihren Händen umzugehen wussten, schon immer geliebt.

Ich wirbelte mit meiner Zunge um die Spitzen seines Fingers und Daumens, holte jedes letzte bisschen Zuckerguss von ihm herunter und ließ dann meine Zähne auf die Fingerkuppen gleiten und knabberte an seiner Haut. Sein leises Stöhnen fuhr mir durch und durch, und meine Augen flogen auf, um seine zu treffen, voller Verlangen und Lust. Dasselbe, was ich sehen würde, wenn ich in einen Spiegel blickte.

Vorsichtig zog ich mich von Aidan zurück, und er ließ seine Finger aus meinem Mund gleiten. Er blickte auf meinen Mund hinab, als ob er zu entscheiden versuchte, was er tun sollte. Ein leises Geräusch entkam entweder Charlie oder Lexi, und wir drehten uns beide zu ihnen um.

Verlegenheit überflutete mich, als ich die schockierten Blicke auf ihren Gesichtern sah. »Äh, entschuldigt mich für einen Moment«, murmelte Aidan und machte sich auf den Weg zur Toilette im hinteren Teil des Ladens.

Ohne dass er mich gegen die Theke drückte, wäre ich fast umgefallen. Ich schloss die Augen und versuchte, mein Gleichgewicht wiederzufinden, aber ich sah nur Aidans sanfte braune Augen.

»Ich muss Mike anrufen, wenn ich hier weg bin«, murmelte Lexi laut vor sich hin, während sie mich immer noch beobachtete.

»Wer's Mike?«, fragte ich, verzweifelt darum bemüht, das Thema zu wechseln.

»Mike ist mein Freund … mit gewissen Vorzügen. Wir helfen uns gegenseitig, Stress und Anspannung abzubauen, und nachdem ich euch beide mit den Cupcakes beobachtet habe, fühle ich eine ganze Menge Anspannung. Ich muss heute Nacht zum Zug kommen, und er wird sich nicht sonderlich anstrengen müssen. Verdammt, ihr beide habt fast ein Loch in *mein* Höschen gebrannt. Ich weiß nicht, wie du da noch stehen kannst.«

»So war das nicht …«, versuchte ich zu protestieren, aber ich wusste, dass es so war. Es war das Erotischste, was ich je erlebt hatte. Es war etwas, das mich fragen ließ, was ich die ganze Zeit verpasst hatte, und es weckte in mir den Wunsch, es zu bekommen.

Ihn zu bekommen.

»Doch, es war genau so. Ich wünschte, ich hätte einen Mike, den ich anrufen könnte, denn nachdem ich das gesehen habe, werde ich tagelang frustriert sein. Ich dachte, du hättest gesagt, ihr wärt nur Freunde?«, sagte Charlie. Sie klang nicht anklagend, nur verwirrt. Kein Urteil, was ich brauchte. Sie sorgte sich. Es fühlte sich gut an.

»Wir waren nur Freunde. Das sind wir seit Jahren. Er hat mich immer wieder gefragt, ob wir ausgehen, aber ich habe nie gedacht, dass er es ernst meint.«

»Oh, er meint es ernst«, unterbrach Lexi mich nachdrücklich.

»Das sehe ich jetzt. Er hat mir heute Morgen gesagt, dass er seine Absichten in Zukunft deutlicher machen würde.«

»Er macht sie auf jeden Fall deutlich«, neckte Lexi.

Ich schaute zurück zu den Toiletten und sah ihn herauskommen, ein ernster Ausdruck in seinen Augen, bevor er auf seine Füße starrte. Als er endlich aufblickte, trafen sich seine Augen mit meinen und er lächelte. Ein Lächeln, das mir sagte, dass ich die wichtigste Person im Raum war. Dass ich diejenige war, die er ansehen wollte. Ich war diejenige, die ihn wie den glücklichsten Mann auf dem Planeten grinsen ließ.

»Ja, es ist ziemlich deutlich«, sagte ich zu Lexi, unfähig, meine Augen von Aidan zu nehmen.

Als Aidan meine Seite erreichte, schmiegte er sich wieder an mein Ohr und küsste meinen rasenden Puls. Seine zwanglose Zuneigung tat etwas mit mir, etwas, womit ich nicht umzugehen wusste. Etwas, von dem ich wusste, dass es mir gefallen würde, wenn ich ihn weitermachen ließe.

Stattdessen zog ich ihn und Lexi zurück zum Tisch meiner Freunde. Ich stellte Lexi allen vor und sie zwinkerte mir zu, als sie den Platz neben Sam einnahm. Ich lächelte ein heimliches Lächeln, aber es wurde schnell ausgelöscht, als Aidan mich auf seinen Schoß zog. »Ich zerquetsche dich«, wandte ich ein, bevor ich mich setzte.

»Du zerquetschst mich, wenn du dich nicht hinsetzt, bitte. Ich kann dich halten, Claire.«

Ich gab seinen süßen Worten nach und setzte mich vorsichtig auf seine Beine. Er drehte mich zur Seite, sodass der größte Teil meines Gewichts auf seinem rechten Bein lag und ich Mandy und Xander gegenüber saß. Mandy zog die Augenbrauen hoch und lächelte, womit sie schweigend ihre Zustimmung zu dem gab, was auch immer mit Aidan vor sich ging.

Schade nur, dass ich keine Ahnung hatte.

Meine Freunde redeten um mich herum, lernten Lexi kennen und sprachen über ihre Welten. Addi hatte endlich Sommerferien und verbrachte ihre Tage damit, Sam bei ihrer Fotografie zu helfen und am Strand abzuhängen. Addi erzählte Sam und Lexi von dem Augenschmaus, den sie am Strand gesehen hatte, und sie alle stimmten zu, eines Tages zusammen dorthin zu gehen.

Ich lächelte über die Szene um mich herum. Ich saß auf dem Schoß eines sehr süßen Mannes, verbrachte einen Nachmittag mit meinen engsten Freunden und aß köstliche

Cupcakes. Ich dachte nicht, dass es noch besser werden könnte.

Während das Gespräch um mich herum weiterging, verlor ich den Faden. Aidans Hand wanderte meinen Rücken auf und ab und streichelte mich sanft. Er berührte nicht meine nackte Haut, aber ich spürte seine Finger bis in meine Knochen. Als sie sich verflüssigten und ich in seinen Armen schmolz, wusste ich, dass ich gehen musste. Ich musste hier raus.

Bevor ich zu tief drinsteckte, um das, was auch immer hier geschah, aufzuhalten.

Ich sprang schnell auf und schockierte alle.

»Ich muss nach Hause. Ich, äh, wir sehen uns später«, stammelte ich, bereit wegzulaufen. Mandy warf mir einen besorgten Blick zu, bevor sie Aidan anstarrte. Ich schüttelte leicht den Kopf, damit sie wusste, dass er nichts Falsches getan hatte. Ihr Blick wurde weicher, aber sie sah immer noch besorgt aus. Bevor sie mich schnappen konnte, drehte ich mich um und rannte zur Tür, wobei ich Charlie im Hinausgehen zuwinkte.

Als ich draußen war, atmete ich tief durch. Die Panik, die ich gefühlt hatte, begann sich zu legen, und ich hatte endlich das Gefühl, klar denken zu können, auch wenn ich immer noch verdammt verwirrt war.

In der einen Minute saß ich vollkommen glücklich mit Aidan zusammen, redete mit meinen Freunden und genoss den Tag. In der nächsten verlor ich die Fassung, einfach nur, weil er mich berührte.

Meine Dämonen saßen tief, und ich war offensichtlich noch nicht über sie hinweg. Ich wusste nicht, ob ich jemals über sie hinwegkommen würde, aber ich wusste, dass ich es wollte. Ich wollte so sein wie Sam und mit Aidan flirten. Ich wollte wie Lexi sein und Sex genießen. Ich wollte wie Addi sein und Männer zu schätzen wissen. Ich wollte wie Mandy sein und mich lieben lassen.

Ich wusste nur nicht, ob ich irgendetwas davon tun konnte.

Ich hörte meinen Namen hinter mir, bevor ich um die Ecke bog. Irgendetwas sagte mir, dass Aidan mir nachkommen würde. Obwohl ich kein Spiel mit ihm spielte und es auch niemals tun würde, war ich insgeheim begeistert, dass er mir gefolgt war.

Meine Schritte verlangsamten sich, während seine schneller wurden, als er lief, um mich einzuholen. Als er mich eingeholt hatte, berührte er mich nicht, hielt mich nicht auf und sah mich nicht an. Er ging einfach schweigend neben mir her und gab mir Zeit, alles zu verarbeiten.

Er gab mir eine Chance, mich daran zu erinnern, dass er zuerst mein Freund war, bevor was auch immer zwischen uns im Gange war.

Während wir zu meiner Wohnung zurückgingen, stießen unsere Finger aneinander und unsere Körper berührten sich. Seine Hüfte streifte meine und meine Schulter stieß gegen seinen Bizeps. Und schließlich fanden unsere Finger zueinander, hielten sich fest und verschlangen sich ineinander wie ein kompliziertes Gewebe.

An meiner Tür wartete Aidan darauf, dass ich aufschloss und Brownies Leine holte. Wir gingen die Treppe wieder hinunter und hinüber zum Hundeauslauf, immer noch Hand in Hand. Brownie wartete, während ich seine Leine abmachte, dann raste er über den Rasen, suchte sich ein Plätzchen, um sich zu erleichtern, und holte sich dann seinen Stock von vorhin.

Aidan drückte meine Finger und ich blickte endlich zu ihm auf. »Es tut mir leid. Ich hätte dich nicht so behandeln sollen und ich entschuldige mich dafür, dass es dir unangenehm war«, sagte er, Kummer und Bedauern in den Augen.

Verblüfft starrte ich ihn an. Er konnte doch unmöglich denken, dass ich sauer auf ihn war, oder?

»Ich bin nicht sauer auf dich. Das weißt du doch, oder?«

Aidans Augen verengten sich kurz, dann blickte er weg. Er nahm seine Hand aus meiner und entfernte sich ein paar Schritte. »Warum bist du dann gegangen? Wenn es nicht war, weil du sauer auf mich warst, was war es dann?«

Ich atmete aus, unsicher, wie ich erklären sollte, was ich selbst nicht verstand. Wie konnte ich ihm klarmachen, dass mir das, was da geschah, Angst machte, weil ich mir nicht zutraute, mit ihm kluge Entscheidungen zu treffen? Ich wusste nicht, wie ich mit mir und den Gefühlen umgehen sollte, die er aus mir herauslockte. Ich wollte ihn, wie ich noch niemanden in meinem Leben gewollt hatte. Niemals. Und das machte mir eine Heidenangst.

»Ich date nicht. So gut wie nie. Ich habe sehr wenig Erfahrung mit Männern und weiß nicht, wie das hier geht. Du scheinst mit allem so entspannt zu sein, und das ist für mich ein bisschen überwältigend.«

Aidan drehte sich wieder zu mir um und trat näher. Er hob seine großen, starken Hände zu meinem Gesicht und umfasste meine Wangen sanfter, als ich es je für möglich gehalten hätte. Seine braunen Augen blickten in meine grünen, und er holte tief Luft. Für eine Sekunde dachte ich, er würde mich küssen. Sogar so sehr, dass meine Zunge über meine Lippen fuhr, um mich auf seinen Mund vorzu-bereiten.

Mit plötzlicher Klarheit wurde mir bewusst, dass ich wollte, dass er mich küsste. Ich hoffte, er würde es tun. Meine Lippen kribbelten in Erwartung, seine zu treffen. Als sich seine Lippen teilten, schlossen sich meine Augen und ich wartete, den Atem in meinen Lungen angehalten.

»Ich bin nur entspannt, weil du es bist«, sagte Aidan. Ich riss die Augen auf und sein Gesicht war nur wenige Zentimeter von meinem entfernt. Seine Worte umspülten mich mit dem Hauch seiner Lippen und ich lächelte. »Ich bin kein Dauerdater. Tatsächlich bin ich seit unserem Kennenlernen kaum noch auf Dates gegangen, weil ich andere Frauen immer mit dir verglichen habe. Das ist nicht fair, und ich will nicht klingen, als würde ich dir das alles aufbürden. Ich möchte nur, dass du verstehst, dass ich nicht hier bin, weil ich versuche, mit dir zu spielen. Ich bin hier, weil ich dich aufrichtig mag.«

Wie sollte ich auf so etwas reagieren? Dieser Mann war jemand, den ich seit Jahren kannte, mit dem ich Mittag- und Abendessen geteilt hatte, er wusste, wie ich meinen Kaffee mochte, und ich wusste, wie er seinen mochte, wir zogen uns gegenseitig auf, beschwerten uns über das Leben und die Arbeit, und ich hatte keine Ahnung, dass er so süß und romantisch war.

Oder dass er mich so sehr mochte.

»Gleichzeitig möchte ich nicht, dass du dich unwohl fühlst. Ich möchte mit dir zusammen sein, dich daten. Aber wenn es nicht das ist, was du willst, werde ich mich zurückziehen, und wir werden wieder Freunde sein. Ich habe dir gesagt, dass ich meine Absichten in Zukunft deutlicher machen werde. Wenn du mir damit sagst, dass du nicht dafür empfänglich bist, lasse ich dich sofort gehen.«

Panik durchfuhr mich wie nichts, was ich je zuvor gefühlt hatte. Ich wusste, dass wir nicht zurückkonnten. Nichts würde jemals wieder so sein wie früher zwischen uns.

Ich wollte nicht zurück. Ich wollte vorwärtsgehen und herausfinden, wohin das führte. Wohin das, was auch immer wir begannen, führen könnte. Ich wollte wieder einem Mann vertrauen und ich wusste, dass dieser Mann nur Aidan sein konnte.

»Nein«, flüsterte ich. »Ich will nicht, dass du dich zurückhältst. Ich habe mich gegen dich gewehrt, weil ich dachte, du flirtest nur zum Zeitvertreib, nicht, weil du mich magst. Ich glaube nicht, dass ich wieder nur befreundet sein kann, nicht nachdem du mir heute das Gefühl gegeben hast, etwas Besonderes zu sein, wichtig zu sein.«

»Du bist etwas Besonderes, Claire. Du warst mir immer wichtig. Und es tut mir leid, aber ich kann keine Minute länger warten, dich zu küssen.«

Bevor ich antworten konnte, senkten sich seine Lippen auf meine. Seine Hände, die immer noch mein Gesicht hielten, wurden weicher, als sich unsere Lippen trafen. Ein Funke, klein, aber feurig, sprang über und ließ mich auflodern. Allein die Berührung seiner Lippen auf meinen ließ mich lebendiger fühlen, als ich mich seit langer Zeit gefühlt hatte. Als seine Hände von meinen Wangen glitten, stieß ich ein leises Seufzen des Vergnügens aus.

Eine Hand krallte sich in mein Haar und hielt mich genau dort, wo Aidan mich haben wollte. Die andere Hand glitt über meinen Hals zu meiner Schulter und dann meinen Arm hinab, wo er nach meiner Hand griff und unsere Finger sich wieder ineinander verschlangen. Aidan drehte meinen Arm hinter meinen Rücken und legte unsere verbundenen Hände auf mein Kreuz, wobei sein Daumen sich in einer Gürtelschlaufe meiner Caprihose einhakte.

Er küsste wie ein Mann, der wusste, wie man mit einer Frau umgeht. Seine sanften Küsse wanderten von einem Mundwinkel zum anderen und kosteten sanft und süß jeden Zentimeter meiner Lippen. Als er seine Zunge in den Winkel tauchte, wo sich meine Lippen trafen, seufzte ich wieder, meine Lippen teilten sich ganz leicht.

Aidan, der immer auf mich eingestimmt war, zentrierte seine Lippen wieder auf meinen und nutzte den Spalt zwischen meinen Lippen, seine Zunge tanzte zwischen ihnen und verführte mich, mich ihm zu öffnen. Meine freie Hand griff nach ihm, als sich meine Lippen öffneten und seine Zunge in meinen Mund glitt, während ich meinen Arm um seinen Hals schlang.

Aidan zog mich näher zu sich, nahm die Ermutigung an und küsste mich tief. Unsere Zungen glitten aneinander, verhedderten sich im reinsten Ausdruck der Liebe. Er hielt mich an sich gedrückt, während er meinen Mund erkundete, mit seiner Zunge über meine strich und in die Höhlen meiner Wangen vordrang.

Ich tat dasselbe, lernte jeden Teil seines Mundes kennen, von seinen Lippen bis zu den Spitzen seiner Zähne, und speicherte ihn für später ab, für den Moment, wenn er unweigerlich gehen würde. Ich wusste, dieser Kuss war der Kuss, auf den ich mein ganzes Leben gewartet hatte. Das war der Kuss, von dem ich in Büchern gelesen und von dem ich meine Freundinnen hatte reden hören. Der Kuss, der mein Leben für immer verändern und mich zu einem anderen Menschen machen würde.

Jeder denkt, ein erster Kuss sei etwas Besonderes. Er markiert etwas, sagt etwas über dich aus. Wenn du zu jung bist, warst du eine Schlampe. Wenn du zu alt bist, bist du prüde. Wenn du zu viel Zunge benutzt oder zu gut darin bist, dann lügst du, dass es dein erster Kuss war. Aber nichts davon ist wirklich wichtig, denn ein erster Kuss ist nicht so besonders. Ein erster Kuss ist normalerweise ungeschickt und seltsam und fühlt sich komisch an. Es ist etwas, worüber man seinen Freunden erzählt, aber das man nie wirklich genießt. Niemand weiß, was er beim ersten Mal tut, also hat man keine Ahnung, ob man gut oder schlecht ist.

Aber dieser Kuss, mein erster Kuss mit Aidan ... Das war ein Kuss, der etwas bedeutete. Ein Kuss, der Berge versetzen und Kranke heilen konnte. Es war ein Kuss, der mir Kraft gab und sie mir gleichzeitig raubte. Es war ein Kuss, der mir sagte, dass ein Leben mit Aidan niemals langweilig oder eintönig sein würde, sondern voller Leidenschaft.

Es war ein Kuss, der mich zu einer neuen Frau machte.

Als Aidan sich endlich von mir löste, konnte ich meine Augen nicht öffnen. Sie waren schwer vor Lust und Verlangen. Ich wollte ihn in mein Bett zerren und ihn mit mir machen lassen, was er wollte. Wenn er mir nur mit einem Kuss ein so gutes Gefühl geben konnte, konnte ich mir nur vorstellen, was er tun könnte, wenn er auf den Rest meines Körpers losgelassen würde. Ich wollte wissen, wie es sich anfühlte, mich mit einem Mann zu verlieren, Sex zu genießen und seinen Namen zu schreien, während er meinen stöhnte.

All diese Gedanken schossen mir durch den Kopf, während Aidan dastand und mich festhielt. Sein Herz pochte im gleichen Takt wie meines, und ich wusste, dass der Kuss ihn genauso schlimm erwischt hatte wie mich. Wir rangen beide nach Worten, schnappten nach Luft, wollten verzweifelt erklären, was gerade passiert war.

Aber wir konnten es nicht.

Alles, was wir tun konnten, war dazustehen und uns gegenseitig zu halten. Unsere verschlungenen Hände waren immer noch an meinen Rücken gedrückt und sein Schwanz drückte sich gegen meine Vorderseite. Wir hatten beide eine Hand im Haar des anderen und keiner von uns schien bereit zu sein, loszulassen. Bereit, sich dem zu stellen, was auch immer gerade passiert war.

Wir standen ein paar Minuten lang da und hielten uns aneinander fest, bevor Brownie herangesprungen kam. Er hatte seinen Stock von vorhin gefunden und stieß ihn Aidan stolz entgegen. Wir beugten uns beide hinunter und sahen auf meinen Hund, der nicht gerade geduldig darauf wartete, dass Aidan mit ihm spielte. Ich konnte mitfühlen.

Aidan drückte meine Hand, gab mir einen Kuss auf die Stirn und bückte sich dann, um den Stock zu holen. Er warf ihn über das Gras und Brownie sprang ihm glücklich hinterher. Sobald der Stock Aidans Hand verlassen hatte, griff er wieder nach mir, zog mich an seinen Körper und hielt mich fest, als könnte er nicht genug von mir bekommen, wüsste aber auch nicht, was er nach dem Kuss, den wir gerade geteilt hatten, sagen oder tun sollte.

Wir verbrachten den Rest des Nachmittags so, abwechselnd warfen wir den Stock für Brownie und hielten uns gegenseitig fest. Als Brownie müde war, begleitete Aidan uns nach Hause, küsste mich dann auf die Wange und ging ohne ein weiteres Wort.

Aber ich wusste, dass er genauso erschüttert war wie ich. Bis in meinen zitternden Kern.

KAPITEL 5

AM FOLGENDEN DIENSTAG machte ich mich wieder auf den Weg zu Beiß mich!, zu unserem wöchentlichen Mädelsabend. Ich freute mich darauf, meine Freundinnen wiederzusehen, doch ein Unbehagen machte sich in meiner Magengrube breit. Ich wusste, was es war, aber ich wollte nicht darüber nachdenken. Ich wollte es ignorieren, auch wenn das nichts bringen würde.

Ich hatte Angst, Sam gegenüberzutreten.

Sie war eine meiner besten Freundinnen. Wir kannten uns seit unserem ersten Jahr am College, und nach neun Jahren standen wir uns so nah, wie Freundinnen es nur konnten. Trotzdem hatten wir uns in all der Zeit noch nie um einen Kerl gestritten. Ich wusste nicht, ob Sam und ich uns wirklich um Aidan stritten, aber ich machte mir Sorgen, dass sie stinksauer sein würde. Dass sie denken würde, ich hätte ihn ihr ausgespannt.

Obwohl ich ihn zuerst gekannt hatte und er technisch gesehen mit mir zur Eröffnungsfeier gegangen war. Wenn jemand hätte sauer sein sollen, dann ich. Aber ich hatte keinen Grund, verärgert zu sein. Ich kribbelte immer noch von dem Kuss, den Aidan und ich geteilt hatten. Ja, drei Tage später. Ich hatte noch nie einen Kuss drei Minuten später noch einmal durchlebt, geschweige denn drei Tage später.

Ich betrat Beiß mich! ein paar Minuten zu spät, nur um sicherzugehen, dass ich nicht mit Sam allein war. Ich wusste, dass wir irgendwann reden mussten, aber ich war noch nicht so weit.

Der süße Duft von Cupcakes umströmte mich, als ich zur Tür hereinkam, und ich suchte mir bereits aus, welche Cupcakes ich nehmen würde. Vanilleschote war vor Samstag mein Favorit gewesen, aber das hatte sich geändert, als Aidan mich mit dem Zimtschnecken-Cupcake gefüttert hatte. Ich schaute durch die Vitrine und sah ein volles Blech davon, und ein Kribbeln durchfuhr meinen Körper, wobei meine Brustwarzen vorangingen, um zu sehen, ob Aidan für eine weitere Runde da war.

Als die Kundin vor mir ging, bat ich Charlie um einen Vanilleschoten- und einen Zimtschnecken-Cupcake zu meinem Wasser. Sie lächelte mich wissend an, sagte aber nichts. Ich gab ihr meine Karte und trug meine Leckereien zu unserem Tisch, an dem alle auf mich warteten, sogar Mandy, die sonst immer zu spät kam.

Sie hörten alle auf zu reden, als ich mich hinsetzte, was, wie ich wusste, entweder bedeutete, dass sie über mich geredet hatten, oder dass sie auf meine Ankunft gewartet hatten. Ich blickte in Addis sanfte braune Augen und wusste, dass Letzteres der Fall war. Sogar Addi grinste mich an.

»Was?«, fragte ich abwehrend, obwohl ich wusste, sobald die Worte meinen Mund verließen, dass es die Situation nur noch schlimmer machte.

Addi und Sam widmeten sich wieder ihren Cupcakes, aber Mandy hielt meinem Blick stand. »Aidan war nett.«

Sie wollte mich aus der Reserve locken. Versuchte, mich dazu zu bringen, alles über ihn und über uns zu erzählen, ohne sich dafür anstrengen zu müssen. Nun, wir waren seit mehr als zwanzig Jahren befreundet und ich würde nicht auf ihre Tricks hereinfallen.

»Jep«, war alles, was ich sagte.

»Wirst du ihn wiedersehen?«, fragte sie.

»Natürlich. Wir haben die gleiche Schicht. Ich sehe ihn jedes Mal, wenn ich zur Arbeit gehe.«

Das war eindeutig nicht die Antwort, die Mandy sich erhofft hatte. Sie schürzte die Lippen, zog eine Augenbraue hoch und wartete auf mehr.

»Was ist mit außerhalb der Arbeit? Ihr zwei wirkte ziemlich vertraut, als du dich auf seinen Schoß gekuschelt hast«, sagte Sam. Ich war überrascht, in ihrem Ton keine Spur von Wut oder Eifersucht zu finden, nur Neugier.

Ich wusste nicht, wie ich ihr antworten sollte. Auch wenn ich drei Tage lang über Aidans Kuss nachgedacht hatte, hatte ich ihn weder gesehen noch etwas von ihm gehört. Wir arbeiteten nicht zusammen, also hatte ich auch nicht erwartet, ihn zu sehen. Aber nach unserem Kuss… nun ja, da hatte ich schon erwartet, von ihm zu hören.

Und es tat weh, zuzugeben, dass er mich nicht angerufen hatte und dass ich keine Ahnung hatte, was mit uns los war.

»Ich habe Aidan seit Samstag nicht gesehen«, antwortete ich schließlich. Es war die Wahrheit, wobei ich alles darüber ausließ, wie sehr es mich verletzte, nichts von ihm zu hören, oder irgendetwas über unseren Kuss.

»Ihr wart so vertraut wie Mandy und Xander. Ich hätte geschworen, ihr schlaft miteinander. Umso überraschter bin ich, dass du ihn seit Tagen nicht gesehen hast«, sagte Sam ehrlich.

Mandy und Addi nickten zustimmend, und alle schauten mich nach mehr Informationen, mehr Details an, die ich einfach nicht hatte. Sie wollten die ganze Geschichte, die Insider-Infos über meine Beziehung zu Aidan. Details, die ich selbst noch herausfinden musste, solche, die sich erst klären würden, wenn ich Aidan wiedersehen würde.

»Bist du sauer auf mich, Sam?«, fragte ich schließlich, teils um das Thema zu wechseln und teils, weil ich es wissen musste.

»Worüber sollte ich sauer sein? Zuerst dachte ich, ihr wärt nur Freunde, aber ich habe gesehen, wie er dich angesehen hat. Als wärst du sogar noch besser als einer von Charlies Cupcakes. Ich habe mich zurückgezogen, bevor er zu dir zurückgegangen ist, bevor er dich mit dem Cupcake gefüttert hat. Eine Frage habe ich aber… Hat er einen Bruder?«

Ich lachte und sprach ein kurzes Dankgebet, dass meine Freundinnen so großartig waren. Nur Sam konnte sich so schnell wieder fangen und sich nicht daran stören, dass sie mit einem Kerl geflirtet hatte, der an einer anderen interessiert war. Sam war unglaublich, unverwüstlich und eine großartige Freundin.

»Sorry, aber nein. Er ist ein Einzelkind. Er hat ein paar Cousins, glaube ich.«

Sam rieb sich aufgeregt die Hände und sagte: »Sobald du herausgefunden hast, was zwischen euch beiden läuft, schmeiß eine Party und lade seine süßen Cousins ein.«

Ich lächelte, aber es fühlte sich nicht echt an. Sie hatte den Nagel auf den Kopf getroffen, ich musste herausfinden, was zwischen uns lief. Da meine Erfahrung mit Beziehungen sich auf beschissene im echten Leben oder fiktive in Filmen beschränkte, hatte ich keine Ahnung, wie ich weitermachen, wie ich herausfinden sollte, was mit Aidan los war.

Vielleicht hatte er, nachdem er mich geküsst hatte, gemerkt, dass er ein Narr war, und wollte meine Gefühle nicht verletzen. Vielleicht dachte er, er mag mich, bis er mich küsste. Vielleicht… hundert verschiedene Dinge. Über keins davon hatte ich die leiseste Ahnung.

Ich musste wohl warten, bis ich ihn in zwei Tagen bei der

Arbeit sehen würde, um irgendeinen Anhaltspunkt über uns zu bekommen.

Ich wünschte nur, meine Freundinnen wären so geduldig.

»Also, du weißt nicht, was los ist? Aber es ist klar, dass *irgendwas* los ist. Wir haben alle gesehen, wie er dich mit dem Cupcake gefüttert hat. Wenn das nicht mordsmäßig heiß war, dann weiß ich auch nicht. Habt ihr euch getroffen?«

Ich atmete tief durch und machte mich auf das Kreuzverhör gefasst. Ich wusste, dass es passieren würde, hatte aber gehofft, es vermeiden zu können. Wie naiv von mir.

»Nein, wir haben uns nicht getroffen. Er hat mich ein paar Mal um ein Date gebeten, und ich habe nein gesagt, weil ich nicht dachte, dass er es ernst meint. Er hat es immer auf eine scherzhafte Art gesagt.«

»Wieso das? Und wie konntest du ihm einen Korb geben?«, fragte Addi.

In den letzten drei Tagen hatte ich mich dasselbe gefragt. Es war dumm von mir zu denken, dass es eine gute Idee wäre, Aidan einen Korb zu geben, oder etwas, das ich für immer durchziehen könnte. Er sagte, er mochte mich, aber er küsste mich und rief nicht an. Obwohl ich ihn nicht mit BJ, meinem Arschloch von Ex, in einen Topf werfen konnte, war er mit Sicherheit auch nicht direkt wie aus einem Film entsprungen.

Die Wahrheit war, dass er mich geküsst hatte und dann einfach weggegangen war.

»Ich habe nein gesagt, weil ich wirklich dachte, er macht nur Witze. Wenn er mich nach einem Date gefragt hat, hat er Dinge gesagt wie: ‚Du solltest einfach mit mir ausgehen, weil kein anderer Mann dich je verdienen wird‘, oder ‚Du weißt doch, dass wir perfekt zusammenpassen. Hör auf, dich dagegen zu wehren, und geh einfach mit mir aus, damit ich es dir beweisen kann.‘ Ich habe ihn wirklich nie ernst genommen.«

Drei Gesichter starrten mich an, als hätte ich drei Köpfe. Oder vielleicht Zuckerguss auf meinem Shirt. Sam ergriff wie üblich als Erste das Wort: »Er steht total auf dich. Wenn er irgendetwas davon zu mir gesagt hätte, hätte ich ihn immer noch in meinem Bett.«

Addi und Mandy nickten, und ich fragte mich, warum ich das nie zuvor bemerkt hatte. Es ist immer einfacher, die Dinge zu durchschauen, wenn man nicht mittendrin steckt. Und was Aidan betraf, steckte ich bis zum Hals im Schlamassel der totalen Verwirrung.

Als ich zurückdachte, wusste ich, dass es da war. Ich wusste, dass ich ihn viel mehr mochte, als ich zugeben wollte. Ich wollte, dass er mich auch mochte. Ich hoffte, seine Worte waren die Wahrheit, dass er tatsächlich mit mir ausgehen wollte. Auch wenn ich nicht an die Liebe glaubte.

Nach seinem Kuss begann die Liebe für mich verwirrend zu werden. Wenn Liebe existieren konnte, dann in einem Kuss wie diesem. Einem Kuss, der mir den Atem raubte und mich nach mehr verlangen ließ. Aber drei Tage lang nicht anzurufen, war ein Tritt in den Hintern, der mich direkt zurück in die ‚Keine-Liebe‘-Zone beförderte. Wenn Aidan auch nur die Hälfte von dem gefühlt hätte, was ich gefühlt hatte, hätte er mich angerufen.

Oder?

»Wenn Xander das zu mir sagen würde, würde ich ihn auf der Stelle heiraten. Ich weiß, dass er mich liebt, aber so redet er nicht. Das ist so ein Scheiß direkt aus den Filmen, die du so gerne schaust. Ich könnte mir total vorstellen, wie du wegen irgendeinem Typen auf dem Bildschirm dahinschmilzt, der das sagt, aber wenn du es im echten Leben hörst, denkst du, es ist eine Lüge«, fügte Mandy hinzu.

Sie hatte recht. Nicht, dass ich das gerne hörte. Wenn ein Typ in einem Film das zu der Frau gesagt hätte, der er nachjagte, hätte ich geheult, wie süß das war. Stattdessen hörte ich es im echten Leben und glaubte nicht daran. Glaubte nicht an Aidan.

Aber er rief nicht an. Wie also konnte ich jetzt an ihn glauben?

»Okay, Leute, aber er hat mich nicht angerufen. Ja, ich habe nein gesagt, immer und immer wieder. Ich war dumm. Aber ich habe am Samstag ja gesagt. Deshalb war er da. Er hat mich nicht angerufen. Bedeutet das nicht irgendetwas?«

»Bist du sicher, dass er deine Nummer hat?«, fragte Addi.

»Ja«, gab ich zu. »Er hat mich schon mal angerufen, als wir als Gruppe unterwegs waren. Gelegentlich schreibt er mir eine SMS.«

»Was ist mit der Arbeit? Er hat gesagt, er macht viele Überstunden. Könnte es sein, dass er dieses Wochenende gearbeitet hat?«, fragte Mandy.

Sie hatte recht. Er hatte allen erzählt, dass er viele zusätzliche Überstunden macht, weil er für den Kauf eines Hauses spart. Vielleicht musste er die letzten paar Tage arbeiten.

»Oder vielleicht wusste er nicht, was er sagen sollte. Er ist am Samstag ziemlich schnell hinter dir her aus dem Laden gerannt. Keiner von uns wusste, warum du so plötzlich gegangen bist, aber als Mandy aufstand, um dir nachzugehen, war Aidan schon auf halbem Weg zur Tür«, erzählte mir Addi.

»Ja, er war nicht aufzuhalten. Hat er dich eingeholt?«, fragte Mandy.

Ich nickte und dachte an unseren Spaziergang zurück zu meiner Wohnung und daran, dass er bei mir geblieben war, bis ich zu Hause war. Ich spürte, wie meine Wangen glühten, als unser Kuss vor meinem geistigen Auge aufblitzte.

Und sie alle bemerkten es.

»Ooh, was ist passiert? Du siehst unglaublich schuldbewusst aus. Hast du mit ihm geschlafen?« Sam beugte sich vor, bereit für den neuesten Klatsch.

Ich verdrehte die Augen über sie. Sie kannte meine Vergangenheit und wusste, wie schwer es mir fiel, mich Männern zu öffnen, aber sie behandelte mich immer wie alle anderen und fragte dasselbe, was sie auch Addi oder Mandy gefragt hätte.

Und dafür war ich ihr verdammt dankbar. Dafür, dass sie mir nicht das Gefühl gab, anders zu sein, nur weil der erste und einzige Freund, den ich hatte, mich vergewaltigt hatte. Dafür, dass sie mir nicht das Gefühl gab, ich sei deswegen anders.

»Ich habe nicht mit ihm geschlafen. Er hat mich nur geküsst.«

»Das muss ein verdammt guter Kuss gewesen sein«, sagte Addi leise. Ein Lächeln umspielte ihre Lippen und ich wusste, dass sie nicht eifersüchtig, sondern ein wenig neidisch war. Ich kannte das Gefühl nur zu gut.

»Es war ein fantastischer Kuss. Ein Kuss, der ein Feuerwerk im Hintergrund gebraucht hätte. Ein Kuss, an den ich seitdem ununterbrochen denken muss, auch wenn es so aussieht, als hätte er keine Probleme gehabt, einfach weiterzumachen.«

»Aww, Süße, das weißt du doch gar nicht«, sagte Mandy und legte ihren Arm um meine Schulter. »Wenn er gearbeitet hat oder etwas los war, war er vielleicht einfach zu beschäftigt. Er könnte auch versucht haben, herauszufinden, was passiert ist. Männer verarbeiten die Dinge nicht so wie wir. Wenn es ein so guter Kuss war, hat er ihn wahrscheinlich total durcheinandergebracht.«

»Ja, aber warum sollte er mich nicht anrufen? Wenn er verwirrt ist, dann mag er mich vielleicht doch nicht so sehr, wie er dachte.«

Sie alle wechselten einen Blick, der mir verriet, dass sie dasselbe gedacht hatten. Ich wollte es nicht hören. Ich konnte das Mitleid in ihren Stimmen oder das Unbehagen in ihren

Augen nicht ertragen. Es war vielleicht nicht fair, aber ich konnte nicht mehr.

»Lasst uns einfach über etwas anderes reden. Wir werden keine der Fragen beantworten, die mir im Kopf herumschwirren, und all das hier regt mich nur noch mehr auf. Ihr wisst ja sowieso, dass ich bei Männern misstrauisch bin. Wenn Aidan entscheidet, dass er einen Fehler gemacht hat, dann werde ich es einfach als einen weiteren Kerl abhaken, der ein Idiot war.«

Ich dachte nicht, dass es so einfach sein würde, sie dazu zu bringen, das Thema fallen zu lassen, aber ich schätze, das war es. Natürlich halfen wahrscheinlich die Tränen, die aus meinen Augen zu quellen drohten. Ich hatte seit dem Geständnis der ganzen schrecklichen Geschichte mit BJ an Mandy nicht mehr wegen eines Mannes geweint. Eigentlich war das kein Weinen über einen Mann, sondern ein Weinen über den Schmerz des Geschehenen, über meinen Verlust des Vertrauens in Männer.

Aidan hatte bei Weitem nichts so Schlimmes getan, aber ich fühlte mich im Stich gelassen. Ich hatte törichterweise gedacht, wir hätten uns stillschweigend darauf geeinigt, es miteinander zu versuchen. Aber er rief nie an.

KAPITEL 6

ALS WIR UNS endlich alle auf den Weg machen wollten, legte Mandy mir die Hand auf den Arm und sagte: »Kann ich dich nach Hause fahren?«

Ich schüttelte den Kopf und fragte mich, warum sie sich die Mühe machte. Sie wusste, dass ich um die Ecke wohnte und immer zu Fuß ging. Da es Ende Juni war, war das Wetter schön und es wurde gerade erst dunkel.

»Bitte, dann würde ich mich besser fühlen«, sagte sie.

Mit einem Blick zu Sam und Addi willigte ich ein und fragte mich, was los war, worüber sie mit mir reden musste. Normalerweise suchte Mandy mich nur dann allein auf, wenn etwas passiert war. Sofort ging ich in die Defensive und bereitete mich darauf vor, über Xander herzuziehen, obwohl ich angefangen hatte, ihn tatsächlich zu mögen.

Ich stieg auf den Beifahrersitz von Mandys Wagen und saß schweigend da, während sie losfuhr und die zwei Minuten zu meiner Wohnung fuhr. So albern es auch schien, ich ließ sie gewähren und wartete darauf, dass sie anfing, darüber zu reden, was auch immer los war.

Als sie aus dem Auto stieg, wusste ich, dass es eine lange

Nacht werden würde. Wenn sie mit reinkam, dann hatte Xander ziemlich großen Mist gebaut. Ich ging gedanklich meine Küche durch und stellte fest, dass ich zwei Flaschen Wein und eine Packung Eiscreme im Gefrierschrank hatte. Das musste reichen.

Ich schloss uns die Tür auf und Brownie kam angerannt, um Hallo zu sagen. Mandy war ein Katzenmensch, aber sie mochte Brownie. Sie kniete sich auf den Boden, um ihn überall zu kraulen, und er warf sich auf den Rücken, um seinen Bauch für zusätzliche Streicheleinheiten preiszugeben. Mandy lachte, als sie seiner unausgesprochenen Bitte nachkam.

Schließlich hielt ich es nicht mehr aus. »Was ist passiert, Mandy? Du bringst mich hier noch um. Stimmt etwas zwischen dir und Xander nicht?«

Mandy sah mit verträumten Augen zu mir auf und sagte: »Nein. Xander ist perfekt. Ich bin hier, weil ich mir Sorgen um dich mache.«

Oh, Mist, dachte ich, *das Verhör geht weiter.* Mandy stand auf, legte mir den Arm um die Schulter und führte mich in mein Wohnzimmer, wo wir uns auf die Couch setzten. Ich war bereits verwirrt, und dass meine beste Freundin dasaß und mir sagte, sie sei sich sicher, dass alles in Ordnung sei, war nicht meine Vorstellung von einem guten Ende des Abends.

»Mandy, mir wird es gut gehen. Du musst dir keine Sorgen um mich machen«, sagte ich ihr, bereit, von dort abzuhauen. Ich sprang von der Couch auf und ging in die Küche.

»Das ist ja das Problem, Claire. Ich werde mir immer Sorgen um dich machen. Genauso wie du dir wegen mir und Xander Sorgen gemacht hast. Ich weiß, dass du unsicher bist, ob du dich auf etwas mit Aidan oder jemand anderem einlassen sollst, aber er war wirklich süß.«

Ich riss meinen Kühlschrank auf und schnappte mir die Flasche Wein, die ich darin hatte. Ich holte zwei Gläser heraus, füllte eines bis zum Rand und das andere zur Hälfte und reichte Mandy das nur halb volle. Wir stießen mit den Gläsern an und ich nahm einen langen, stärkenden Schluck, wobei mich der Alkohol und die Kälte schaudern ließen, als er meine Kehle hinunterrann.

»Du magst ihn wirklich, aber ich merke, dass du es nicht willst.«

»Mandy, ich weiß das alles zu schätzen, aber es scheint alles keine Rolle zu spielen. Wenn Aidan kein Interesse an mir hat, wen kümmert es dann, wie ich mich fühle.«

Mandy stellte ihr Weinglas auf die Theke und trat näher an mich heran. »Es ist immer wichtig, wie du dich fühlst. Wenn du unglücklich bist, ist es wichtig. Wenn du glücklich bist, ist es wichtig. Und alles dazwischen.«

Ich stieß den Atem aus und fragte mich, wie viel ich Mandy gestehen sollte. Ihre hochgezogene Augenbraue verriet mir, dass sie meine Versuche durchschaute, zu verbergen, wie verloren ich mich fühlte. »Ich weiß nicht, ob ich in letzter Zeit glücklich bin. Dich mit Xander zu beobachten, dich so glücklich zu sehen… Das hat mir klar gemacht, wie viel in meinem Leben fehlt.«

»Was zum Beispiel?«, fragte Mandy und nahm einen Schluck aus ihrem Glas, ich wusste, um die Lücke nicht mit dem zu füllen, was ihrer Meinung nach bei mir fehlte.

Ich zuckte mit den Schultern. »Ich weiß es nicht genau. Ein Teil von mir hat das Gefühl, dass ich das Leben nur noch mechanisch abspule. Du liebst deinen Job, aber ich habe nur einen, der die Rechnungen bezahlt. Du hast Xander, aber ich bin bei Männern kaum zurechnungsfähig. Du hast dein eigenes Haus, aber ich wohne zur Miete und habe nicht vor, das zu ändern.«

»Du musst tun, was für dich das Richtige ist. Vor zwei Monaten hatte ich kaum eines dieser Dinge.«

»Du hast deinen Job schon immer geliebt«, wandte ich ein.

»Stimmt«, gab Mandy zu. »Aber ich liebe ihn so viel mehr ohne Melody und da ich jetzt die Chefin bin.«

Mandy war kürzlich zur Kundendienstleiterin befördert worden. Während des Entscheidungsprozesses war herausgekommen, dass ihre Rivalin bei der Arbeit, Melody, Gerüchte über Mandy verbreitete und sie fast ihren Job gekostet hätte. Mandy hatte sich zum allerersten Mal gegen Melody zur Wehr gesetzt, und am Ende war Melody stattdessen ihren Job los.

Ich lächelte, denn ich wusste, dass Xander die größte Veränderung in Mandy bewirkt hatte. Vor ihm hätte sie sich, glaube ich, nicht gegen Diana, ihre alte Chefin, gewehrt und Melody feuern lassen. Mit Xander in ihrem Leben hatte sie sich verändert, und zwar zum Guten.

»Was möchtest du tun, wenn du nicht mehr für die TSA arbeiten willst?«

Ich zuckte wieder mit den Schultern, unsicher, wie viel ich bereit war, zu gestehen. Ich hatte mir einige Ideen durch den Kopf gehen lassen, aber das bedeutete nicht, dass ich sie teilen wollte.

»Du hast eine Idee, nicht wahr? Du weißt, was du tun willst«, stellte Mandy fest. Sie konnte mich genauso gut lesen wie ich sie.

Ich kaute auf meiner Lippe und nickte. »Ich möchte anderen Mädchen helfen. Mädchen, denen das Gleiche widerfährt wie mir. Noch besser wäre es, es zu verhindern, bevor es passiert.«

»Du willst mit Mädchen arbeiten, die vergewaltigt worden sind?«, fragte Mandy schockiert.

Ich nickte. »Ich will nicht, dass jemand so viele Jahre

später immer noch Narben hat. Ich möchte, dass sie heilen. Sie sollten in der Lage sein, ein normales Leben, normale Beziehungen zu führen–«

»Das solltest du auch«, unterbrach mich Mandy.

Tränen stiegen mir in die Augen. Ein Teil von mir wusste, dass sie recht hatte. Wenn jemand anderes es verdiente, gab es keinen Grund zu glauben, dass ich es nicht auch tat, aber es war schwerer zu akzeptieren. Ich war befleckt. Es war kein Schock, dass Aidan mich nicht wollte, auch wenn er nicht die ganze Wahrheit über meine Vergangenheit wusste. Vielleicht spürte er, dass da mehr im Gange war, als ich wegrannte.

»Er hat über dich gesprochen, wusstest du das?«, unterbrach Mandy meinen Gedankengang und schien meine Gedanken zu lesen. »Die ganze Zeit, in der du nicht am Tisch warst, hat er über dich gesprochen. Wie sehr es ihm gefallen hat, mit dir zu arbeiten, wie glücklich er war, endlich deine Freundinnen kennenzulernen, wie aufgeregt er war, Brownie zu treffen, und wie viel Spaß er beim Spielen mit ihm hatte. Immer wenn Sam versucht hat, seine Aufmerksamkeit auf sich zu lenken, ist er sofort in eine andere Geschichte über etwas verfallen, was du getan hast. Er hat versucht, Sam zu sagen, ohne dass sie sich schlecht fühlt, dass er nicht an ihr interessiert ist, weil er nur Augen für dich hatte. Das ist nicht die Art Mann, die dich küsst und sich dann nicht meldet.«

Ich schüttelte den Kopf und schluckte einen weiteren großen Schluck meines Weins. Der Wein begann mein Gehirn bereits zu benebeln, da ich noch nicht zu Abend gegessen hatte und schnell trank. Ich wollte nicht daran denken, wie süß Aidan war oder wie sehr er mich mochte, bevor er mich küsste. Ich wollte nicht hören, wie gut meine Freundinnen mit ihm auskamen oder wie viel er über mich sprach. Ich konnte es nicht. Weil es wehtat.

Ich wollte nicht um einen Mann trauern, der nie mir gehört hatte. Ich konnte nicht und ich würde es nicht tun.

»Mandy, bitte hör einfach auf. Okay, all das war, bevor er mich geküsst hat. Bevor er mich drei Tage lang ignoriert hat. Ich glaube nicht, dass ich das ertragen kann, okay. Ich will einfach nur versuchen, darüber hinwegzukommen. Ich weiß nicht, wie ich ihm bei der Arbeit begegnen soll, mit dem Wissen, dass er mit einem Kuss mein ganzes Leben verändert hat.«

»Wie meinst du das? Wie hat er dein Leben verändert?«

Ich schnaubte lachend, weil ich wusste, dass sie mich für verrückt halten würde. Obwohl Mandy Xander gefunden hatte, hatte sie nie so von seinen Küssen gesprochen, wie ich von Aidans empfand. Sie würde denken, ich verliere den Verstand.

»Er hat mir wieder etwas gegeben, woran ich glauben kann. Als er mich küsste, fühlte es sich an, als würde meine Welt zum ersten Mal seit langer Zeit wieder einen Sinn ergeben. Ich wollte nicht, dass er aufhört. Ich habe endlich verstanden, warum ihr alle Sex liebt. Und das nur von einem Kuss.«

Überraschenderweise lachte Mandy nicht. Sie beobachtete mich nur und nahm alles in sich auf. Sie hörte zu, als ob ich ihr die Geheimnisse des Lebens erzählte.

»Das habe ich auch gefühlt, als Xander mich zum ersten Mal geküsst hat. Es war der beste Kuss meines Lebens, hat meine Welt ernsthaft erschüttert. Aber es war nicht nur, dass er ein guter Küsser war. Es war die Leidenschaft, Liebe und Fürsorge dahinter. Es war die Verbindung, die sich anfühlte, als würden wir uns schon ewig kennen. Das plötzliche und unbedingte Bedürfnis, dass er für immer an meiner Seite sein muss. Das hat mir eine Heidenangst eingejagt.«

»Ja, mir auch. Aidan hat es auch Angst gemacht, das weiß ich. Er hat den Rest des Tages nicht mit mir geredet.«

»Wirklich?«, sagte Mandy und kratzte sich am Kopf, als würde sie über etwas grübeln. »Ist er einfach abgehauen?«

Ich schüttelte den Kopf, während sich die Szene immer wieder vor meinem inneren Auge abspielte. »Er hat meine Hand gehalten. Wir standen da, haben Händchen gehalten und er hat das Stöckchen für Brownie geworfen. Als Brownie genug hatte, hat Aidan uns zur Tür zurückgebracht, mir einen Kuss auf die Stirn gegeben und ist gegangen, ohne noch etwas zu sagen. Es war, als wären wir beide in Trance gewesen. Ich wusste nicht, was ich zu ihm sagen sollte, und dachte, ihm ginge es genauso.«

»Woher willst du wissen, dass es ihm nicht genauso ging?«

Ich zuckte mit den Schultern. »Wenn doch, hätte er dann nicht anrufen sollen?«

Mandy holte tief Luft und bereitete sich darauf vor, etwas zu sagen, von dem sie wusste, dass es mir nicht gefallen würde. »Ich bin ja auch dafür, dass der Mann den ersten Schritt macht, bezahlt und all den Scheiß, aber du hättest ihn anrufen können. Vielleicht ist er von all dem genauso überrumpelt wie du und denkt, du willst nichts von ihm hören. Vielleicht macht er sich Sorgen, dass du deine Meinung über ihn geändert hast. Oder vielleicht arbeitet er auch einfach nur, wie ich dir schon gesagt habe.«

An diesem Punkt war alles möglich.

»Ich schätze, ich dachte, da er mir immer hinterhergelaufen ist, würde er das auch weiterhin tun. Wenn er kein Interesse mehr hat, dann verstehe ich, warum er nicht anrufen würde. Aber wenn er dasselbe empfindet wie vorher, hätte er anrufen sollen. Er hätte mir irgendetwas mitteilen sollen. Bin ich verrückt?«

Mandy schüttelte den Kopf und nahm dann einen Schluck von ihrem Wein. »Ich verstehe es, Süße, wirklich. Mir ging es mit Xander genauso. Er war derjenige, der hinter mir her war. Er wollte unser erstes Date ausmachen und hat mich ständig angerufen. Er war derjenige, der mich um ein Date gebeten hat. Aber jetzt, wo wir den ganzen Scheiß, mit dem wir uns am Anfang herumgeschlagen haben, hinter uns haben«, ich hob eine Augenbraue zu ihr hinüber, »okay, ich habe den ganzen Scheiß hinter mir, er hatte nichts, was er hinter sich lassen musste. Wie auch immer… er hat mir erzählt, dass er sich lange gefragt hat, ob ich wirklich an ihm interessiert war. Er sagte, da er immer derjenige war, der angerufen hat, hatte er das Gefühl, ich würde ihn nur so lange ertragen, bis jemand Besseres daherkommt.«

»Du hattest nur Angst, dass er dich verarscht«, protestierte ich in ihrem Namen.

Sie nickte. »Ja, hatte ich. Aber das wusste er damals nicht. Er konnte es unmöglich wissen. Er hat mir erzählt, dass jedes Mal, wenn er zum Telefon griff, um mich anzurufen oder mir eine SMS zu schreiben, seine Hände gezittert haben und ihm beinahe schlecht wurde. Es ist schwer, sich ihn weniger als selbstbewusst vorzustellen, aber er sagte, er wusste, dass er mich mochte, in dem Moment, als er meine Stimme hörte. Mir ging es genauso, ich habe dem nur nicht getraut. Ich denke, das Gleiche könnte bei dir und Aidan der Fall sein.«

»Ich weiß nicht… «

»Ich könnte völlig danebenliegen, aber der Übergang von Freunden zu mehr macht Angst. Für dich und Aidan ist es noch schwieriger, da ihr seit Jahren befreundet seid und zusammenarbeitet. Ihr könnt nicht einfach zurückgehen, wenn die Dinge nicht klappen. Aber ehrlich gesagt, nach dem wenigen, was wir mit ihm geredet haben, denke ich, er ist ein guter Kerl.«

Ich nickte. »Er ist der beste Mann, den ich kenne. Nichts gegen Xander. Aidan passt bei der Arbeit auf mich auf, ist immer da, um die Aufgaben zu erledigen, von denen er weiß, dass sie mir unangenehm sind, auch wenn er nicht weiß, warum.«

Mandys Stirn legte sich in Falten, als sie fragte: »Wie zum Beispiel?«

Ich wusste, wie Mandy zu ihrem Gewicht stand. Auch wenn sie nie erwartet hatte, einen Mann wie Xander zu finden, hatte sie immer gehofft, die Liebe zu finden. Sie hatte im College gedatet und seit unserem Abschluss ein paar feste Freunde gehabt. Ihr Gewicht war ein Problem für sie, weil sie sich Sorgen um die Meinung anderer machte, aber sie war glücklich. Sie hatte nicht ihr ganzes Leben damit verbracht, abzunehmen.

Und sie verstand nicht ganz, warum ich mein Erwachsenenleben damit verbracht hatte, zuzunehmen.

»Weißt du, wie du gerne im Kundenservice arbeitest, weil dich dort niemand sehen und nach deinem Aussehen beurteilen kann?« Sie nickte. »Nun, ich mag es nicht, vor Passagieren zu stehen, denn wenn sie über etwas wütend werden, neigen sie dazu, fies zu werden. Ich wurde öfter als ich zählen kann als fette Schlampe bezeichnet, nur weil das Röntgengerät etwas erkannt hat und ich eine Tasche inspizieren musste. Aidan hat meine Abneigung bemerkt, am Ende der Schlange zu arbeiten, und wann immer wir zusammen arbeiten, übernimmt er es für mich.«

»Er sorgt sich sehr um dich. Das verschwindet nicht einfach so. Besonders nicht nach einem Kuss, bei dem sich einem die Zehennägel aufrollen.«

Ich musste über Mandy lachen. Die Zehennägel aufrollen beschrieb seinen Kuss definitiv. Die Zehennägel aufrollend, weltbewegend, den Körper erbeben lassend. Ja, die passten alle.

»Hast du wegen BJ Angst, ihn an dich heranzulassen? Du hast seit ihm andere gedatet, also dachte ich irgendwie, du wärst über ihn hinweg, aber wir reden nie darüber.«

Ich leerte den Rest meines Weinglases, beunruhigt sowohl bei dem Gedanken, über meinen Ex zu sprechen, als auch darüber, die beiden Männer zu vergleichen. Es gab keinen Vergleich. Es konnte keinen geben. Wenn ich Angst hatte, Aidan an mich heranzulassen, bedeutete das dann, dass ich dachte, er könnte wie BJ sein? Wenn ich einfach nur Angst hatte, was sagte das dann über mich aus?

»Ich rede nicht gern über BJ. Ich habe ihm vertraut. Offensichtlich hätte ich das nicht tun sollen, aber ich war 17 und anscheinend dumm. Ich habe seitdem nie wieder wirklich einem Mann vertrauen können, aber ich vertraue Aidan. Wir sind seit Jahren befreundet und ich weiß, er würde mich nicht verletzen. Er ist nicht BJ. Das Problem ist, dass ich Angst habe, eben weil ich ihm vertraue. Es ist schwer, ihm zu vertrauen und sich auf ein neues Terrain zu begeben. Als er mich küsste, wollte ich nicht, dass er aufhört. Und ich glaube, das hat mir mehr Angst gemacht als alles andere.«

»Wie meinst du das?«, fragte Mandy sanft.

»Ich habe Sex nie genossen. Ihr redet darüber und ich sitze da und frage mich, was ich falsch gemacht habe. Für mich hat es nie Spaß gemacht, aber nur Aidan zu küssen war besser als jeder Sex, den ich je hatte. Es hat mich dazu gebracht, andere Dinge ausprobieren zu wollen.«

Ich habe noch nie mit Mandy über Sex gesprochen, weil ich nie etwas zu erzählen hatte. Auch wenn ich Sex gehabt hatte, war es lange her, und ich habe sicherlich nie um Rat gefragt oder das Thema angesprochen. Mandy hat sich im Laufe der Jahre bei mir ausgekotzt und Geschichten mit mir geteilt, aber dass ich eine Diskussion begann, war für uns ein wenig seltsam.

»Du wolltest allein wegen seines Kusses mit ihm schlafen, aber es hat dir Angst gemacht, weil du ihm genug vertraust, dass du es in Betracht ziehen würdest. Ist das ungefähr richtig?«

Ich nickte.

»Gott, vor drei Monaten war ich genau wie du. Habe ich dir erzählt, dass Xander und ich nach unserem ersten Date miteinander geschlafen haben?« Ich nickte. Sie hatte sich damals komisch dabei gefühlt und schien sich dafür zu schämen, aber jetzt… nun, sie wirkte anders. »Es war wegen seiner Küsse. Er hat mich direkt geküsst, als ich im Restaurant ankam, weil er sagte, er könne keine weitere Minute warten, um mich zu küssen. Wir haben uns geküsst und getanzt und unser Essen geteilt, und am Ende des Dates waren wir bereit, auf dem Parkplatz übereinander herzufallen. Er hat sich die ganze Nacht hinter mir versteckt, weil er so steif war, dass sich seine Erektion in seiner Jeans abzeichnete. In der Woche, in der wir uns am Telefon kennengelernt hatten, hatte ich mich Hals über Kopf in ihn verliebt und konnte mir nicht vorstellen, von ihm wegzugehen.«

Oh Scheiße. Ich wollte nicht hören, dass ich mich in Aidan verliebte. Es war zu früh. Wir kannten uns noch nicht so gut. Und er hatte mich nicht angerufen.

Aber verdammt, Mandy hatte recht. Was sie beschrieb, was sie durchgemacht hatte, all diese Dinge fühlte ich auch. Für eine Frau, die beschlossen hatte, dass die Liebe nicht in ihrer Zukunft lag, stürzte ich mich ganz schön kopfüber hinein.

Ich konnte nur hoffen, dass jemand da war, um mich aufzufangen.

»Claire, ich versuche nicht zu sagen, dass du in Aidan verliebt bist. Das weißt nur du allein. Ich weiß nur, dass es mir mit Xander genauso ging. Ich konnte nicht genug von ihm bekommen und konnte meine Hände, oder den Rest von mir, nicht von ihm lassen. Und ihm ging es genauso. Aidan hätte dich nicht geküsst, wenn er dich nicht mögen würde. Und Küsse, wie du sie beschrieben hast… die sind nicht einseitig. Er hat es auch gefühlt.«

Mandy trank den Rest ihres Weins aus und sah mich an. Sie versuchte herauszufinden, ob sie mich besser oder schlechter fühlen ließ. Das tat ich auch. Als sie die Worte aussprach, wusste ich, dass ich bereits dabei war, mich in Aidan zu verlieben. Ehrlich gesagt war das über die Jahre, die wir uns kannten, passiert, aber ich hatte es verdrängt. Unglücklicherweise, wie Mandy sagte, konnten wir nicht zu dem zurückkehren, wie die Dinge vorher waren. Ich musste nur abwarten und sehen, ob er mit mir weitermachen wollte oder ob ich allein weitermachen musste.

Mandy ging ein paar Minuten später, damit sie zu Xander nach Hause kommen konnte. Sie war noch nicht offiziell bei ihm eingezogen, aber sie war kaum noch zu Hause und hatte sogar ihre Katze Zada in Xanders Haus gebracht. Ich ging mit Brownie spazieren und fand ein paar Reste Pizza in meinem Kühlschrank. Als ich mich auf meiner Couch eingekuschelt hatte, nahm ich mein Handy und bemerkte, dass ich eine SMS hatte. Von Aidan.

> Sorry, dass ich nicht angerufen habe. Arbeite Nachtschicht, obwohl wir frei haben sollten. Vermisse dich. Kann nicht aufhören, an dich zu denken. Wir sehen uns morgen.

Und einfach so war ihm vergeben.

KAPITEL 7

DIE NÄCHSTEN PAAR Tage auf der Arbeit vergingen wie im Flug. Aidan flirtete bei jeder sich bietenden Gelegenheit mit mir, aber nach der Arbeit trafen wir uns überhaupt nicht. An zwei Tagen übernahm Aidan eine zusätzliche Schicht und am dritten Tag hatte er Pläne mit seinen Eltern. Er lud mich zwar zum Abendessen mit ihnen ein, aber ich lehnte ab. Ich konnte mir nicht vorstellen, seine Eltern kennenzulernen, wo Aidan und ich uns doch gerade erst kennenlernten.

Nach unserem vierten Arbeitstag ging für gewöhnlich eine Gruppe von uns aus. Aidan fragte mich spät in der Schicht, ob ich mit allen anderen mitkommen wolle. Ich war mir nicht sicher, ob ich dazu in der Stimmung war, da ich mich eigentlich nur entspannen wollte, aber ich wollte auch etwas Zeit mit ihm verbringen. Ich war jedoch noch nicht bereit, wieder mit ihm allein zu sein, und mit unserer Gruppe abzuhängen machte immer Spaß, also sagte ich zu.

Im Aufenthaltsraum unterhielten sich nach unserer Schicht drei unserer anderen Kollegen über ihre Pläne. Nicole und Jenn waren gute Freundinnen, und Bob war hoffnungslos in Nicole verliebt. Wenn Nicole und Jenn ausgingen, würde Bob zweifellos mit ihnen gehen.

»Lass uns heute Abend ins Malley's gehen. Ich will trinken, laut sein und Bob im Billard in den Arsch treten«, klatschte Jenn vergnügt in die Hände. Ich stöhnte innerlich auf. Das Malley's war nicht mein Lieblingsladen, aber wenigstens hatten sie gute Drinks. Ich war eine Niete im Billard und nicht gerade begeistert von der Vorstellung, herumzusitzen und zuzusehen, wie alle anderen Spaß hatten. »Ich muss den Rest dieser Energie loswerden. Aidan, kommst du mit uns?«

Ich hatte nicht einmal bemerkt, dass er den Raum betreten hatte. Instinktiv drehte ich mich um, um ihn anzusehen, und sah ihn nicken. »Ja. Ich bin ziemlich platt, also bleibe ich vielleicht nicht allzu lange, aber ich komme für eine Weile mit.«

Obwohl ich wusste, dass er hingehen würde, war es schön, es zu hören. Das Malley's war kein großartiger Ort, um sich zu unterhalten, aber zumindest würden die anderen mit Billard abgelenkt sein. Wir würden vielleicht mehr Gelegenheit zum Reden bekommen, als ich zunächst gedacht hatte, auch wenn es ein früher Abend werden würde.

Ich verstand, dass er nicht lange ausbleiben wollte. Er hatte zehn Tage am Stück gearbeitet, davon zwei Doppelschichten. Er musste völlig erschöpft sein. Und egoistischerweise hatte ich etwas mit ihm unternehmen wollen, weil ich ihn vermisst hatte. Es war eine Woche seit seinem Kuss vergangen und ich träumte immer noch von ihm. Er hatte mich nicht wieder geküsst, was keine Überraschung war, da ich ihn nur auf der Arbeit gesehen hatte. Ein Teil von mir hoffte, dass sich das ändern würde.

»Spaßbremse«, neckte Nicole ihn. Sie war groß und wunderschön, mit mehr als genug Kurven. Nicole war außerdem lustig und unkompliziert. Und aus irgendeinem

Grund gab sie mir nie das Gefühl, dass sie auf Aidan stand, was es mir so viel einfacher machte, sie zu mögen. »Du und Claire seid so langweilig. Sie hat auch gesagt, dass sie nicht lange wegbleibt.«

»Ich weiß«, murmelte Aidan, seine Worte waren von so viel Wärme durchzogen, dass sie meine Blicke auf sich zogen. Ich sah das Begehren und die unausgesprochene Frage in seinen Augen. Ein Blick, der besagte, dass er genauso sehr gehofft hatte, sich mit mir zu treffen, wie ich gehofft hatte, ihn zu sehen.

Ich schnappte mir meine Sachen und folgte den anderen mit Aidan an meiner Seite aus dem Raum. Auf dem Parkplatz gingen alle in verschiedene Richtungen, aber Aidan blieb in meiner Nähe. »Soll ich dich abholen?«, fragte er mich, als wir allein waren.

»Äh, nein, ich schaffe es schon dorthin.«

»Bist du sicher? Du würdest auf meinem Weg liegen, und es gäbe mir die Gelegenheit, dir einen Gute-Nacht-Kuss zu geben, wenn ich dich absetze.«

Mein Körper erhitzte sich, als er sich zu mir lehnte. Sein Atem kitzelte meine Wange, bevor er mich sanft küsste. »Ich hole dich in einer Stunde ab.«

Ich errötete und nickte, als ich in mein Auto stieg.

Eine Stunde später fuhr Aidan von meiner Wohnung los und bog in Richtung Malley's ab. Winterville, New York, wo wir lebten, war meine Heimatstadt und ich konnte nicht anders, als zu lächeln, als ich aus dem Fenster schaute. Das Malley's lag in unserer Innenstadt, am Winter Way, unserer Version der Hauptstraße. In einer Kleinstadt wie Winterville war die Innenstadt ziemlich klein, aber an einem Samstagabend war hier die Hölle los.

Aidan umrundete den Block ein paar Mal, bevor er einen Parkplatz in der Icy Lane fand. Lass mich bloß nicht mit unseren Straßennamen anfangen. Ich liebte Winterville, aber wer auch immer sich all die Straßennamen ausgedacht hatte, war mir ein bisschen zu viel des Guten.

Wir betraten die Bar, wobei Aidans Hand tief auf meinem Rücken ruhte. Er führte mich hinüber zu Nicole, Jenn und Bob, die um einen Stehtisch herumstanden. Zwei Stühle waren frei und ich ließ mich auf einen gleiten, während Aidan losging, um uns Drinks zu holen.

»Seid ihr beiden zusammen hierhergekommen?«, fragte Jenn.

Ich nickte und versuchte so zu tun, als wäre es keine große Sache, aber ich sah den Blick, den Jenn und Nicole austauschten. Aidan kam mit zwei Bieren zurück und reichte mir eins, bevor er den Platz neben mir einnahm. Sein Bein streifte meins, als er sich setzte, und ich zog bei der Berührung scharf die Luft ein.

Heilige Scheiße, ich war erledigt. Eine kleine Berührung, nicht einmal Haut an Haut, und ich war bereit, über ihn herzufallen. Ich hatte in meinem ganzen Leben noch nie über einen Mann herfallen wollen. Nicht ein einziges Mal.

Ich leerte mein halbes Bier in ein paar Zügen und knallte es mit einem dumpfen Geräusch auf den Tisch. Der Alkohol wirbelte in meinem Gehirn und ich fühlte mich ein wenig besser. Es war meine einzige Verteidigung gegen Aidan und die Lust, die bei seiner Berührung durch mich strömte, eine Berührung, die nicht aufgehört hatte, seit er sich hingesetzt hatte.

Sein Oberschenkel lag immer noch an meinem Knie. Wir saßen so eng beieinander, dass ich spürte, wie er sich auf seinem Stuhl bewegte, und sein Arm streifte mich beinahe, als er sein Bier zum Trinken hob. Nicole warf Jenn einen Blick zu und sagte: »Lass uns Billard spielen gehen.«

Jenn stimmte zu und Bob folgte ihnen, sodass Aidan und ich allein am Tisch zurückblieben. »Ist alles in Ordnung mit dir?«, fragte Aidan mich, sobald sie außer Hörweite waren.

»Ja, wieso?«

Er nahm einen weiteren Schluck von seinem Bier und musterte mich sorgfältig. »Du wirkst angespannt. Willst du woanders hingehen?«

»Nein«, sagte ich zu schnell. Schmerz blitzte in Aidans Augen auf, bevor er ihn verbarg. »Ich meine, wir sind gerade erst angekommen. Lass uns mit ihnen Billard spielen gehen.«

Aidan nickte und griff nach seiner Flasche. Ich exte den Rest von meiner und er bot an, mir noch eine zu holen. Ich stimmte zu und er ging zur Bar, während ich mich umdrehte, um mich unseren Freunden am Billardtisch anzuschließen.

»Was ist mit euch los?«, fragte Jenn, als sie sich am Rande des Billardtisches neben mich schlich.

Jenn war in den letzten Jahren eine Freundin geworden, aber keine enge. Trotzdem wusste ich, dass ich mit ihr reden konnte. »Ich habe keine Ahnung. Er ist letztes Wochenende mit mir und meinen Freundinnen ausgegangen und hat mich geküsst, aber seitdem haben wir uns nicht mehr gesehen. Außer auf der Arbeit, meine ich.«

Jenns Lächeln ließ mich wissen, dass sie ein Geheimnis hatte, von dem ich nicht sicher war, ob ich es hören wollte. »Du hast endlich Ja gesagt. Gut. Er ist verrückt geworden bei dem Versuch, herauszufinden, wie er dich zu einem Date überreden kann.«

Ich verdrehte die Augen. »Aidan hatte keinen Mangel an weiblicher Aufmerksamkeit. Er ist viel zu gut aussehend, um herumzusitzen und auf mich zu warten.«

Sie zuckte mit den Schultern und sagte: »Vielleicht. Aber er hat auf dich gewartet. Er hat mich jede Woche gefragt, ob mir etwas einfiele, was er sagen oder tun könnte, damit du mit ihm ausgehst. Ich bin froh, dass er endlich etwas herausgefunden hat. Wenn ich jetzt nur noch Nicole dazu bringen könnte, Bob eines Blickes zu würdigen, wären alle glücklich.«

»Was ist mit dir, Jenn?«, fragte ich und stellte fest, dass ich sehr wenig über sie wusste.

»Ich? Oh, ich bin glücklich. Ich wohne seit fast einem Jahr mit meinem Freund zusammen und wir fangen an, über Heirat zu reden. Er ist definitiv der Richtige für mich. Ich liebe ihn so sehr und seltsamerweise empfindet er dasselbe.«

»Wie konnte ich das nicht wissen? Und wo ist er heute Abend?«

»Wer ist wo?«, fragte Aidan mit einem scharfen Unterton, als er mir mein Bier reichte.

»Jenn hat mir gerade von ihrem Freund erzählt. Ich habe sie gefragt, wo er ist.«

Die Erleichterung in Aidans Augen war fast schon komisch, als hätte er gedacht, ich würde versuchen, Jenn dazu zu bringen, mich mit jemand anderem zu verkuppeln. Er lehnte sich mit uns an den Billardtisch und schaltete sich in unser Gespräch ein, während Jenn uns von Devon, ihrem Freund, und dessen verrückten Arbeitszeiten bei der Polizei erzählte.

»Wollt ihr jetzt spielen oder nur rumstehen?«, sagte Nicole hinter uns. Ich drehte mich um und sah, wie sie sich auf einen Queue stützte, während die Kugeln bereits aufgestellt und spielbereit waren.

»Ich passe, aber ich schaue zu«, sagte Jenn und nippte an ihrem Drink. »Ihr solltet aber in Teams spielen.«

»Claire ist in meinem Team«, sagte Aidan, bevor irgendjemand anders etwas sagen konnte. Er zog mich an sich und legte seinen Arm um meine Schultern.

»Du solltest wissen, dass ich nicht besonders gut im Billard bin«, sagte ich lachend zu ihm und fragte mich, ob er seine Meinung, mit mir in einem Team zu sein, ändern würde.

Er schmiegte sich an meinen Hals und flüsterte mir ins Ohr: »Dann werde ich eine Menge Spaß dabei haben, es dir beizubringen.« Er fuhr mit seiner Zunge in die kleine Kuhle hinter meinem Ohr und mein ganzer Körper erzitterte bei der sinnlichen Berührung.

»Braucht ihr zwei ein Zimmer oder spielen wir jetzt?«, fragte Bob verärgert. Ich musste mich unwillkürlich fragen, ob er sauer war, weil es zwischen ihm und Nicole anscheinend nicht so gut lief.

»Wir spielen auf jeden Fall«, sagte Aidan und hielt meinen Blick gefangen. Seine Worte und das tiefe Grollen seiner Stimme jagten weitere Schauer über meinen Körper. Aidan schritt davon, wählte einen Queue und trat an das Kopfende des Tisches.

Während der Queue sanft zwischen seinen Fingern glitt, ließ Aidan die weiße Kugel über den Tisch zum aufgestellten Dreieck am anderen Ende segeln. Ein sattes Krachen ließ sie alle in verschiedene Richtungen auseinanderfliegen, bevor die volle blaue Zwei direkt vor mir in einer Tasche landete. Ich zog eine Augenbraue hoch und er grinste zurück.

»Wir sind die Vollen«, sagte er zu Bob, ohne den Blick von mir abzuwenden.

Aidan machte sich für einen weiteren Stoß bereit und versenkte die Sieben. Seinen nächsten Stoß verschoss er, ließ Bob aber keine gute Position übrig. Dieser versuchte einen Bandenstoß für die Dreizehn, traf aber nicht und schickte die weiße Kugel in die Seitentasche.

Aidan holte die weiße Kugel heraus und kam zu mir. »Du bist nicht dran«, jammerte Bob.

»Sie kann nicht so gut spielen, also werde ich ihr helfen. Es ist ja nicht so, als ginge es hier um Geld oder so, Bob. Wir spielen nur zum Spaß«, sagte Aidan zu ihm und tadelte ihn wie ein Kind. Ich lächelte in mich hinein, weil Aidan daran dachte, Spaß zu haben, anstatt sich in den Wettbewerb hineinzusteigern.

»Worauf willst du stoßen?«, fragte er mich, als er mir die weiße Kugel reichte.

»Die Vier sieht so aus, als könnte ich sie erwischen«, sagte ich unsicher.

Aidan musterte die Kugel, die etwa dreißig Zentimeter von der Ecktasche entfernt allein lag. Ich legte die weiße Kugel hinter die Vier, nahm Aidan den Queue ab und beugte mich über den Tisch. »Ist das so richtig?«, fragte ich ihn, als ich für meinen Stoß in Position war.

Ich spürte ihn, bevor er mich berührte, bevor er sprach. Aidans Hüften drückten sich von hinten an mich und sein Oberkörper beugte sich über mich, seine Brust lag auf meinem Rücken. Eine Hand glitt nach unten, um meine Hüfte zu halten, und die andere legte sich über die, mit der ich den Queue positionierte. »Perfekt«, flüsterte er mir ins Ohr, während ich spürte, wie sich sein Schwanz in seinen Shorts regte.

Etwas ergriff von mir Besitz, wie eine Kraft, die ich nicht erklären konnte, fast wie ein Hurrikan, der meine Hormone in Stücke riss. Das war das Einzige, was mir in den Sinn kam, was über mich kam, als ich meine Hüften kreisend gegen seine Shorts drückte und sein Schwanz sich nur ein kleines bisschen tiefer in meinen Hintern bohrte. Seine Finger gruben sich in meine Hüfte und er knurrte mir ins Ohr. »Absolut verdammt perfekt«, stieß er hervor und klang gleichzeitig gequält und erregt. Natürlich wusste ich durch die Art, wie er sich an mich drückte, dass er es war.

Ich ließ den Queue zwischen unseren Fingern gleiten und versenkte die Vier in der Ecktasche. Wir gingen um den Tisch herum, um nach einem weiteren Stoß zu suchen, und ich richtete mich für die Sieben aus, Aidan wieder hinter mir. Unsere Freunde waren auf der anderen Seite des Tisches, unterhielten sich und beachteten uns nicht, und Aidans Hand wanderte über meinen Hintern, als ich mich über den Tisch beugte, und wurde schnell durch seinen Körper ersetzt. Ich rieb meine Hüften erneut an ihm und er drückte sich wieder an mich und flüsterte mir »Verdammt«, ins Ohr.

Die Sieben prallte vom Rand der Tasche ab, und ich musste meinen Zug an Nicole abgeben. Aidan hielt mich in der dunklen Ecke und vor sich, seine Hände umschlossen meine Taille, während er sein Kinn auf meine Schulter legte. »Du bist gefährlich«, flüsterte er mir zu, während alle anderen spielten. »Ich will dich so sehr.«

Schnell spannte sich mein Körper an, eine unwillkürliche Reaktion, von der ich mich fragte, ob ich sie jemals loswerden würde. Ich wusste, dass es teilweise meine Schuld war, ihn so zu reizen, wie ich es tat, aber aus irgendeinem Grund hatte ich nicht erwartet, dass er so damit herausplatzen würde. Es war lange her, dass ich mit jemandem geschlafen hatte, und ich war nicht bereit, unsere Beziehung auf diese Ebene zu heben.

Plötzlich verspürte ich das Bedürfnis zu trinken. Viel zu trinken. Ich machte mich aus seinen Armen frei und ging direkt zur Bar, wo ich einen Shot Tequila und einen Long Island Iced Tea bestellte. Ich schluckte den Shot schnell hinunter, ohne mir die Chance zu geben, es mir anders zu überlegen, und nahm dann einen guten, langen Schluck von dem Drink. Nach zwei Bieren mischte sich der Schnaps schnell in meinem Blutkreislauf und ich fühlte mich viel leichter.

»Bist du sicher, dass du so viel trinken solltest?«, fragte Aidan vorsichtig, als ich zurückkam.

»Mir wird es schon gut gehen«, sagte ich und trat wieder vor ihn. Ich konnte nicht leugnen, dass es mir gefiel, ihn zu reizen, mit ihm zu spielen. Aber ich war nicht bereit, darüber hinauszugehen. Ich wusste, er könnte mich als Männerquälerin abtun und sauer werden, und die Chancen standen gut, dass er das auch tun würde, aber ich konnte mich nicht zurückhalten. Der Alkohol gab mir Mut, den ich nüchtern nicht hatte.

Als ich wieder an der Reihe war, war der Tisch fast leer. Wir hatten noch die Eins auf dem Tisch und Nicole und Bob mussten noch die Fünfzehn und die Zehn versenken. Dann konnten wir uns an die Acht machen.

Ich legte für die Eins an, unsicher, ob ich sie tatsächlich treffen konnte. Ich blickte über meine Schulter zu Aidan zurück, der diesmal ein Stück hinter mir stand, und fragte, ob er mir helfen könne. Ein Lächeln erhellte sein Gesicht, als die Anspannung in seinen Schultern nachließ. Ihm gemischte Signale zu senden war nicht meine Absicht gewesen, aber offensichtlich hatte ich es getan.

Er schlich sich von hinten an mich heran und beugte sich über mich, wobei er sorgfältig darauf achtete, seine Hüften nicht gegen meine zu pressen. Seine eine Hand glitt an meinem Arm hinab, um meine Hand zu umschließen, und seine andere Hand lag stoisch auf meiner Taille. Meine Drinks machten mich mutig und ich drückte meinen Hintern gegen seinen Schritt und ließ meine Hüften kreisen. Er fluchte leise in mein Ohr und seine Hand glitt zu meiner Hüfte hinunter, umfasste leicht meinen Hintern, bevor er seine neue Erektion an mich drückte.

»Du machst mich noch verrückt«, sagte er mir ins Ohr, bevor er an meinem Ohrläppchen knabberte. »Mach deinen Stoß, und in ein paar Minuten bringe ich dich nach Hause, bevor ich dich mitten in der Bar begrapsche.«

Ich drehte mein Gesicht zurück, um ihn anzusehen, und zog neckisch meine Augenbrauen hoch. Er knurrte mich an und stieß dann erneut gegen meinen Hintern.

Mein Stoß ging weit nach rechts und die weiße Kugel

prallte von der Seitenbande ab und kam dann in der Mitte des Tisches zum Liegen.

Nicole trat an den Tisch und versenkte ihre beiden Kugeln, bevor sie auf die Acht anlegte. Mit der Präzision einer Profispielerin ließ sie die letzte Kugel in der Tasche verschwinden und jubelte über ihren Sieg. Sie wirbelte herum und umarmte Bob, der die Augen schloss, als sich ihr Körper an seinen presste. Er tat mir ein wenig leid und ich sprach ein stilles Gebet, dass es für die beiden gut ausgehen würde.

»Bist du bereit zu gehen?«, fragte Aidan mir ins Ohr, seine Arme schlangen sich von hinten um meine Taille und seine Erektion ruhte tief auf meinem Rücken.

»Lass mich erst meinen Drink austrinken«, sagte ich.

Sogar durch meinen alkoholbedingten Dunst fragte ich mich, was Aidan wollte, ob er etwas mit mir versuchen würde. Und ob ich wollte, dass es geschah.

KAPITEL 8

ALLZU BALD HIELTEN wir vor meinem Apartment. Der Alkohol, der mir in der Bar Mut verliehen hatte, lag nun in meinem leeren Magen und drehte ihn mir vor Bedauern und Angst um.

Vielleicht keine Angst. Ich hatte keine Angst vor Aidan, aber ich wusste immer noch nicht, was er wollte, worauf er bei mir aus war. Er schien mich zu mögen, er sagte, er wolle mich. Konnte ich mich dem wieder öffnen? Wollte er eine Beziehung oder war er nur auf Sex aus?

Es fiel mir schwer zu glauben, dass er nur Sex von mir wollte. Aidan konnte jede Frau haben, die er wollte, und ich hatte ihm nie den Eindruck vermittelt, dass ich leicht zu haben war. Wenn er mich wollte, musste es um mehr als nur Sex gehen.

Und ich glaube, das verwirrte mich noch mehr als die Vorstellung, dass er nur wegen des Sexes hinter mir her war.

Ich stolperte beim Aussteigen aus dem Wagen und strauchelte die Treppe hinauf, da die Drinks mein Gleichgewicht beeinträchtigten. Jedes Mal war Aidan sofort an meiner Seite und hielt mich fest, damit ich nicht hinfiel. Nachdem ich meine Schlüssel zum dritten Mal hatte fallen lassen, nahm er sie mir ab und schloss meine Tür auf, wo uns Brownie schon ängstlich erwartete.

»Ich geh mit ihm Gassi«, sagte Aidan. »Du ruh dich einfach auf der Couch aus. Ich nehme deine Schlüssel. Ich bin gleich wieder da.«

Ich winkte ihm ab, als ich mich auf die Couch fallen ließ, und war auf der Stelle weggetreten.

Etwas Nasses berührte mein Gesicht und ich versuchte, es wegzuwischen. Es wanderte zur anderen Seite meines Gesichts und weckte mich, wenn auch widerwillig. Ich öffnete die Augen und blickte in große braune Augen, die mein Herz zum Schmelzen brachten. Ich beugte mich vor, schlang meine Arme um seinen Hals und schmiegte mein Gesicht an seine Kehle.

»Alles gut, Brownie«, flüsterte ich meinem besorgten Hund zu. Ich stand auf und ging in Richtung Schlafzimmer, als mir klar wurde, dass etwas nicht stimmte. Etwas fehlte, aber ich wusste nicht, was es war.

Mitten im Raum blieb ich stehen und meine Nackenhaare stellten sich auf. Irgendwie wusste ich, dass ich nicht allein war. Als ich mich konzentrierte und alle Spuren von Alkohol aus meinem zuvor benebelten Gehirn verschwanden, hörte ich leises Atmen, als ob er versuchte herauszufinden, ob er sich bewegen sollte. Meine Augen schossen umher, um zu sehen, ob es etwas gab, das ich als Waffe gegen ihn benutzen konnte, für den Fall, dass er sich auf mich stürzte.

»Ist alles in Ordnung, Claire?«, drang die sanfte Stimme an mein Ohr. Die Anspannung in meinem Körper fiel augenblicklich von mir ab und ich hätte bei dem Klang von Aidans Stimme hinter mir fast geweint. Es war nicht BJ oder jemand anderes, der mir schaden wollte. Es war Aidan.

Der süße Aidan.

Der nüchterne Aidan.

Ich wirbelte herum, um ihm gegenüberzustehen, und schenkte ihm meinen süßesten, sexiesten Blick. Der Nebel kroch zurück in mein Gehirn und ich kämpfte darum, mir etwas einfallen zu lassen, das erklären würde, was ich tat.

»Jetzt, wo du hier bist, geht es mir so viel besser«, schnurrte ich und hoffte, dass es für ihn so gut klang wie in meinem Kopf. Ein Lächeln umspielte seinen Mundwinkel und mir wurde klar, dass es ihm gefallen haben musste. Er trat näher und ich grinste ihn an.

Aidan blieb vor mir stehen, ohne mich zu berühren, aber nah genug, dass ich seine Wärme spüren konnte. Sein Duft kitzelte meine Nase, nicht sein üblicher Duft, wie ich bemerkte. Er roch nach Bier, Schweiß, frischer Luft und ihm. »Mmm«, murmelte ich und er lächelte mich an. »Oh, danke, dass du mit Brownie Gassi gegangen bist«, fiel es mir endlich wieder ein.

»Jederzeit. Ich denke, es ist Zeit, dass ich dich ins Bett bringe«, sagte er und entfachte ein Feuer in mir. Ich lehnte mich ganz leicht zu ihm und grinste. Ich war noch nie so aufgeregt gewesen, mit einem Mann ins Bett zu gehen. Vielleicht war ein kleiner Schwips das Geheimnis.

»Ich habe gehofft, dass du das sagst«, gurrte ich, bevor ich die Hände hob und sie um seinen Nacken schlang. Ich rieb meinen Körper an seinem wie eine läufige Hündin und neigte meinen suchenden Mund zu seinem. Ich zog sein Gesicht zu mir herunter und unsere Lippen trafen sich in der Mitte.

Die Erinnerungen an unseren ersten Kuss verblassten, als unser zweiter Kuss in den Mittelpunkt trat. Mein Gott, der Mann wusste, wie man küsst. Er übernahm schnell die Kontrolle, seine Hände glitten in mein Haar und legten meinen Kopf so, dass seine Lippen meine neckten und kosteten. Er schmeckte ein wenig nach Bier, aber das machte mir nichts aus. Unsere Lippen tanzten miteinander, trafen sich immer wieder, und jedes Mal, wenn wir uns lösten, wollte ich ihn nur noch näher bei mir haben.

Als Aidan es endlich wagte, seine Zunge zwischen meine geöffneten Lippen gleiten zu lassen, seufzte ich zustimmend. Eine seiner Hände glitt hinunter zu meiner Taille und presste meine Hüften fest an seine. Seine Erektion spannte sich gegen seine Shorts und ich wusste, dass es eine gute Nacht werden würde.

»Jesus, du küsst wie eine Göttin«, hauchte er heiser, als er sich zurückzog. Seine Lippen wanderten zu meinem Ohr, wo seine Zähne hervorkamen und in die weiche Haut meines Ohrläppchens bissen. Ich keuchte bei dem plötzlichen Gefühl und er leckte darüber, was mein Keuchen in ein Stöhnen der Lust verwandelte.

Aidans Zähne wanderten über meinen Hals, dann tauchte seine Zunge zwischen meine Schlüsselbeine, bevor er sich auf der anderen Seite meines Halses wieder nach oben arbeitete. Seine Finger gruben sich in meine fleischige Hüfte und ich zerrte ihn an den Haaren zurück zu meinem Mund, um mehr zu bekommen.

Seine Zunge stieß schnell in meinen Mund, ohne auf eine Einladung zu warten. Ich versuchte, ihn in Richtung meines Schlafzimmers zu ziehen, aber er rührte sich nicht, seine Küsse ließen mich alles vergessen, außer das Gefühl seiner Zunge an meiner und seine Arme, die mich umschlangen. Seine Lippen waren weich auf meinen, seine Zunge hart und fordernd. Ich wollte, dass der Rest von ihm hart und fordernd war.

»Lass uns in mein Zimmer gehen«, schnurrte ich, da ich wusste, dass er genauso bereit war wie ich.

»Das kann ich nicht, Claire.«

Ein Eimer Eiswasser wäre ein geringerer Schock gewesen.

»Wie bitte? Warum nicht?«, Ich war verletzt, schockiert und verwirrt. Was zum Teufel machte er, mich zu küssen, wenn er nicht an mir interessiert war?

»Nicht so, Süße«, sagte er leise und kam wieder auf mich zu. »Gott, ich will dich, aber nicht, nachdem du getrunken hast. Und nicht, bevor wir nicht einmal ein richtiges Date hatten. Du bist für mich keine Affäre, kein One-Night-Stand. So kann ich dich nicht behandeln.«

»Wenn du mich nicht gewollt hättest, hättest du mich bei Malley's nicht anfassen und du hättest mich definitiv nicht küssen dürfen. Du warst derjenige, der sagte, es sei Zeit, mich ins Bett zu bringen.«

»Ich meinte, damit du schläfst. Ich gehe jetzt nach Hause. Ich traue mir nicht zu, hier bei dir zu bleiben, weil ich mich nicht davon abhalten könnte, zu dir zu kommen. Du würdest es am Morgen bereuen und ich würde es mir nie verzeihen.«

Ich wollte mit ihm streiten, ihm sagen, dass ich es nicht tun würde, aber ich wusste, dass es keinen Zweck hatte. Er sagte das nur, damit er mir nicht die Wahrheit sagen musste. Es machte Spaß, mich zu küssen, aber er wollte mich nicht nackt sehen. Botschaft angekommen.

»Na, dann solltest du wohl besser gehen«, sagte ich harsch. Ich verschränkte die Arme vor dem Körper, um abzublocken… Ich weiß nicht. Ihn. Meine Gefühle. Meinen Körper. Vielleicht alles zusammen.

»Claire…«, fing Aidan an. Er sah aus, als würde er versuchen, etwas herauszufinden, zu entscheiden, wie er die Dinge wieder in Ordnung bringen konnte, aber es war zu spät. Ich war fertig mit ihm.

Aidan ging zur Tür. Er tätschelte Brownie den Kopf und drückte dann die Klinke herunter. Er drehte sich zu mir um und ich sog die Luft ein, wartete auf den letzten Schlag, den er mir versetzen würde. Er schüttelte nur den Kopf und trat aus der Tür. Sie fiel mit einem leisen Klicken hinter ihm ins Schloss.

Ich schloss die Tür ab und brach in meinem Bett zusammen, während ich versuchte, das Gefühl seines an meinen gepressten Körpers zu vergessen.

EIN PAAR TAGE später war ich wieder bei der Arbeit. Ich hatte nichts von Aidan gehört, nicht dass ich es erwartet hätte. Er hatte mir eine klare Abfuhr erteilt, und es gab keinen Grund für ihn, mich anzurufen. Vielleicht war das der Hauptgrund, warum ich mich davor fürchtete, zur Arbeit zu gehen. Es war nicht nur, dass ich ihn nicht sehen wollte, es war, dass ich ihn nicht länger als meinen Freund sehen konnte. Er war einfach nur ein weiteres Arschloch in meiner Welt geworden. Ein Arschloch, das mit mir gespielt und mich dann beiseitegeschoben hatte, als ich ihn endlich an mich herangelassen hatte.

Wie konnte ich nur so dumm sein?

Ich betrat den Besprechungsraum und stellte fest, dass alle anderen schon da waren. »Na endlich«, seufzte Jenn. »Aidan will uns nichts darüber erzählen, was passiert ist, als er dich neulich nach Hause gebracht hat. Seid ihr zwei endlich zusammen?«

Ich spottete über sie und lachte, als wäre es das Lustigste, was ich seit Langem gehört hatte. »Oh, Jenn, das ist ja köstlich. Nein, sieh mal, Aidan hat dir nichts erzählt, weil es nichts zu erzählen gibt–«

»Das habe ich doch gesagt«, unterbrach er mich.

Ich warf ihm einen finsteren Blick zu, bevor ich mich wieder Jenn zuwandte. »Es gibt nichts zu erzählen, weil Aidan nicht an mir interessiert ist. Ich habe mich ihm praktisch an den Hals geworfen und er hat mir seelenruhig einen Korb gegeben, mit der lahmen Ausrede, er wolle mich nicht ausnutzen, weil ich getrunken hatte. So kann Aidan als der nette Kerl dastehen und die Dicke abservieren, ohne dabei wie ein Arschloch auszusehen.«

Jenn funkelte Aidan meinetwegen böse an und Nicole tat es ihr gleich. Bob saß nur mit offenem Mund da. Ich schenkte Aidan, der wütend aussah, ein strahlendes Lächeln und ging dann, um mir meinen Kaffee zu holen.

»Das stimmt nicht«, knurrte Aidan, während ich mir meinen Kaffee einschenkte.

»Was stimmt nicht? Dass du mir einen Korb gegeben hast oder dass ich mich dir an den Hals geworfen habe? Ich war nämlich ziemlich betrunken, aber ich bin schlagartig nüchtern geworden, als du mich geküsst hast. Nicht dass das irgendeinen Unterschied gemacht hätte«, erwiderte ich mit einer zuckersüßen Stimme, die ich nicht fühlte.

Jenn, Nicole und Bob sahen uns zu, als wären wir ein Tennismatch, und ihre Köpfe schwangen bei unseren Kommentaren von einer Seite zur anderen.

»Nichts davon stimmt. Ich habe versucht, ein Gentleman zu sein, indem ich dich aufgehalten habe, uns aufgehalten habe. Du wusstest, wie sehr ich dich wollte. Jeder in diesem Raum weiß, wie sehr ich dich will. Das werfen sie mir schon seit Monaten vor. Glaubst du wirklich, all das würde in einer Nacht einfach verschwinden?«

Ich zuckte mit den Schultern, weil ich keine Antwort hatte und mir nicht zutraute, etwas zu sagen. Die Intensität in seinen Augen, dieser Wahnsinn, war fast schon erschreckend. Er sah aus, als würde er gleich ausrasten, und ich hatte nicht vor, mich im Weg dieser Zerstörung zu befinden.

Bevor er weiter streiten konnte, kam Miriam herein und begann unsere Schicht. Da es nichts zu berichten gab, schickte sie uns auf den Weg zur Arbeit. Aidan und ich waren wieder zusammen hinter dem Röntgengerät postiert und ausnahmsweise graute mir vor dem Tag.

Sobald wir im Gang waren, packte Aidan mich am Ellbogen. »Es tut mir leid, dass ich dich verärgert habe. Ich habe versucht, das Gegenteil zu tun, und habe offensichtlich versagt. Ich muss Sie aber fragen … Hätten Sie es bereut? Wenn ich geblieben wäre?«

»Und wie ich das hätte. Du bist ein Arsch. Du hast klargemacht, dass du mich nicht willst, also wäre es nur ein Mitleidsfick oder so etwas gewesen. Ich brauche Ihr Mitleid nicht. Ich werde ständig um ein Date gebeten und ich brauche es nicht, dass Sie mir das Gefühl geben, keinen Sex wert zu sein.«

Ich riss meinen Arm los, als ich ausgeredet hatte, und ließ ihn dort stehen. Er hatte recht, ich hätte es bereut, mit ihm geschlafen zu haben. Aber das spielte keine Rolle, denn ich bereute es auch, mich von ihm nach Hause fahren gelassen, seine Hilfe beim Billardspielen angenommen und ihn geküsst zu haben. Die Reue wuchs von Minute zu Minute, was Aidan Matthews betraf.

Ich kam an meiner Station an und Aidan war ein paar Sekunden nach mir da. Ich sah ihn nicht an und ließ ihn nicht sehen, wie sehr er mich verletzt hatte. Ich war sicher, meine Worte waren ein ausreichender Hinweis, aber ich würde es mir nicht anmerken lassen. Ich musste nur für den Rest unserer Schicht stark bleiben und konnte dann den Abend lang Trübsal blasen. Allein, na ja, außer Brownie.

Das Klacken von Absätzen auf dem Vinylboden, der zur Sicherheitskontrolle führte, machte mich darauf aufmerksam, dass Leute in unsere Richtung kamen. Natürlich war die Erste Zoey. Ihr schokobraunes Haar schwebte hinter ihr her, als ob sie einen tragbaren Ventilator mit sich trüge. Ihre flüssig-braunen Augen suchten Aidan und fixierten ihn, ohne wegzusehen. Ihre Brüste waren wie üblich zur Schau gestellt, in einem weiteren taillierten weißen Hemd mit Knopfleiste und einem schwarzen Bleistiftrock, ihrer Standarduniform, die ihre winzige Taille betonte.

Ich wollte sie von ihren Fünf-Zoll-Absätzen auf den Boden der Tatsachen holen, aber es war egal. Sie und Aidan waren perfekt füreinander, hinreißend und meine Zeit nicht wert.

»Hi Aidan«, säuselte sie, während ihre Handtasche durch das Röntgengerät fuhr. Ich beobachtete die Bilder auf meinem Bildschirm und verschwand hinter dem Display, damit die beiden flirten konnten.

»Hi Zoey«, sagte Aidan. Seine Stimme war freundlich, vertraut. Als ob sie ein gemeinsames Geheimnis hätten. Wahrscheinlich etwas, das man nur schönen Menschen beibrachte, wie eine Geheimsprache. Es musste ein College-Kurs sein, sonst hätte ich es in der Highschool gelernt.

»Was machst du dieses Wochenende? Eine Freundin von mir gibt eine Party und ich wollte, dass du mitkommst«, lehnte sie sich über das Förderband, ihre Brüste fielen ihr praktisch aus dem Hemd. Ich konnte nur raten, was für eine Party ihre Freundin veranstaltete, und höchstwahrscheinlich war so wenig Kleidung wie möglich involviert und ein garantierter One-Night-Stand danach.

»Ich bin beschäftigt, Zoey, tut mir leid.«

Sie schmollte und versuchte es erneut. »Sind Sie sicher? Ich würde Sie gerne meinen Freunden vorstellen. Ich habe ihnen von dem heißen Typen erzählt, mit dem ich arbeite. Sie werden denken, ich hätte Sie erfunden.« Sie lachte über ihren eigenen Witz, wenn es denn einer war, und entblößte wieder ihre Brüste.

Mir wurde schlecht.

»Ich habe Pläne, Zoey. Und ich weiß nicht, warum Sie Ihren Freunden von mir erzählen sollten. Es ist nicht so, als wären wir zusammen. Ich bin mit Claire zusammen.«

»Was?« stammelte ich, ohne nachzudenken. Warum zum Teufel erzählte er ihr, dass wir zusammen waren?

Zoey drehte sich zu mir um, als hätte sie nicht bemerkt, dass ich dort stand. Ihre Augen musterten mich und ein Knurren verzog ihre Lippen zu einem gehässigen Lächeln. »Warum sollten Sie mit ihr zusammen sein wollen? Außerdem sieht sie von der Neuigkeit etwas schockiert aus. Sind Sie sicher, dass sie weiß, dass Sie zusammen sind?«

Tränen stiegen mir in die Augen und ein Kloß bildete sich in meinem Hals. Ich schaute einfach weg, nicht bereit, mich mit ihr auseinanderzusetzen. Ich hatte gelernt, dass es das Beste war, einfach mit dem Hintergrund zu verschmelzen. Auf diese Weise bekam ich die geringste Aufmerksamkeit.

Außerdem würde ich mit Sicherheit gefeuert werden, wenn ich ihr bei der Arbeit den Hintern versohlte.

Ich spürte Aidans Augen auf mir, die mich musterten und sahen, was Zoey sah. Ich wusste immer, dass er sich irgendwann mit mir langweilen und zu den Frauen zurückkehren würde, mit denen er sicher schon immer ausgegangen war, den Frauen, die aussahen wie Zoey. Sein Mundwinkel zuckte nach oben, als er wieder zu Zoey blickte und sagte: »Wir hatten einen kleinen Liebesstreit, aber das wird sich wieder einrenken. Was das Mögen von ihr und nicht von Ihnen betrifft, nun, ich schätze, es ist gut, dass ich Frauen mag, die sich in ihrem Körper wohlfühlen. Ich könnte mich niemals mit jemandem wie Ihnen sehen, Zoey. Ich will eine Frau, mit der ich ein Steak und dann einen Becher Eis teilen kann, aber ich will wissen, dass sie am Morgen noch in meinem Bett liegt, anstatt im Fitnessstudio das Essen abzuarbeiten, das wir gegessen haben. Ich will eine Frau, die mich ihr helfen lässt, es im Bett abzuarbeiten, aber anstatt es als Sport zu betrachten, ist es einfach nur richtig heißer Sex. Deshalb gehe ich dieses Wochenende mit Claire aus, wenn sie mir noch eine Chance gibt. Aber wenn sie es nicht tut, werde ich es weiter versuchen, bis sie es tut. Aber egal was passiert, ich werde nicht mit Ihnen ausgehen.«

Zoeys Quieken der Empörung war urkomisch. Eine Lacherblase platzte aus meinen Lippen, als sie ihre Gucci-Handtasche wegtrug. Sie blickte nicht zurück, als sie zu ihrem Gate stöckelte, und machte deutlich, dass sie es bei Aidan nicht noch einmal versuchen würde.

»Du weißt, dass du gerade deine Chance bei ihr verpasst hast. Sie war bereit für dich und du hast sie verärgert.«

Die Mundwinkel fielen ihm herab und seine Augenbrauen zogen sich zusammen. »Hast du nicht gehört, was ich ihr gesagt habe? Ich mag keine Frauen wie sie. Ich will meine Zeit nicht mit jemandem verbringen, der sich über alles beschwert, was sie isst, und ihr Leben, und meins, zur Hölle macht. Ich will eine Frau wie dich, die sich Makkaroni mit Käse und einen Schokoriegel zum Mittagessen einpackt, oder ein Truthahnsandwich, das hoch mit Fleisch und Käse und ein paar Scheiben Salat und Tomate belegt ist, weil sie gut schmecken, nicht weil man den gesunden Mist essen muss. Ich suche keine Trophäe, ich suche eine Frau, die Süßigkeiten liebt.«

Ich hatte keine Ahnung, was ich ihm antworten sollte. Meinte er das ernst? Es schien kein Witz zu sein, aber ein Mann, der so heiß war wie Aidan, konnte unmöglich mit mir zusammen sein wollen. Er hatte mir doch einen Korb gegeben, oder? Es sei denn, er sagte die Wahrheit und wollte nur warten, bis wir beide bereit waren und nicht miteinander schliefen, weil ich zu betrunken war, um es zu verhindern.

Verdammt, ich hatte es vermasselt. Er war wirklich der nette Kerl, für den ich ihn immer gehalten hatte. Und er hatte gerade eine sichere Nummer verärgert, um es mir zu beweisen. Yep, er mochte mich.

Ich wusste immer noch nicht, warum, aber ich konnte

mich nicht darauf konzentrieren. Das war zu viel, um darüber nachzudenken.

Passagiere kamen durch unsere Schlange und ich schob Aidans Beharren beiseite, dass er jemanden wie mich suchte. Vielleicht konnte ich nach der Arbeit versuchen, mit ihm zu reden, aber es war weder die Zeit noch der Ort, während wir so beschäftigt waren.

KAPITEL 9

Bis zum Feierabend hatte ich es mir ausgeredet, mit Aidan zu sprechen. Ich war nicht bereit dafür. Seine Erklärung spukte mir ständig im Kopf herum. Ich musste mich mehr als einmal fragen, ob ich etwas hatte durchgehen lassen, was ich nicht hätte tun sollen. Es war kein guter Tag, an dem er an meiner Seite war und ich mich fragte, ob er die Wahrheit über die Frau sagte, die er wollte.

Ich schnappte mir meine Sachen und ging zur Tür, in der Hoffnung, hier rauszukommen, ohne jemandem begegnen zu müssen. Ich wusste, dass Jenn oder Nicole auf mehr Details über Aidan drängen würden. Bob würde mich in Ruhe lassen, aber Aidan würde mich in die Enge treiben.

Schade nur, dass ausgerechnet derjenige, den ich verzweifelt zu meiden versuchte, an meinem Auto lehnte, als ich dort ankam. »Wie bist du so schnell hier rausgekommen?«, fragte ich, fast zu mir selbst.

Aidan lächelte und senkte den Kopf, schaute für eine Sekunde auf seine Schuhe und dann wieder zu mir hoch. Seine schokoladenbraunen Augen zogen mich sofort in ihren Bann, und ich wollte ihm verzeihen, dass er mich hatte sitzenlassen, und ihn für einen neuen Versuch wieder zu mir einladen. Er war viel zu heiß für mein eigenes Wohl.

»Ich dachte mir, dass du versuchen würdest, dich davonzustehlen, ohne mit mir zu sprechen. Du hast den ganzen Tag kaum mit mir geredet, und ich wollte mit dir reden, also bin ich direkt vom Kontrollpunkt hierhergekommen.«

»Oh«, sagte ich lahm. Ich wusste nicht, was ich sagen sollte. Warum war er da? Das war es, was ich wirklich wissen wollte.

»Darf ich dich heute Abend ausführen? Zum Abendessen. Ein richtiges Date. Ich möchte die Chance haben, noch einmal zu erklären, was in meinem Kopf vorging, und um deine Vergebung zu flehen.«

»Ehrlich gesagt, bin ich erschöpft. Ich muss nach Hause zu Brownie, und dann brauche ich, glaube ich, einfach einen ruhigen Abend.«

»Klingt perfekt«, grinste er.

Irgendwie dachte er, ich hätte ihn eingeladen, sich mir anzuschließen. Ich musste nur den Mund aufmachen und ihn korrigieren. Ich war schockiert, als ich mich selbst sagen hörte: »Wir sehen uns dann gleich.«

Er grinste und drehte sich um, um zu gehen. »Ich bringe das Abendessen mit«, rief er über die Schulter, als er wegging. Ich hatte das Gefühl, er wusste, dass ich meine Meinung ändern würde, wenn er zu lange bliebe. Die Wahrheit war, ich wusste nicht, ob ich in der Lage sein würde, diesem Mann Nein zu sagen. Und ich war mir nicht sicher, ob das eine gute oder eine schlechte Sache war.

Auf der Heimfahrt schwankte ich irgendwo zwischen verängstigt und aufgeregt. Ich lief die Treppe zu meiner Wohnung hoch, ließ meine Handtasche und Schlüssel an der Eingangstür fallen und zog mich auf dem Weg zur Dusche aus. Ich ließ das heiße Wasser über meinen Körper laufen und den Schmutz des Tages wegspülen. Man sollte nicht meinen, dass ich bei der Arbeit drinnen den ganzen Tag so schmutzig wurde, aber ich hatte immer das Gefühl, duschen zu müssen. Wenn auch nur, um den Gestank von verschwitzten Passagieren aus meiner Nase zu waschen.

Ich sprang aus der Dusche, fühlte mich viel besser und zog saubere Kleidung an. Da wir nur abhängen wollten, sah ich keine Notwendigkeit, mich schick zu machen. In grauen Baumwollshorts und einem marineblauen T-Shirt der Erie University räumte ich meine Wohnung auf, oder zumindest das Wohnzimmer. Ich griff nach Brownies Leine, als es an der Tür klopfte.

Auf der anderen Seite stand Aidan und grinste, als hätte er einen Preis gewonnen, als ich die Tür öffnete. »Entschuldigung, ich war noch nicht mit Brownie draußen. Du kannst hier warten, während ich mit ihm gehe.«

Ich trat zurück, damit Aidan eintreten konnte. Er ging direkt auf die Küche zu, die von der Eingangstür meiner kleinen Wohnung aus sichtbar war. »Ich komme mit, wenn das in Ordnung ist. Lass mich nur kurz die Sachen abstellen.«

Ich wartete an der Tür auf ihn und Brownie hätte ihn fast umgerannt, als Aidan mit uns wieder nach draußen ging. Aidan nahm die Leine, während ich die Tür abschloss, und dann gingen wir die Treppe hinunter zum Hundelaufbereich.

Als ich innerhalb des Tores stand, musste ich unweigerlich an unseren ersten Kuss denken, den er mir an fast genau derselben Stelle gegeben hatte, an der ich fast zwei Wochen später wieder stand. Aidan sah mich an und grinste. »Das ist einer meiner Lieblingsorte auf der ganzen Welt.«

»Warum das?«, fragte ich und stellte mich dumm, nur für den Fall, dass er nicht an dasselbe dachte wie ich.

»Weil das der Ort ist, an dem ich endlich die Gelegenheit hatte, dich zu küssen. Ich fühle mich immer noch wie ein Idiot, weil ich dir den Rest des Abends nichts gesagt habe. Ich

… Scheiße. Ich habe mich noch nie so gefühlt, nachdem ich jemanden geküsst habe.«

Ich lachte leise, froh, sein Eingeständnis derselben Gefühle zu hören, die ich gehabt hatte. Ich hatte die Nase voll von den Spielen, die wir nicht spielten, die aber trotzdem zwischen uns zu stehen schienen.

»Ich spiele keine Spielchen, Claire. Ich hoffe, das weißt du. Es war beschissen von mir, dich nicht anzurufen oder an dem Abend nichts zu sagen, aber ich habe nicht versucht, dich zu verarschen. Ich hatte einfach das Gefühl, dass wir mit diesem Kuss alles gesagt hatten, was es zu sagen gab. Nichts anderes schien auch nur annähernd gut genug, um daran anzuknüpfen. Und Samstag? Ich hätte dich ausgenutzt, wenn wir miteinander geschlafen hätten, als du betrunken warst. Ich hätte nicht mit mir leben können, wenn ich es hätte weiterlaufen lassen. Ich wollte dich, das will ich immer, aber nicht so. Ich wollte dich aber nicht verletzen. Das ist nie meine Absicht.«

Ich lächelte, während ich Brownie dabei zusah, wie er in der Erde grub. Ich liebte es, wie gut Aidan seine Gedanken artikulieren konnte. Seltsamerweise waren es auch meine Gedanken. Wir beide waren miteinander verbunden und auf unbeschreibliche Weise verknüpft.

»Mir ging es genauso. Ich habe mir aber Sorgen gemacht, dass du deine Meinung über mich geändert hast, nachdem du mich geküsst hattest. Als ich nichts von dir gehört habe, habe ich meinen Freundinnen gesagt, du wärst nicht wirklich an mir interessiert. Und am Samstag wieder, als du gegangen bist.«

»Oh, Gott, Süße, das tut mir so leid. Das war überhaupt nicht der Fall. Ich hatte Nachtschicht und kam mitten in der Nacht nach Hause und habe dann den größten Teil des Tages geschlafen. Ich dachte immer wieder, ich sollte dich anrufen oder dir eine SMS schreiben, bevor ich jeden Abend zur

Arbeit ging, aber ich hatte Angst, du würdest denken, ich wäre aufdringlich. Wir haben uns nie wirklich über unsere Zeitpläne ausgetauscht, und ich wusste nicht, ob du wissen wolltest, was los ist. Aber ich will dich nicht verletzen. Wir müssen in Zukunft ehrlich zueinander sein.«

Ich lachte über die Dummheit unserer ersten paar Wochen als ... Teufel, ich wusste nicht, was wir waren. »Schon gut. Wir werden das alles schon hinkriegen, herausfinden, was wir dem anderen sagen müssen. Ich schätze, zuallererst sind wir Freunde. Das müssen wir im Kopf behalten, nicht vergessen, dass wir uns umeinander kümmern, weil wir gute Freunde sind, bevor wir irgendetwas anderes sind.«

Aidan sah mich an, dann ließ er seinen Blick zu Brownie schweifen. Wir sahen ihm beide über den Rasen hinweg zu, wie er in der Nähe des hinteren Zauns am Boden herumschnüffelte. Ich wusste, dass er nach einer Stelle suchte, um sein Geschäft zu verrichten, und war alles andere als glücklich, das vor Aidan tun zu müssen. Das war nicht wirklich ein gutes Thema für erste Dates.

»Willst du nur mit mir befreundet sein?«, fragte Aidan leise.

Ich war so schockiert über seine Frage, dass mein Kopf schneller zu ihm schnellte, als er sollte. Mir verschwamm vor Augen und mir wurde ein wenig schwindelig. Ich schloss kurz die Augen und streckte die Hand nach ihm aus. Ich packte seinen Bizeps, während mein Gleichgewichtssinn zurückkehrte.

Aidans Hand umfasste meinen Ellbogen und seine andere Hand legte sich um meine Taille und hielt mich an sich gedrückt. Schließlich öffnete ich die Augen und blickte in seine braunen. »Alles in Ordnung mit dir?«, fragte er, und die Sorge stand ihm ins Gesicht geschrieben.

»Entschuldige, ich habe nur den Kopf zu schnell gedreht. War das dein Ernst? Deine Frage?«

Aidan ließ mich los und ging ein paar Schritte weg. Er blickte über den Garten und sah zu, wie Brownie sich hinhockte und auf den Rasen machte. Ich zuckte zusammen und schüttelte den Kopf.

»Ich will dir nichts aufdrängen, Claire. Wenn du nur befreundet sein willst, ziehe ich mich zurück. Ich möchte mehr als nur befreundet mit dir sein, aber so, wie du geredet hast, klang es, als wolltest du nur das sein.«

Ich schüttelte den Kopf, obwohl er mich nicht ansah. Brownie trottete von seinem Haufen auf dem Rasen weg und ich ging hinüber, um ihn aufzusammeln. Ich knotete den Beutel zu, bevor ich ihn in den Mülleimer warf. Als ich zu Aidan zurückging, trat ich vor ihn und zwang ihn so, mich anzusehen.

»Ich habe nie an die Liebe geglaubt. Meine Eltern führen eine tolle Ehe, aber ich habe die Liebe nie als etwas Faires, Gerechtes und Wahres angesehen, zumindest nicht für mich. Das Einzige, woran ich bei der Liebe glaube, ist, dass eine Freundschaft hilft, eine Beziehung davor zu bewahren, dass beide Leute Dinge tun, die sie nicht tun sollten. Die Vorstellung, mehr als nur mit dir befreundet zu sein, gefällt mir, aber ich habe nicht viel Erfahrung mit Beziehungen. Wahrscheinlich wird dein Interesse schnell nachlassen.«

Aidan sah wütend aus, sogar zornig. Seine Augen loderten und seine Fäuste ballten sich an seinen Seiten. »Ich weiß, dass wir die Zukunft nie vorhersagen können, aber ich will dich, seit wir uns kennengelernt haben. Ich habe versucht, dich kennenzulernen, damit wir Freunde und hoffentlich eines Tages ein Liebespaar werden können. Mein Interesse an dir ist in dieser Zeit nur stärker geworden, nicht schwächer. Ich würde dich niemals verletzen.«

»Bitte sei nicht wütend auf mich«, flüsterte ich. Meine

Augen waren auf seine Fäuste geheftet, die immer noch an seinen Seiten geballt waren. Ich wusste, dass ich schreien und die Aufmerksamkeit meiner Nachbarn auf mich ziehen könnte, wenn er mich schlagen würde, und hoffentlich würde Brownie ihn angreifen, aber ich hoffte auch, dass es nicht so weit kommen würde.

Aidan sah mich an, dann folgte sein Blick meinen Augen zu seinen Fäusten. Seine Schultern fielen herab, als sich seine Fäuste lösten und er nach mir griff. Ich machte instinktiv einen Schritt zurück und er hielt inne.

»Verdammt, Baby, es tut mir leid. Ich war nicht wütend auf dich. Ich würde dich niemals schlagen. Scheiße. Ich war wütend auf denjenigen, der dir das Gefühl gegeben hat, dass du Männern nicht vertrauen kannst, mir nicht vertrauen kannst. Und jetzt tust du es nicht.«

Ich beobachtete ihn aufmerksam und wartete darauf, ob er wieder nach mir greifen würde. Brownie kam herüber und stellte sich zwischen uns, wimmernd wegen der Spannung in der Luft. Er ging zu Aidan und stupste seine Hand an, um Aidans Aufmerksamkeit zu erlangen. Sein Blick fiel von mir, als er zu meinem Hund hinuntersah. Mein Hund, der versuchte, Aidan anstelle von mir zu beschützen.

Sagt man nicht, Hunde hätten einen guten Instinkt?

Aidan ging in die Hocke und kraulte Brownie. Er kniete im Gras, als dieser sich auf den Rücken warf und seinen Bauch entblößte. Aidan blieb ein paar Minuten lang so, streichelte Brownie und ignorierte mich im Grunde. Warum war Brownie nicht sauer auf ihn und versuchte, mich zu verteidigen? Wenn Hunde spüren, wann ihre Besitzer in Schwierigkeiten sind, warum tat er dann so, als wäre Aidan derjenige, der Trost brauchte?

Die Jungs standen schließlich auf und Aidan warf einen Stock über den Hof, dem Brownie nachjagte. Er warf Aidan einen Blick zu, bevor er losrannte, um den Stock zu holen.

Aidan konzentrierte sich weiterhin auf meinen Hund, und ich versuchte herauszufinden, was zum Teufel hier los war.

Brownie ließ den Stock immer wieder für Aidan fallen und ich stand da und sah ihnen beim Spielen zu, als ob ich gar nicht existierte. Brownie verweilte bei jedem Wurf immer kürzer, da er sich beim Spielen wohlfühlte, als wüsste er, dass Aidan sich besser fühlte.

Aber niemanden schien es zu kümmern, dass ich total verwirrt war.

»Es tut mir leid, dass ich dich erschreckt habe«, sagte Aidan schließlich. Seine Stimme klang entfernt, als würde er aus der anderen Ecke eines überfüllten Raumes flüstern, anstatt so nah zu stehen, dass ich ihn berühren konnte. »Ich weiß nicht, wer dich verletzt hat, aber ich weiß, dass es jemand getan hat.«

Ich fuhr zu ihm herum, meine Augen loderten erneut vor Wut und Misstrauen. Wie zum Teufel wusste er das? Wer hatte es ihm erzählt?

»Niemand hat es mir erzählt. Ich kann es in deinen Augen sehen, die Art, wie du immer auf mich reagiert hast, wenn ich nach dir gegriffen habe. Als wir uns kennengelernt haben, hast du dich geweigert, mit mir allein zu sein, aber in letzter Zeit hattest du keine Angst mehr vor mir. Schon eine Weile nicht mehr. Ich habe dich nie danach gefragt, weil ich weiß, dass du es mir erzählen wirst, wenn du mir genug vertraust, um darüber zu reden. Aber ich kann nicht damit leben, dass du Angst vor mir hast. Ich muss wissen, dass du mir genauso vertrauen wirst wie dein Hund hier drüben.«

Ich sah die beiden an, die beide mit übereinstimmenden braunen Dackelaugen zu mir aufblickten. Angst vor Aidan zu haben, war mir fremder als ihm zu vertrauen. Ja, ich hatte schon einmal vertraut und war auf die schlimmste Weise enttäuscht worden. Aber irgendetwas an Aidan sagte mir, dass er nicht wie BJ war. Und es auch niemals sein würde.

»Ich komme mit Gewalt nicht gut zurecht, selbst wenn sie verdient ist. Sie macht mir Angst. Ich werde keine Dominanz dulden oder dass du denkst, du schuldest mir irgendetwas, niemals. Nur weil du zum Abendessen hier bist, heißt das nicht, dass wir miteinander schlafen werden. Und Eifersucht ist in meiner Welt nicht in Ordnung. Vertrauen ist alles, und ich entscheide mich jetzt dafür, dir zu vertrauen. Du wirst keine zweite Chance bekommen.«

Aidan nickte und machte einen Schritt auf mich zu. »Ich werde keine weitere Chance brauchen. Ich verspreche dir, dass ich nie wieder etwas tun werde, das dein Vertrauen gefährdet. Danke.«

Er machte einen weiteren Schritt auf mich zu und ich wich nicht zurück. Er streckte seine Hand nach mir aus, ohne mir nahe genug zu kommen, um mich zu berühren. Er ließ mich zu ihm kommen, mir auf halbem Weg entgegenkommen. Ich streckte meine Hand aus und ergriff seine und sah ein Lächeln über seine Lippen huschen, das hell genug war, um die Sonne neidisch zu machen.

KAPITEL 10

Zurück in meiner Wohnung ließ ich meine Deckung wieder fallen. Aidan hatte genug chinesisches Essen mitgebracht, um sechs Leute satt zu bekommen, aber es war schön, die Auswahl zu haben. Er sagte, er wisse ein paar Dinge, die ich mochte, und wollte sie alle besorgen. Danach war unser Moment auf dem Hundeplatz, glaube ich, vollkommen vergessen.

Wir ließen uns auf meiner abgewetzten alten Couch nieder. Ich hatte sie im College gekauft und war nie dazu gekommen, sie zu ersetzen. Sie war verschlissen, aber wirklich bequem. Etwas, wofür ich schon oft dankbar gewesen war, wenn ich beim Fernsehen eingeschlafen war.

Brownie saß zu unseren Füßen, beobachtete uns und wartete ungeduldig darauf, dass etwas auf den Boden fiel, und verschlang glücklich alles, was er mit der Zunge erwischen konnte. »Macht er das immer?«, fragte Aidan und beäugte Brownie misstrauisch.

Ich warf meinem großen Hund, der fast auf Augenhöhe mit mir war, während ich auf der Couch saß, einen Blick zu und lächelte. »Er glaubt, ihm steht genauso viel zu wie mir.

Ich gebe ihm ein Stück Hühnchen oder etwas Gemüse, aber er bekommt nicht viel Essen vom Tisch.«

»Ich bin überrascht, dass er da einfach so ruhig sitzt. Ich hatte fast erwartet, dass du ihn wegsperren musst, während wir essen, damit er nicht das ganze Essen vom Tisch klaut.«

Ich schüttelte den Kopf. »Nein. Er nimmt kein Essen, es sei denn, es liegt auf dem Boden oder wird ihm angeboten. Ich kann für ein paar Minuten weggehen und er sitzt einfach nur da. Er ist ziemlich gut erzogen.«

Aidan zog die Augenbrauen hoch und nickte uns zu, sichtlich angetan von meinem talentierten Hund. Natürlich erzählte ich ihm nicht, wie viele Abendessen ich verloren hatte, bevor ich Brownie endlich beigebracht hatte, mein Essen nicht zu fressen. Was zählte, war, dass er es gelernt hatte.

Wir schalteten den neuesten Film der Avengers-Reihe ein, bereit, uns in der Action zu verlieren, die Welt vor der neuesten Bedrohung zu verteidigen. Ich war schnell von der Handlung gefesselt, denn ich hatte schon immer eine Schwäche für heiße Männer, die Helden spielen. Als ich mit dem Abendessen fertig war, schob ich den Teller weg und lehnte mich auf der Couch zurück. Direkt in Aidans Arme.

»Oh, Entschuldigung«, murmelte ich, da ich nicht wollte, dass er dachte, ich hätte es absichtlich getan.

»Schon gut«, sagte er und klang dabei fast enttäuscht. Er nahm seinen Arm von der Rückseite der Couch und ließ seine Hand auf die Polster zwischen uns sinken. Ich sah auf seine Hand, dann wieder hoch zu ihm und fragte mich, was zum Teufel ich mir eigentlich dachte.

Ich wollte seine Hand halten.

War ich zwölf, oder was?

Wir waren Erwachsene und hatten ein Date. Es fühlte sich albern an, so etwas Bedeutungsloses wie Händchen- halten zu wollen, aber aus irgendeinem verrückten Grund wollte ich es. Als wäre das Anlehnen an ihn auf der Couch zu viel, aber ich wollte ihn berühren.

Ich kuschelte mich wieder in die Couch und legte meine Hand neben seine, nicht berührend, aber nah. Ich konnte seine Wärme auf meiner Haut spüren, die in mir den Wunsch weckte, mehr zu tun, als nur seine Hand zu halten. Dann spürte ich, wie sich seine Hand um meine schloss, seine Handfläche ruhte auf meinem Handrücken und unsere Finger verschränkten sich.

Ich sah zu ihm rüber, aber Aidan konzentrierte sich auf den Film, als wäre nichts geschehen. Als hätte er nicht gerade nach meiner Hand gegriffen. Ich lächelte in mich hinein und richtete meine Aufmerksamkeit wieder auf den Film.

Oder versuchte es zumindest.

Es fühlte sich an, als würden wir mit jeder vergehenden Sekunde näher aneinanderrücken, bis ich die Wärme seiner Schulter an meiner spürte und unsere Arme sich bis hinunter zu unseren verschlungenen Händen berührten. Mein Körper explodierte wie ein Feuerwerk, etwas, das ich nicht geglaubt hätte, wäre es mir nicht selbst passiert. Er hatte mich nicht berührt, nicht geküsst oder sonst etwas, aber mein Bauch zog sich zusammen, mein Höschen war feucht und ich atmete schwer. Irgendetwas stimmte ganz und gar nicht mit mir.

Aidan rückte ein wenig näher, legte unsere verschränkten Hände auf seinen Schoß und presste unsere Beine Seite an Seite aneinander. Die Temperatur in meinem Körper schoss in die Höhe und ich begann mir ernsthaft Sorgen zu machen, dass ich krank würde. Ich hatte das Gefühl, ich müsste mich übergeben, war aber nicht sicher, ob es all die Schmetterlinge waren, die versuchten, aus meinem Bauch zu entkommen, oder etwas anderes.

Ich drehte mich zu Aidan um, unsicher, was ich sagen wollte, und sah, dass er mich beobachtete. »Gott, bist du wunderschön. Deine Haut ist errötet, deine Augen sind weit aufgerissen und du zitterst fast. Darf ich dich küssen?«

Ich biss mir auf die Lippe, da ich meiner Stimme nicht traute, und nickte. Aidans Augen hielten meine gefangen, während die Geräusche einer Explosion im Fernsehen zu hören waren. Er beugte sich langsam zu mir, seine andere Hand hob sich und legte sich an meine Wange.

Als sich unsere Lippen berührten, war es ein sanfter, süßer Kuss. Ein zartes Streifen unserer Lippen, kaum wahrnehmbar, außer durch die Art, wie mein Körper von einem Schauer und Verlangen zugleich durchströmt wurde. Ein Sehnen durchfuhr mich, wie ich es noch nie erlebt hatte, von meinen Lippen bis in mein Innerstes, wo sich die ganze Hitze meines Körpers sammelte. Für einen kurzen Moment fragte ich mich, ob ich meine Tage bekommen hatte. Schließlich war ich zwischen meinen Beinen feucht und heiß.

Ich wusste, dass es etwas anderes war, etwas Neues und Aufregendes, als Aidans Mund sich über meinen öffnete und seine Zunge zu meinen Lippen schnellte. Er kostete mich von einem Mundwinkel zum anderen, sodass ich mich ein wenig albern fühlte, weil ich einfach nur dasaß und nichts tat.

»Du schmeckst so gut«, murmelte er gegen meine Lippen. Seine Zunge drängte sich zwischen meine Lippen, trennte sie, und ich erkannte, dass ich im Begriff war, eine aktive Teilnehmerin an unserem Kuss zu werden.

Meine Hand wanderte zu ihm und ruhte auf seiner Brust, während seine Zunge schnell durch meinen Mund fuhr. Das Gefühl seines pochenden Herzens unter meinen Fingern und seiner Zunge, die meinen Mund erkundete, trieb meine Temperatur nur noch höher. Mein Höschen wurde feuchter und das brennende Gefühl verstärkte sich. Es war die eine Sache, von der ich gehört und die ich nie erlebt hatte. Die eine Sache, von der ich dachte, sie würde nie passieren.

Es war Verlangen. Reines, wahres, animalisches Verlangen. Ich wollte Aidan, wie ich noch nie einen anderen Mann gewollt hatte. Ich wusste, das Pochen zwischen meinen Beinen bedeutete, dass er mich nur berühren musste und ich würde einen dieser schreienden Orgasmen haben, von denen ich meine Freundinnen hatte reden hören. Ich wusste, ich würde mich ihm völlig hingeben.

Was ich nicht wusste, war, was ich für ihn tun müsste, wenn es passierte.

Wir küssten uns länger, als es sich richtig anfühlte, nebeneinander auf der Couch sitzend. Aidan unternahm keinen Versuch, weiterzugehen, sondern gab sich damit zufrieden, einfach zu küssen. Bei dieser Erkenntnis bekam mein Herz einen weiteren kleinen Riss. Er drängte nicht. Er fragte, bevor er mich küsste. Er respektierte mich.

Und zum ersten Mal wollte ich mehr.

Ich drehte mich ihm zu, fuhr mit meiner Hand über seine Schulter und vergrub sie in seinem Haar. Ich zog ihn näher an mich heran, streckte mich aus, um mit meiner Zunge die seine zu liebkosen, und steigerte so unser Tempo und unsere Intensität. Ein Grollen entwich seiner Brust und ließ jeden Teil meines Körpers erzittern. Ich brauchte etwas. Ich hoffte nur, er konnte es mir geben.

Aidan übernahm die Kontrolle, als sie mir entglitt. Er rollte uns auf der Couch herum und drückte mich unter seinem starken Körper fest. Kurz stieg Panik in mir auf, aber ich kämpfte dagegen an. Aidan schob meine Beine auseinander und flüsterte: »Lass mich rein, Baby. Spreiz deine Beine für mich.«

Meine Knie fielen zur Seite, eins wurde von der Couch gehalten, während das andere von der Couch zu rutschen drohte. Aidan positionierte sich zwischen meinen Beinen und ich spürte seine harte Erektion an mir, unsere weichen Baumwollshorts taten nichts, um sie zu verbergen. Ich war keine Jungfrau, war es seit über zehn Jahren nicht mehr, aber ich war immer noch ziemlich unerfahren mit Männern. Ihn an meinem Körper zu spüren, ließ eine neue Welle des Prickelns über meine Haut laufen.

Aidan stützte sich über mir ab und blickte mir ins Gesicht. »Ich hätte nie gedacht, dass ich hier sein würde, zwischen deinen Beinen gebettet. Gott, du fühlst dich so verdammt gut an.«

Ich konnte den Schmerz in seinen Augen sehen, das Verlangen, das er kaum zügeln konnte. Ich wusste, er wollte mehr als das, aber ich war nicht bereit. Irgendetwas sagte mir, dass mit Aidan alles anders sein würde, und darauf war ich noch nicht vorbereitet. Ich konnte mir nicht vorstellen, mit ihm zu schlafen und ihn dann gehen zu sehen.

»Ich werde mich jetzt bewegen, Schatz. Du musst mir nur sagen, wenn es sich nicht gut anfühlt.«

Ich nickte, unsicher, warum es wichtig war, wenn er sich bewegte. Bis er seine Hüften verlagerte und ein Stöhnen meinen Lippen entkam.

Heilige Scheiße, wie hat er das gemacht? Ich hatte keine Ahnung, was er berührte oder tat, aber es war, als hätte er eine Fernbedienung für meinen Körper in seiner Shorts versteckt. Und er drückte definitiv die richtigen Knöpfe.

Meine Augen schlossen sich und Aidan bewegte sich weiter, ermutigt durch mein Stöhnen und Wimmern. Er beugte sich hinunter, um meine Lippen zu küssen, und ich fiel über ihn her, krallte mich in seinen Rücken und stieß meine Zunge so tief in seinen Mund, dass ich mich fast fragte, ob ich ihn ersticken würde. Er erwiderte meinen Kuss mit gleichem Enthusiasmus und stieß seine Hüften weiter gegen mich, sein Tempo steigerte sich mit der Dringlichkeit unseres Kusses.

Er löste sich von unserem Kuss und ließ seine Lippen, seine Zunge und seine Zähne über meine Kieferpartie zu meinem Ohr wandern. Seine Zunge tauchte in die kleine Kuhle hinter meinem Ohr und mein Körper bog sich seinem entgegen, pulsierend und mit dem Gefühl, wie ein zu straff gespanntes Gummiband zu sein.

»Oh fuck, Aidan«, stöhnte ich und spürte eine Lust, die ich noch nie gekannt hatte, zusammen mit einer Spannung und einem Schmerz, die mich wahnsinnig machten.

Sein Atem war heiß an meinem Ohr, als er flüsterte: »Komm für mich, Baby. Ich muss dich meinen Namen schreien hören. Lass einfach los. Jetzt, Süße. Komm genau jetzt.«

Mein Körper reagierte auf einer Ebene auf ihn, die ich nicht einmal ansatzweise verstand. Ich war mir nicht einmal sicher, was er von mir wollte, aber Instinkt und Natur übernahmen die Kontrolle.

Ich klammerte mich fest an ihn, während ich laut seinen Namen brüllte. Meine Hüften hoben sich, um seinen zu begegnen, und pumpten fieberhaft gegen seinen Körper. Er stieß weiterhin hart gegen mich, seine Erektion grub sich in mein weiches Fleisch und ließ mich völlig die Kontrolle verlieren.

Die Welt um mich herum wurde schwarz, als die erste Welle über mich hereinbrach. Ich fühlte mich wie ein Surfer auf Hawaii, der von einer dieser großen Wellen unter Wasser gezogen wurde. Ich ertrank in einem Meer aus Verlangen und Lust, das ich nie gekannt hatte. Ich wusste nicht mehr, wo oben und unten war oder wie ich wieder an Land finden sollte.

Bevor ich die Antworten auf meine Fragen finden konnte, brach eine weitere Welle über mich herein und zog mich noch tiefer in die Dunkelheit. Ich nahm vage wahr, dass Aidan immer noch über mir war, seine Finger gruben sich in meinen Hüftspeck, während ich an ihm hing. Sein Schwanz ruhte zwischen meinen Beinen, die ich irgendwann um seine Hüften geschlungen hatte.

Die Dunkelheit begann zu weichen und ich hörte Aidans Stimme, die mir etwas zuflüsterte. Meine Arme fühlten sich wund und schmerzend an und mein Körper fühlte sich köstlich schwach an, als hätte ich gerade einen Marathon gelaufen. Ein Summen ging von meiner Mitte aus und durchströmte den Rest von mir, subtil, aber deutlich spürbar. So hatte ich mich noch nie in meinem Leben gefühlt, aber ich wollte dieses Gefühl schon jetzt zurück.

Endlich verstand ich Aidans Worte, als er so nah an mein Ohr flüsterte, dass ich die Vibration seines Körpers spüren konnte: »Das war das Schönste, was ich je gesehen habe, Süße. Du bist unglaublich. Ich könnte dir jeden Tag für den Rest meines Lebens dabei zusehen. Danke, Claire. Danke, dass du das mit mir geteilt hast.«

Die Freundlichkeit und Liebe, die ich in seinen Worten spürte, schockierten mich. Ich hatte erwartet, dass er aufspringen und behaupten würde, er sei jetzt an der Reihe, aber stattdessen umschlang er mich immer noch, stützte sein Gewicht ab, hielt seinen Körper aber so nah, dass wir uns von oben bis unten berührten. Seine Erektion pulsierte an mir, aber sein Körper war still.

»Ich habe das noch nie getan«, sagte ich. Ich wollte die Worte nicht sagen, aber mein Mund hatte andere Pläne. Ich wollte am liebsten unter die Couch kriechen und sterben, aber es war zu spät.

»Angekleidet gekommen? Ich wollte dich nicht drängen, aber ich konnte mich nicht zurückhalten. Es tut mir leid, wenn ich dir wehgetan habe. Habe ich dir wehgetan, Süße?« Die Besorgnis in seiner Stimme ließ mir Tränen in die Augen steigen.

Ich schüttelte den Kopf und sagte: »Nein, du hast mir

nicht wehgetan, aber das meinte ich nicht. Ich meinte, ich habe *das* noch nie getan. Überhaupt nicht.«

Aidan beugte sich zurück, um mich anzusehen, seine Augen flammten mit etwas auf, das ich nicht deuten konnte. »Du meinst, du hattest noch nie einen Orgasmus?«

Ich nickte und biss mir auf die Lippe.

Er sprang so schnell auf, dass sich mein Kopf drehte. Er ging durch den Raum und ich sah zu, wie seine Erektion langsam schrumpfte und wieder unter seinen Shorts verschwand. »Jesus, ich bin so ein Arschloch. Es tut mir so leid, Claire. Wenn ich das gewusst hätte, hätte ich das niemals getan. Bist du … bist du Jungfrau?«

Ich schüttelte den Kopf, ließ aber meinen Blick zu Boden fallen. Genau deshalb wollte ich es ihm nicht sagen. Warum zum Teufel konnte mein verdammter Mund nicht einfach die Klappe halten?

»Du hattest also noch nie einen Liebhaber, der sich um dich gekümmert hat? Der dafür gesorgt hat, dass du dich gut fühlst, bevor er sich um sich selbst Sorgen gemacht hat?«

Ich zuckte mit den Schultern. Ich war nicht bereit zuzugeben, dass ich nur zweimal mit meinem Highschool-Freund geschlafen hatte, bevor ich beschloss, dass ich keinen Sex mochte. Ich war damals siebzehn, gerade so, und war mir nicht wirklich sicher, ob ich für Sex bereit war. BJ hielt es nicht für eine große Sache und überredete mich dazu. Als ich ihm sagte, dass es mir nicht gefiel und ich warten wollte, bevor wir es wieder taten, tat er so, als sei das in Ordnung.

Ein paar Wochen später änderte er seine Meinung. Wir waren mit seinen Eltern in den Frühlingsferien. Sie waren für den Abend zum Essen aus und ließen uns allein im Hotel. Wir sahen uns einen Film an und aßen Pizza, dann beschloss er, dass er wieder Sex wollte. Ich sagte ihm nein, aber dieses Mal wollte er nicht zuhören. Er war größer und stärker als meine dürre Cheerleader-Figur und er hielt mich ohne Probleme fest.

Ich schrie und wehrte mich die ganze Zeit, aber das war ihm egal. Als er fertig war, versuchte er so zu tun, als wäre es keine große Sache. Ich duschte, um das Gefühl von ihm auf meiner Haut abzuwaschen, aber nichts half. Als wir von unserer Reise nach Hause kamen, erzählte ich Mandy, was passiert war. Sie bestand darauf, dass wir die Polizei riefen, aber da gäbe es keine Beweise mehr, sagten sie. Er wurde nie angeklagt oder verhaftet oder auch nur gerügt.

Es dauerte Jahre, bis ich danach überhaupt wieder an Sex denken konnte. Ich war mit ein paar Jungs im College ausgegangen, aber ich ließ es nie sehr weit kommen. Sobald ich das Gefühl hatte, ein Mann sei bereit für Sex, machte ich mit ihm Schluss. Irgendwann hörte ich einfach auf, mich zu verabreden, um das ganze Thema zu vermeiden.

Es genügt zu sagen, dass ich nicht wirklich viel Interesse an Sex hatte.

»Ich habe nicht viel Erfahrung. Und nein, ich hatte nie jemanden, dem es wichtig war, wie ich mich fühle.«

Aidan kam zurück zu mir, wo ich immer noch auf der Couch saß. Er ließ sich neben mir nieder und nahm meine Hände in seine. »In meiner Welt wirst du immer an erster Stelle stehen. Im wörtlichen wie im übertragenen Sinne. Dein Glück bedeutet mir mehr als alles andere. Ich weiß, dass es mehr gibt, was du mir nicht erzählst, aber das ist im Moment nicht wichtig. Wichtig ist, dass du dich gut fühlst. Es tut mir so leid, wenn ich dir wehgetan habe. Wenn ich auch nur die geringste Ahnung gehabt hätte, ich ... fuck, ich kann nicht glauben, dass ich das getan habe.«

»Es hat mir gefallen«, platzte es aus mir heraus. »Sehr sogar. Ich habe mich noch nie so gefühlt und es war unglaublich. Ich wollte, dass es passiert, und du hast dich mir nicht aufgezwungen.«

Aidans Schultern fielen herab, als die Anspannung von ihm abfiel. Er drückte meine Hände, hob sie an seine Lippen und drückte Küsse auf jeden meiner Fingerknöchel. »Ich möchte nie, dass du das Gefühl hast, mir etwas nicht sagen zu können. Irgendetwas. Ich werde immer aufhören, wenn du mit etwas nicht einverstanden bist, und ich verspreche dir, in Zukunft sanfter zu dir zu sein. Kannst du mir verzeihen, dass ich mich wie so ein geiler Bock aufgeführt habe?«

Ich wartete, bis er zu mir aufsah, um ihm zu antworten. Seine Augen waren so traurig und beschämt, dass ich am liebsten um ihn geweint hätte. »Es gibt nichts, wofür du dich entschuldigen müsstest. Ich hätte Nein gesagt, aber ich bin mir ziemlich sicher, dass ich immer wieder Ja gesagt habe.« Er lachte mit mir. »Nur weil es neu war, heißt das nicht, dass es nicht gut war. Ich habe keine Ahnung, was du getan hast, aber ich möchte es definitiv irgendwann wieder tun.«

Aidan zog mich in seine Arme, seine großen, starken Arme schlangen sich um mich, um mich an seine Brust zu halten. Ich lauschte wieder seinem Herzschlag, stark und sicher unter meiner Wange. In Aidans Armen fühlte ich mich sicher. Er würde mir niemals wehtun. Das wusste ich ohne den geringsten Zweifel.

»Es wird noch viel besser als das, Baby. Und ich zeige es dir, wann immer du interessiert bist. Wenn du mich wieder ranlässt, werde ich aber meine Finger benutzen, denn das ist viel sanfter. Gott, Baby, es tut mir wirklich so verdammt leid.«

»Hör auf, Aidan. Hör einfach auf. Ich wollte, dass du es tust. Ich habe dich gebraucht. Hör auf, dich deswegen fertig zu machen. Bitte.«

Er drückte einen Kuss in mein Haar und murmelte: »Okay. Unter einer Bedingung.«

Oh, oh. Da war sie. Seine Forderung. Er hatte mir einen Orgasmus verschafft, den ersten meines Lebens, und jetzt musste ich den Gefallen erwidern. Ich spannte mich in seinen Armen an und versuchte, ihn das nicht spüren zu lassen. Er hielt mich fest genug, dass er es doch tat. »Hey, nein. Nichts dergleichen. Ich wollte nur fragen, ob wir uns noch einen Film ansehen könnten und ob ich dich halten dürfte. Auch nur deine Hand halten. Ich möchte dich einfach nur berühren können.«

Meine Angst verflog und ich entspannte mich wieder in seinen Armen, obwohl ich wusste, dass das böse Erwachen irgendwann kommen würde.

Wir machten es uns auf der Couch bequem und dieses Mal zögerte ich nicht, mich unter seinen Arm zu kuscheln, meinen Kopf auf seine Brust zu legen und einen Film mit geschlossenen Augenlidern zu sehen.

KAPITEL 11

ICH WACHTE am nächsten Tag mit einem unruhigen Gefühl auf. Aidan war am Abend zuvor gegangen, nachdem der Film zu Ende war, aber er hatte nie nach etwas gefragt. Er press nicht auf Sex oder auch nur einen Blowjob. Er küsste mich wieder, aber seine Hände wanderten nicht umher, und als ich spürte, wie sich seine Erektion gegen meinen Bauch aufbaute, ging er.

Das verwirrte mich total.

Nachdem ich mit Brownie Gassi war und etwas anderes als meinen Schlafanzug angezogen hatte, machte ich mich auf den Weg zu Beiß mich!, in der Hoffnung, mich im süßen Genuss zu verlieren. Lexi saß am Tresen und unterhielt sich mit Charlie, und beide lächelten, als ich hereinkam.

»Du kommst genau richtig. Ich habe gerade ein neues Rezept fertig und Lexi wollte es für mich probieren. Willst du auch probieren?« Charlies strahlendes Lächeln verriet mir, dass sie sich auf dieses hier besonders freute. Ich konnte einer ihrer Kreationen nicht widerstehen. Selbst die Geschmacksrichtungen, die ich nicht mochte, waren gut.

»Natürlich. Was ist es heute?«

Charlie klatschte in die Hände, legte einen weiteren Cupcake auf einen Teller und schob ihn dann vor mich. »Ich sage dir, was drin ist, nachdem du ihn probiert hast. Ich will deine Geschmacksknospen nicht beeinflussen, nur für den Fall.«

Ich lächelte, da ich wusste, dass ich diese Antwort hätte erwarten sollen. Charlie war der Meinung, wenn man wüsste, welchen Geschmack etwas haben sollte, würde man schon im Voraus entscheiden, wie es schmecken müsse. Wenn es nicht ›richtig‹ war, wäre es nicht gut, selbst wenn es das in Wirklichkeit war.

Lexi und ich hoben unsere Cupcakes und stießen kichernd miteinander an. Charlie beobachtete uns mit großen Augen und wartete gespannt auf unsere Reaktion.

Als ich den Cupcake zum Mund führte, atmete ich tief ein und versuchte, einige der Düfte zuzuordnen. Alles, was ich roch, war Frucht, also biss ich hinein.

Zuerst spürte ich die Weichheit des Kuchens, doch schnell folgte ein Kick, etwas Fruchtiges und Warmes, obwohl ich noch nie etwas gekannt hatte, das warm schmeckte. Das Nächste, was mich traf, war die flüssige Füllung. Sie schmeckte nach Wein, aber fruchtiger. Der Guss obendrauf war eine fruchtige Mischung, die ich nicht entschlüsseln konnte, egal wie sehr ich es versuchte.

Es war eigentlich egal, was es war, es war fantastisch. Ich lehnte mich zurück und fragte mich, wie um alles in der Welt sie auf solche Ideen kam und wie sie es schaffte, sie umzusetzen. Lexi und ich tauschten ein wissendes, fruchtiges Grinsen aus und nickten Charlie enthusiastisch zu.

Sie klatschte in die Hände und hüpfte auf und ab, während ihre Schokoladen-und-Erdnussbutter-Locken um ihre Schultern sprangen. »Oh, ich habe gehofft, dass er gut ist. Habt ihr eine Ahnung, was ich versucht habe?«

»Erdbeerkuchen?«, riet Lexi. Charlie schüttelte den Kopf und sah mich an.

»Ich habe mehr als nur Erdbeere geschmeckt. Ich habe viel von dem Weingeschmack wahrgenommen. Es war wie ein fruchtiger Wein.«

»Gut. Das war meine Absicht. Es soll Sangria sein. Würdet ihr ihn kaufen?«

Ich nahm noch einen Bissen und nickte lächelnd, als Lexi dasselbe tat. »Er ist wirklich gut«, murmelte Lexi, während ihr Mund mit Cupcake gefüllt war. »Das ist eine tolle Idee, besonders für den Sommer.«

Charlie nickte, sichtlich begeistert, dass wir ihren neuen Cupcake liebten. »Das war meine Absicht. Etwas Leichtes und Fruchtiges, aber trotzdem Leckeres für den Sommer. Der ganze Alkohol verbackt im Ofen, aber man hat immer noch den Geschmack davon. Die Füllung ist eigentlich kein Wein, aber sie schmeckt so, weil so viel in den Cupcakes war.«

Ich aß den Rest meines Cupcakes auf und Charlie stellte Wasserflaschen vor uns hin. »Wann fängst du an, sie zu verkaufen? Das war köstlich. Ich glaube, ich habe einen neuen Favoriten.«

»Oh, ich freue mich so, das zu hören. Ich denke, ich werde jeden Tag ein paar dazunehmen und sehen, wie sie sich verkaufen. Mir geht der Platz aus und ich will mich nicht totarbeiten. Ich bin schon jetzt jeden Tag zu viele Stunden hier.«

Lexi stimmte ihr zu, was die langen Tage anging, und mir wurde klar, dass ich nicht viel über die beiden Frauen wusste. Zum ersten Mal in meinem Leben war ich diejenige, die sich anderswo Rat holte, anstatt diejenige zu sein, die ihn erteilte.

Ich war mir nicht sicher, ob es mir gefiel, dass der Spieß umgedreht war und ich das Gefühl hatte, Rat von anderen zu brauchen. Normalerweise hätte ich mich an Mandy gewandt, wenn ich etwas gebraucht hätte. Sie war mein ganzes Leben für mich da gewesen. Ich konnte nicht wirklich erklären, warum ich nicht mit ihr reden wollte. Mandy war meine beste Freundin. Wir teilten alles und ich hatte ihr noch nie etwas verheimlicht.

Bis jetzt.

Ich hätte aufwachen und sie anrufen sollen, um zuerst sie um Rat zu fragen, was mit Aidan passiert war und wie ich weitermachen sollte. Aber ich konnte es nicht. Ich konnte es einfach nicht.

»Was ist heute mit dir los?«, fragte Lexi. »Du siehst aus, als würde dich etwas beschäftigen.«

Mein Mundwinkel zuckte nach oben, als ich mich fragte, wie sie mich so leicht durchschauen konnte. Ich hatte noch nie jemanden gehabt, der meine Stimmungen oder Emotionen mitbekam, geschweige denn das Bedürfnis zu reden.

»Ich schätze, das stimmt. Ich weiß nur nicht, wie ich es sagen soll.«

Lexi rieb sich die Hände und rückte mit ihrem Stuhl näher. »Das wird gut. Ich schätze, es geht um den leckeren Kerl, den du zur Eröffnung mitgebracht hast. Ist der Sex schlecht?«

Die Hitze stieg mir vom Hals in die Wangen. Ich fühlte mich, als würde ich brennen. Mein Wasser half, aber als ich den Rest hinuntergestürzt hatte, blieb mir keine andere Wahl, als wieder zu ihnen aufzusehen und mich der Wahrheit zu stellen.

»Wir hatten noch keinen Sex. Gestern Abend haben wir uns geküsst und … Gott, ich weiß nicht einmal, was passiert ist.«

Lexi's Augen verengten sich, als sie sich näher zu mir

lehnte. Charlie entfernte sich, um sich um einen anderen Kunden zu kümmern, der gerade hereingekommen war. »Du bist keine Jungfrau, oder?«, ich schüttelte den Kopf. »Okay, aber hattest du schon mal einen Orgasmus?«

Ich biss mir auf die Lippe und ließ meinen Blick auf meinen Schoß fallen. Meine Hände rangen miteinander und ich versuchte herauszufinden, was ich sagen sollte. Dass ich meinen ersten letzte Nacht hatte und er mir eine Heidenangst eingejagt hatte. Dass ich keine Ahnung hatte, dass sich etwas so gut anfühlen konnte. Oder so furchterregend. Dass Sex immer etwas gewesen war, das ich dachte, genießen zu sollen, aber mir nie vorgestellt hatte, dass ich es könnte. Dass ich dachte, ich sei kaputt.

Ich sagte nichts davon, aber irgendwie hörte Lexi alles. Als ich endlich den Mut aufbrachte, zu ihr aufzusehen, lächelte sie mich an, sah ein bisschen traurig aus, aber definitiv entschlossen.

»Okay, jetzt, wo du weißt, wie es ist, und es dir gefällt. Was ist los?«, fragte sie und kam direkt auf den Punkt. Das schätzte ich an ihr. Sie verschwendete keine Worte mit Mitleid oder unnötigen Erklärungen. Sie kam zur Sache.

Kein Wunder, dass sie so erfolgreich war.

»Ich … es war … ich weiß nicht. Es war das erste Mal, dass ich … du weißt schon. Ich weiß nicht einmal, was er getan hat. Wir haben uns nur auf der Couch geküsst und es fühlte sich an, als hätte er ein Feuerwerk in mir gezündet. Es war unglaublich, furchterregend … Ich weiß es nicht einmal.«

»Das ist alles normal. Ich glaube, wir fühlen uns alle so, besonders wenn ein Mann so gut ist. Ich muss aber fragen, wie ist es passiert, als ihr euch nur geküsst habt?«

»Wir lagen. Er war auf mir und hat sich bewegt, als ob wir Sex hätten, aber wir hatten all unsere Kleidung an.«

»Ah, okay. Du magst ihn, oder?« Ich nickte und kaute auf meiner Lippe. »Er mag dich offensichtlich auch. Was ist los? Es gibt da etwas, worüber du nachdenkst oder dir Sorgen machst, und du willst etwas fragen. Frag mich einfach. Ich helfe dir. Oder… vielleicht bist du gekommen, um mit Charlie zu reden? Soll ich gehen?«

»Nein«, sagte ich ein wenig zu schnell. »Ich meine, ich mag Charlie, aber ich glaube, ich bin hergekommen und habe gehofft, du wärst hier.«

Lexi nickte, als ob das, was ich gesagt hatte, vollkommen Sinn ergab, auch wenn es das für mich nicht tat. »Also, was ist los?«

Ich atmete tief durch und versuchte, den Kopf freizubekommen. Sie hatte recht. Ich wollte sie zu all dem befragen. Ich wollte, dass sie mir sagte, was los war und wie ich die Dinge mit Aidan handhaben sollte. Ich wollte wissen, wie ich bei der Arbeit mit ihm reden sollte. Aber ich wusste, dass nichts davon wirklich der Grund war, warum ich da war.

»Ich habe Sex noch nie genossen. Ich hatte… eine schlechte Erfahrung und habe Sex immer als alles andere als Spaß angesehen, nicht dass ich viel davon gehabt hätte. Vom Sex, meine ich, nicht vom Spaß. Jedenfalls kann ich mir vorstellen, dass es mit Aidan zu etwas Spaßigem wird, aber ich weiß nicht, ob ich irgendetwas weiterführen oder es einfach beenden sollte. Meiner Erfahrung nach, wenn auch begrenzt, sind Sex und Liebe gefährlich an Macht gebunden und wer am meisten davon hat, gewinnt.«

Zum Glück bemerkte Lexi nichts von der Verrücktheit, die mir herausgerutscht war. Ich war mir sicher gewesen, sie würde bei meiner Frage zurückschrecken oder nachhaken, was an meiner früheren Erfahrung so schlimm war, aber sie nahm es auf und machte weiter. Sie tippte sich ans Kinn, dachte über meine Frage nach und sah dabei viel zu klug aus.

Ich betrachtete ihr schulterlanges blondes Haar, ihre

strahlend blauen Augen und ihre großen Brüste und wusste, dass die meisten Männer sie als eine lebendig gewordene Fantasie sehen würden. Sie war kurvig wie ich, aber sie trug sich gut. Obwohl es noch so früh war, war sie gut zurechtgemacht und sah aus, als wäre sie bereit, allen in den Arsch zu treten.

Sie strahlte Selbstvertrauen aus, etwas, das ich' immer gehofft hatte, eines Tages zu entwickeln. Ich ertappte mich dabei, wie ich dasaß und mir wünschte, ich könnte sie sein. Oder wie sie sein. Verdammt, ich war einfach nur glücklich, ihre Freundin zu sein.

»Ich glaube, wenn es' wirklich Liebe ist, spielt Macht überhaupt keine Rolle. Liebe soll nicht kalkulieren oder Buch führen. Liebe liebt. Sex ist aber ganz anders. Sex kann kalkulierend sein und es kann um Macht gehen. Manchmal macht es das lustig, aber nur, wenn ihr beide damit einverstanden seid. Deinem Gesichtsausdruck nach zu urteilen, findest du das nicht in Ordnung.«

Ich schüttelte den Kopf und rümpfte die Nase. Kalkulierter Sex war definitiv nicht mein Ding. Und was Sex angeht, bei dem es' um Macht geht… Das kenne ich nur zu gut. Und die seelischen Narben beweisen es.

Ich war mir ziemlich sicher, dass die paar Mal, die ich' Sex gehabt hatte, aus dem einen oder anderen schlechten Grund waren, aber nichts davon kam auch nur annähernd an das heran, was ich in der Nacht zuvor gefühlt hatte. Nichts fühlte sich so an wie mit Aidan.

»Sex muss etwas sein, das ihr beide genießen könnt, egal welche Art von Sex ihr habt. Habe ich dir von Mike erzählt?«

Ich zermarterte mir das Hirn bei dem Versuch, herauszufinden, wer Mike sein könnte. Ich erinnerte mich nicht, dass sie irgendeinen Mann erwähnt hatte, aber ich war in dieser Nacht auch ziemlich mit Aidan beschäftigt gewesen. Ich konnte mich kaum an meinen eigenen Namen erinnern, geschweige denn an den Namen eines Freundes von jemandem, den ich' gerade erst kennengelernt hatte. Lexi fuhr fort, als ich den Kopf schüttelte.

»Mike ist mein Partner ohne feste Bindung. Wir treffen uns, wenn einer von uns Befriedigung braucht, wir gehen aus, wenn einer von uns einsam ist, aber wir sind nicht wirklich zusammen.«

»Oh, ja, du hattest ihn erwähnt, aber ich konnte' mich nicht an seinen Namen erinnern.«

Lexi nickte. »Wenn Mike und ich zusammen sind, stellen wir sicher, dass wir beide glücklich und erfüllt sind. Er hilft mir, bis ich' gründlich erschöpft bin, und ich sorge dafür, dass es ihm genauso geht. Bei unserem Sex geht es um gegenseitige Befriedigung. Mike' ist heiß, was hilft, aber wir sind beide hinter demselben her. Wir haben im Voraus darüber gesprochen und wissen, woran wir sind, also gibt es keine Verwirrung oder Probleme.«

Ich hörte ihr zu, während mir hundert Fragen durch den Kopf gingen. Meine Kehle zog sich zusammen, als ich mich fragte, ob das alles war, was Aidan von mir wollte. War ich nur eine Fickfreundin für ihn? Jemand, den er benutzen konnte, wenn er zwischen zwei Freundinnen war?

Alle möglichen Leute hatten solche Arrangements, das wusste ich. Aber Lexi war die erste Person, die ich' kennengelernt hatte, die einen Bettpartner hatte. Ich konnte den Reiz von Sex ohne emotionale Bindung sehen, aber ich wusste nicht, wie sie immer wieder zu demselben Mann zurückkehren konnte, ohne Gefühle zu entwickeln.

Andererseits machten Männer das ständig.

»Aidan und ich haben nie über irgendetwas geredet, es ist einfach so passiert. Jetzt habe ich irgendwie das Gefühl, dass ich ihm etwas schulde. Ich meine, er hat mir einen Orgasmus verschafft, also muss ich mich revanchieren, weißt du?«

Lexi schüttelte entschieden den Kopf. Der Blick in ihren

Augen war todernst und ernster, als ich' sie bisher erlebt hatte. Sie war eine Naturgewalt und alles, worüber wir sprachen, war Sex. Ich hatte blitzartige Bilder der Frau vor Augen, die sie bei der Arbeit sein würde, und empfand ein wenig Mitleid mit den Leuten, die sie herausforderten.

»Du schuldest ihm nichts. Wenn er sagt, du tust es, dann lauf weg. So weit und so schnell du kannst. So etwas rechnet man nie auf. Wenn wir das täten, wäre ich für das nächste Jahr jeden Tag für Mike auf den Knien und ich' wäre so fix und fertig, dass ich' den Verstand verlieren würde. Normalerweise komme ich viel öfter als er, denn Frauen können öfter kommen. Männer brauchen eine Ruhephase, aber wir können normalerweise von einem zum nächsten übergehen. Hat Aidan dir gesagt, dass du ihm etwas schuldest?«

Ich schüttelte den Kopf. »Nein, hat er nicht. Ich habe ihn danach gefragt und er hat gesagt, ich schulde ihm nichts. Er hat sich tatsächlich schlecht gefühlt wegen dem, was passiert ist, weil ich zugegeben habe, dass es für mich das erste Mal war.«

»Wenn es sich gut angefühlt hat, dann hatte er keinen Grund, sich schlecht zu fühlen, es sei denn, er hat dich verletzt oder du hast ihm gesagt, er soll aufhören und er hat es nicht getan.«

»Das würde er niemals tun. Ich' wäre nicht mit ihm allein, wenn ich mir Sorgen machen würde, er würde nicht aufhören, wenn ich nein sage.«

Lexi musterte mich aufmerksam und versuchte offensichtlich, etwas herauszufinden. Ich wusste, sie würde nicht lange brauchen, um mich zu durchschauen. Irgendwie konnte sie hinter den ganzen Mist, den man ihr auftischte, die Wahrheit darunter sehen, selbst wenn man das nicht wollte.

»Es tut mir leid, Claire. Das tut es wirklich.«

Tränen schossen mir in die Augen und ich nickte. »Danke.«

»Ich wünschte, du' hättest nie durchmachen müssen, was du' durchgemacht hast. Dass niemand das durchmachen müsste.«

Ich nickte erneut und wischte die Tränen von meinen Wimpern, bevor sie Flecken auf meinen Wangen hinterlassen konnten. »Ich wünschte auch, niemand müsste das durchmachen. Ich' habe in letzter Zeit tatsächlich darüber nachgedacht. Ich habe das Gefühl, dass ich' nicht viel mit meinem Leben anfange. Ich möchte etwas gründen, eine Stiftung oder ein Programm oder so etwas, um Jungen und Mädchen zu helfen, zu verhindern, dass dasselbe jemand anderem passiert, oder um zu helfen, wenn es doch passiert.«

Lexi beobachtete mich aufmerksam und beurteilte mich, während ich sprach. Schließlich nickte sie einmal, als ob sie etwas beschlossen hätte. »Finde ich gut. Hoffentlich hilft es dir auch, zu heilen. Vielleicht könnte meine Firma mit etwas Geld helfen. Sie' sind immer auf der Suche nach lokalen Non-Profit-Organisationen, die sie unterstützen können. Wenn du deine Ideen etwas mehr geordnet hast, sag Bescheid. Ich' stelle den Kontakt zu den richtigen Leuten her.«

Ich konnte' das Grinsen nicht unterdrücken, das sich auf meinem Gesicht ausbreitete. »Das klingt fantastisch. Wow, das könnte wirklich passieren«, sagte ich, fast zu mir selbst.

»Wenn du es nur stark genug willst, kann alles passieren.«

»Ich scheine in letzter Zeit ein paar Dinge zu bekommen, die ich wirklich will. Dinge, von denen ich mir nie vorgestellt habe, sie jemals zu bekommen.«

Lexi sah mich nachdenklich an. Schließlich sagte sie: »Gut. Er scheint wirklich ein guter Kerl zu sein. Du' hast Glück.«

Ich lächelte und nickte, als mir klar wurde, dass sie recht hatte. Ich hatte Glück. Nicht nur, dass es schien, als würde ich etwas Sinnvolles mit meinem Leben anfangen können, sondern irgendwie schien ich endlich einen guten Mann gefunden zu haben.

Und ich wollte' ihn wirklich nicht gehen lassen.

KAPITEL 12

EIN PAAR TAGE später hatte ich das Gefühl, ich sollte am besten gleich ins Beiß mich! ziehen. Für einen Mädelsabend mit meinen besten Freundinnen, zu denen auch Lexi und Charlie gehörten, sooft sie sich eben losreißen konnte, ging ich wieder durch meine Lieblingstür.

Ich holte mir bei Charlie meine Sangria-und-Vanilleschoten-Cupcakes und eine Flasche Wasser ab und ging dann zu dem Tisch in der Ecke, an dem Addi bereits saß. Sie steckte ihr Handy in die Tasche, als ich mich hinsetzte.

»Du siehst aus, als wärst du heute Abend gut gelaunt«, sagte sie zu meinem lächelnden Gesicht.

Ich wusste, dass ich zu einer dieser Personen wurde, die ich früher gehasst hatte. Ich lächelte ohne Grund und lief sogar summend durch meine Wohnung. Aidan hatte die letzten beiden Tage gearbeitet, daher hatte ich ihn nicht gesehen, aber wir telefonierten und schrieben uns jeden Tag. Er klang genauso frustriert wie ich darüber, dass er so viel arbeitete, aber ich würde ihm nicht sagen, dass er es lassen sollte. Es war ziemlich bewundernswert, dass er sparte, um ein Haus zu kaufen.

Ich war nicht annähernd erwachsen genug für so etwas.

»Ich bin gut gelaunt. Die letzten paar freien Tage waren schön. Morgen fange ich wieder an zu arbeiten und sehe Aidan, worauf ich mich freue.«

»Also läuft es gut mit ihm?« Ich grinste mein dämliches Grinsen und Addi tat es mir gleich. »Ich freue mich so für dich, Claire. Ich glaube nicht, dass ich dich jemals so aufgeregt wegen eines Mannes gesehen habe.«

Ich lachte leise. »Ja, das ist eigentlich nicht meine Art. Aber Aidan ist einfach anders. Ich habe so große Vertrauensprobleme mit Männern, aber Aidan hat mein Vertrauen schon vor langer Zeit als mein Freund gewonnen. Es fühlt sich normal an, ihm nahe zu sein, und obwohl sich unsere Beziehung verändert, fühlt es sich in vielerlei Hinsicht immer noch gleich an.«

»Wessen Beziehung verändert sich?«, fragte Sam, als sie und Lexi sich zu uns gesellten. Mandy war fast immer die Letzte, aber seit sie mit Xander zusammen war, war es noch schlimmer geworden. Ich fragte mich ehrlich, wie die beiden überhaupt noch etwas auf die Reihe bekamen, so viel Zeit wie sie anscheinend im Bett verbrachten.

»Die von Claire und Aidan. Sie verlassen die Freundeszone immer mehr.«

»Ooh, wie aufregend«, säuselte Sam. »Erzähl mir mehr.«

Ich warf Lexi einen Blick zu und sie nickte als Antwort auf die Panik in meinen Augen. Ich war nicht bereit, zu viele Details mit ihnen zu teilen. Lexi wusste, was passiert war, aber ich war nicht bereit für eine Diagnose von Addi, Sam und Mandy, falls sie überhaupt noch auftauchen würde.

Genau in dem Moment kam Mandy an, direkt hinter ihr Charlie. »Worüber reden wir?«, mischte Mandy sich ein.

»Claire wollte uns gerade erzählen, was mit Aidan los ist«, sagte Sam.

Mandy warf mir einen Blick zu. Ich kannte diesen Blick.

Er bedeutete, dass Aidan bei unserem letzten Gespräch noch auf der Abschussliste gestanden hatte. Er hatte mich nicht angerufen und ich hatte Mandy nie zurückgerufen, um ihr zu sagen, dass sich die Dinge zwischen uns geändert hatten. Sie machte sich auf eine weitere Lästertirade gefasst, das spürte ich.

Ohne ihr die Chance zu geben, über ihn herzuziehen, fing ich an: »Es läuft gut. Er hat viel gearbeitet, wie du gesagt hast, Mandy, also habe ich ihn nicht viel gesehen, aber wir reden jeden Tag miteinander.«

»So hat eure Beziehung auch angefangen, Mandy«, erzählte Sam allen, als ob wir das nicht wüssten. Nach ihrem ersten Treffen hatte Mandy Xander gesagt, sie würde nicht mit ihm ausgehen, weil sie nicht glaubte, dass ein Mann, der so aussah wie er, tatsächlich auf eine Frau stehen würde, die so aussah wie sie. Xander überzeugte sie schließlich am Telefon, ihm eine Chance zu geben, und sie telefonierten eine Woche lang jeden Tag, bevor sie ein weiteres Date hatten, und zu diesem Zeitpunkt waren sie beide schon so gut wie verliebt.

»Es ist aber alles noch neu. Aidan und ich kennen uns seit Jahren, aber alles andere ist neu und anders«, erzählte ich ihnen.

»Anders?«, fragte Mandy und warf mir einen fragenden Blick zu. Ich merkte, dass sie genau wissen wollte, was anders bedeutete. Sie fragte sich, ob anders gut oder schlecht war und ob anders das war, was ich wollte.

»Ich denke, anders ist gut«, warf Lexi ein. »Der Typ, mit dem ich schlafe, Mike, wir bringen auch gerne mal Abwechslung rein. Anders hält das Leben interessant.«

Sam rückte ihren Stuhl näher an Lexi heran, als würde sie auf die Märchenstunde in der Bibliothek warten. So wie ich Sam kannte, war es genau das, was sie tat. Sie wollte, dass Lexi ihr mehr, im Detail, über ihr Sexleben erzählte.

»Ich habe letzte Woche jemanden kennengelernt. Wir sind nicht richtig zusammen, aber er ist gut im Bett. Es ist eine lockere Sache und ich mag ihn nicht wirklich so sehr, aber mein Gott, er weiß, wie man mit dem Körper einer Frau umgeht«, stöhnte Sam.

Ich lachte mit allen anderen und ließ das Gespräch auf Sams neues Sexleben übergehen. Lexi fing meinen Blick auf und ich formte ein »Danke« mit den Lippen. Sie hatte mich gerettet. Lexi formte mit den Lippen ein »Gern geschehen« und wandte ihre Aufmerksamkeit dann wieder der Gruppe zu.

»Xander ist genauso, ich schwöre es. Er kann mich ansehen und mich fast zum Schreien bringen«, gackerte Mandy.

Ich verdrehte die Augen. Ich wusste, dass sie übertrieb, aber ich konnte nicht anders, als mir zu wünschen, ich wüsste, wie sie sich fühlte. Nach nur einem Orgasmus fühlte ich mich wie eine Süchtige, die nach mehr verlangte. Verdammt, ich hätte die Sache selbst in die Hand genommen, wenn ich eine Ahnung gehabt hätte, was Aidan getan hatte. Irgendwie wusste ich, dass es ohne ihn einfach nicht dasselbe sein würde.

Meine Gedanken schweiften zurück zu dem Gefühl, das Aidan mir gab, zu der unglaublichen Kraft und Leidenschaft, die durch meinen Körper floss, unter der Kontrolle seines Körpers. Meine Augen drohten sich zu schließen und mein Bauch verkrampfte sich, während sich allein bei dem Gedanken daran, wie sich Aidan an mich drückte, Hitze zwischen meinen Beinen staute.

Verdammt, vielleicht meinte Mandy es ernst. Wenn ich mich schon beim bloßen Gedanken an das, was Aidan tun konnte, so gut fühlte, konnte Mandy vielleicht allein durch einen Blick von Xander kommen.

»Mike macht das auch. Es ist, als könnte er spüren, wenn

ich einen schlechten Tag hatte und einfach nur diese Erlösung brauche. Er sagt kein einziges Wort, aber in seinen Augen liegt all die Hitze, die ich brauche, um in Fahrt zu kommen. Nur eine Berührung und ich löse mich in seinen Armen auf«, teilte Lexi mit.

»Ich liebe es, wenn sie das tun«, fügte Mandy hinzu. »Es ist, als hätte man ein zweites Gehirn, aber es ist in seinem Kopf. Ich liebe es, wenn sie dir einfach geben können, was du brauchst, ohne dass du darum bitten musst. Natürlich gibt es auch die Tage, an denen du praktisch betteln musst.«

»Ja, aber das kann so viel Spaß machen«, warf Addi ein. »Mein Ex war so. Er brachte mich immer direkt an den Rand des Orgasmus und zog sich dann zurück. Er ließ mich erst kommen, wenn ich wimmerte und darum bettelte. Damals hasste ich es, aber es war so viel größer und intensiver, wenn es dann passierte. Es ist schön, einen Mann zu haben, der sich Zeit für einen nimmt.«

»Oh ja«, sagte Mandy. »Langsamer, träger Sex kann fantastisch sein. So beginnen wir unsere Wochenenden. Wir wissen, dass wir nirgendwo hinmüssen, also lassen wir uns Zeit. Xander weckt mich mit Küssen am ganzen Körper und normalerweise ist das Erste, woran ich mich erinnere, dass ich irgendeinen Teil von ihm zwischen meinen Beinen spüre. Das ist unsere Version von Frühstück im Bett.«

Alle lachten mit Mandy. Als die Einzige in einer Beziehung, die das Potenzial hatte, von Dauer zu sein, wusste ich, dass meine Freundinnen alle dasselbe dachten wie ich. *Sowas will ich auch.*

Der Wunsch, das Bedürfnis danach, überkam mich wie eiskaltes Wasser. Eine Beziehung war nie etwas, das ich mir als Teil meines Lebens vorgestellt hatte. Das war nichts für mich. Doch nach nur zwei Dates mit Aidan wollte ich es irgendwie. Und ich wollte es mit ihm.

Ich versuchte, mir mein altes Leben wieder vorzustellen.

Obwohl unser erstes Date weniger als drei Wochen zurücklag, wusste ich, dass es mich verändert hatte. Sein Kuss hatte mich verändert, mein Orgasmus hatte mich verändert, Aidan hatte mich verändert. Er hatte aus mir eine andere Frau gemacht. Eine Frau, die nicht länger das Gefühl hatte, nur so zu tun, als sei sie erwachsen, sondern die auf dem besten Weg war, eine zu werden. Eine Frau, die in ihrer Zukunft mehr sah als nur einen Hund und Freunde. Eine Frau, die anfing, an die Liebe zu glauben.

Konnte es sein, dass ich mich bereits in Aidan verliebte?

Während ich mit der Antwort auf die Frage in meinem Kopf rang, redeten meine Freundinnen um mich herum. Ich begrüßte die Ablenkung. Ich konnte nicht dasitzen und mir die Liebe vorstellen. Ich war nicht bereit dafür. Ich war mir immer noch nicht einmal sicher, ob ich daran glaubte. Ich wollte es, aber konnte ich es auch?

»Ich glaube, ich bin eher der Typ Frau für schnellen und schmutzigen Sex«, gestand Lexi. »Andererseits denke ich, dass langsam und zärtlich besser zu einer Beziehung passen würde. Mike und ich treffen uns einfach, wenn einer von uns Lust darauf hat, heiß und verschwitzt zu werden. Wenn es vorbei ist, ziehen wir uns an und gehen getrennter Wege.«

»Ihr übernachtet nicht beieinander oder verbringt auch nur ein paar Minuten nach dem Sex zusammen?«, fragte Addi. »Ich glaube nicht, dass ich damit klarkäme. Sex ist für mich so etwas Persönliches. Ich weiß nicht, ob ich meine Gefühle da heraushalten könnte.«

»Mike ist mir nicht egal, versteh mich nicht falsch. Aber wir wissen beide, woran wir sind. Es ist nur eine Partnerschaft mit jemandem, dem ich vertraue, nicht mit jemandem, den ich liebe«, erklärte Lexi ihr.

»Obwohl ich Eddie nicht wirklich mag, kann ich mir nicht vorstellen, nicht doch irgendwie an ihm zu hängen. Ich finde, er ist ein netter Kerl, und ich mag den Sex mit ihm, aber wir wären nicht an diesen Punkt gekommen, wenn wir uns nicht auch hätten unterhalten und die Gesellschaft des anderen genießen können. Ich schätze, es ist eine Art Mischung aus dem, was Mandy hat, und dem, was du hast, Lexi. Aber es ist näher an dem dran, was du hast«, sagte Sam zu Lexi.

Ich konnte nicht anders, als all diese Beziehungen nebeneinanderzustellen und mich zu fragen, wo meine und Aidans hineinpassten. Wir waren sicher nicht wie Mandy und Xander, aber ich dachte auch nicht, dass wir ganz so distanziert waren wie Lexi und Mike. Ich machte mir allerdings Sorgen, dass wir Sam und Eddie ähnelten.

Sam und Eddie waren wegen etwas Körperlichem zusammen, aber viel mehr gab es da nicht. Ich wollte glauben, dass Aidan und ich mehr als das hatten. Dass wir eine bessere Beziehung hatten. Dass wir –

Moment. Was zum Teufel dachte ich da? Ich hatte mir gerade noch gesagt, ich sei nicht bereit für eine Beziehung, und jetzt überlegte ich, ob wir nah genug an Mandy und Xander dran waren, um als eine zu gelten. Ich war dabei, den Verstand zu verlieren.

»Was ist, wenn einer von euch mehr als nur Sex will?«, hörte ich mich Lexi fragen.

Sie sah mich mit großen Augen an. Die Frage war aus meinem offenen Mund gefallen, und ich konnte sie nicht zurücknehmen. Ich wusste, dass Lexi dachte, ich würde meine Karten aufdecken, obwohl ich klargemacht hatte, dass niemand wissen sollte, was mit Aidan los war, aber ich glaubte, die anderen würden es als Teil des Gesprächs sehen.

Das hoffte ich zumindest.

»Ich glaube nicht, dass das bei mir und Mike passieren wird. Wir kennen uns schon lange, und wir wissen beide, woran wir sind. Ich mag ihn sehr, ich respektiere ihn, und er ist großartig im Bett, aber ich sehe keine Zukunft für uns«, sagte Lexi zu mir.

»Warum nicht?«, platzte es aus mir heraus, da ich mich nicht zurückhalten konnte. Lexi war umwerfend, witzig, klug, erfolgreich und im Grunde einfach nur fantastisch. Wenn sie keinen Mann finden konnte, mit dem sie ihre Zukunft teilen konnte, fragte ich mich ernsthaft, ob ich das je könnte.

Lexi zuckte mit den Schultern. »Ich weiß nicht. Wir mögen uns wirklich, aber ich schätze, wenn es über das hinausgehen würde, wo es jetzt ist, hätte einer von uns etwas gesagt, verstehst du? Wir schlafen seit Monaten miteinander. Ich will nicht kaputtmachen, was wir haben, und ich glaube nicht, dass es funktionieren würde. Wir sind uns zu ähnlich, beide sehr ehrgeizig und karriereorientiert.«

Addi rümpfte die Nase. »Ich glaube, ich will jemanden, der karriereorientiert ist, jemanden mit Ehrgeiz. Ich würde gerne glauben, dass ich das habe, und ich würde es definitiv von einem festen Freund oder Ehemann erwarten. Ich meine, was ist die andere Option, ein Typ, der auf der Couch rumsitzt und SportsCenter schaut? Ich will einen Typen, der rausgeht und hart arbeitet.«

»Das habe ich nicht wirklich gemeint. Ja, ich will jemanden, der einen Job hat. Ich rede von einem Typen, dessen Job sein ganzes Leben ist. Mike und ich sind beide an der Grenze zu Workaholics. Wir stehen immer in Kontakt mit dem Werk und arbeiten unter der Woche wahnsinnige Stunden. Ich dachte immer, wenn ich jemals jemanden kennenlerne, dann bei der Arbeit, aber jetzt frage ich mich, ob das jemals passieren wird. Ich komme mit einem Typen nicht klar, der so arbeitet wie ich, und ich kann mir vorstellen, kürzerzutreten, wenn ich jemanden treffe, mit dem ich meine Zeit verbringen möchte. Aber Männer machen das normalerweise nicht.«

»Würdest du es in Betracht ziehen? Wenn er sagen würde, dass er an mehr interessiert ist? Würdest du diesen Sprung wagen und ihm eine Chance geben?«

Lexi erstarrte. Sie sah aus, als hätte ich ihr die schwierigste Frage ihres Lebens gestellt. Vielleicht war es ja auch so. In diesem Moment wurde mir klar, dass ich Lexi nicht wirklich gut kannte. Wir hatten geredet, uns ausgetauscht, wir hatten gelacht. Aber das meiste davon drehte sich um mein Leben, nicht um ihres.

Ich riskierte einen Blick zu Charlie und sah den gleichen verwirrten Ausdruck auf ihrem Gesicht, von dem ich wusste, dass er auch auf meinem war. Ich hatte etwas aufgedeckt, was ich nicht hätte tun sollen, hatte eine Frage gestellt, die Lexi nicht beantworten wollte.

Wir saßen alle da, während die Zeit stillstand. Niemand wusste, was er sagen sollte. Ich fühlte mich schlecht, weil ich Lexi über etwas ausgefragt hatte, worüber sie nicht reden wollte. Ich wusste, dass ich es tat, weil ich mich in ihre Lage versetzte. Ich versuchte, mich besser zu fühlen wegen des Schlamassels, den ich aus meiner Freundschaft mit Aidan gemacht hatte.

Und weil ich versuchte herauszufinden, wohin es mit uns gehen könnte.

Schließlich sprang Addi ein, um Lexi zu retten. »Ich sage, wen kümmert es, ob ihr Freunde mit gewissen Vorzügen seid oder etwas mehr. Solange der Sex gut ist und er dich wie eine Geige spielen kann, muss der Rest keine Rolle spielen.«

Alle lachten nervös. Lexi biss in den Cupcake, den Charlie vor sie gestellt hatte, und Sam nahm das Gespräch wieder auf. Sie und Mandy fingen an, Sextipps auszutauschen, und langsam stiegen alle anderen mit ein.

Ich saß still da und fühlte mich schlecht, weil ich Lexis Beziehung ausgenutzt hatte. Sie hatte mich gerettet, und ich hatte sie ans Messer geliefert. Was war bloß los mit mir?

Nach ein paar Minuten gelang es mir, ihren Blick zu erhaschen. Sie hatte immer noch einen verwirrten und traurigen Ausdruck, aber sie lächelte mich an, als ich »Tut mir leid« formte. Auch wenn nicht alles wieder gut war, wusste sie zumindest, dass es unbeabsichtigt war.

Jetzt musste ich nur noch herausfinden, was zum Teufel mit Aidan los war.

KAPITEL 13

Die nächsten Tage verbrachte ich damit, nach Möglichkeiten für das Programm zu suchen, das ich zu starten gedachte. Ich entdeckte eine Menge Ressourcen für die Zeit danach, aber nur sehr wenige Organisationen zur Prävention von Vergewaltigungen. Sicher, es gab Informationen im Internet, aber es war hier ein bisschen und da ein bisschen, anstatt gebündelt.

Ich war der Meinung, das Beste wäre, die Tat zu verhindern, bevor sie geschah. Jeder kannte die „Nein heißt Nein"-Kampagne, die es vor einiger Zeit gab, aber es war schon eine Weile her, dass Vergewaltigung im Mittelpunkt stand. Zumindest für jeden außer mir.

Ich war entschlossen, das zu ändern.

Mit Lexis Versprechen, mir zu helfen, machte ich mich an einen Businessplan und arbeitete genau aus, wie das Programm meiner Meinung nach aussehen sollte. Wenn ich mich auf die Prävention von Vergewaltigungen konzentrieren wollte, brauchte ich es sowohl von der Seite des Mannes als auch von der des Mädchens. Es war wichtig, dass ein Mann verstand, dass ‚Nein‘ eine akzeptable Antwort war und man sie respektieren musste.

Ein Name für mein Programm fiel mir nicht ein, aber ich wusste, ich hatte Zeit, das herauszufinden. Es würde eine Weile dauern, es auf die Beine zu stellen. Wenn ich Glück hätte, wäre in einem Jahr etwas startklar, und ich hoffte, das Programm zuerst an Highschools und dann vielleicht an Colleges zu bringen.

Ich tagträumte davon, anderen zu helfen, nicht das Leben zu führen, das ich geführt hatte, als mein Handy mit einer Textnachricht piepte.

> Lust auf Abendessen? Ich habe heute Abend
> frei. Ich vermisse dich.

Aidan, natürlich.

Wie konnte ich da widerstehen?

Ich war wegen allem immer noch verwirrt, unsicher, wo unsere Beziehung hingehen sollte oder hingehen würde, wie ich hoffte. Ich hatte unseren Mädelsabend neulich mit einem schlechten Gefühl verlassen, weil ich Lexi in Verlegenheit gebracht hatte, aber ich hatte sie seitdem nicht gesehen. Seltsamerweise hatte ich mehr mit ihr geteilt als mit irgendjemand anderem, aber ich hatte ihre Telefonnummer nicht.

Auch wenn die Sache mit Lexi nicht so gut geendet hatte, ertappte ich mich immer noch dabei, dass ich mit ihr reden wollte. Ich wollte unbedingt wissen, was sie über meine Situation dachte, und ehrlich gesagt war ich auch neugierig auf ihre. Ich musste vermuten, dass sie meine Frage nicht beantworten wollte, weil sie mehr als nur zwanglosen Sex mit Mike wollte, aber vielleicht war es auch das Gegenteil. Vielleicht machte ihr die Vorstellung mehr Angst, als sie zugeben wollte.

Vielleicht projizierte ich auch nur meine eigenen Ängste auf sie.

Ich schob alle Gedanken an Lexi und mein Programm beiseite und stellte mich meinem Kleiderschrank. Ich verdrängte meine Ängste und beschloss, mein Date zu genießen und mir keine Sorgen darüber zu machen, was zwischen Aidan und mir lief. Natürlich brachte das neue Ängste an die Oberfläche, nämlich was ich anziehen sollte.

Gott, ich hasste es, diese Frau zu sein. Ich dachte, ich hätte sie in der Highschool hinter mir gelassen.

Schließlich entschied ich mich für eine Jeans-Shorts, die meine schlaffen Oberschenkelinnenseiten bedeckte, und ein zartrosa Oberteil, das bis zu meinen Hüften reichte und meinen Bauch verbarg. Aidan wusste bereits, wie ich aussah, aber ich wollte ihn nicht wirklich an meine Makel erinnern. Ich mochte ihn bereits genug, um zu wissen, dass ich einen Nervenzusammenbruch erlitten hätte, wenn er mich wegen meines Aussehens zurückweisen würde.

Aidan wohnte bei jemandem zur Miete, also lebte er in einer schönen Gegend, hatte aber seine Privatsphäre in der Wohnung über der Garage. Ich parkte auf der Straße, unsicher, ob Aidan die Einfahrt benutzte oder ob sie nur für die Familie war. Als ich an seine Tür kam, spielte drinnen Musik, aber er schaltete sie aus, als ich klopfte.

»Hi«, sagte Aidan mit einem Lächeln. Er trat zurück, damit ich eintreten konnte, und ich bekam einen ersten Blick auf seine Wohnung.

Es war im Grunde eine Einzimmerwohnung, aber größer, als ich erwartet hatte. Eine kleine Küche befand sich an einem Ende, das Wohnzimmer in der Mitte und das Schlafzimmer auf der gegenüberliegenden Seite. Mein Puls schnellte in die Höhe, als ich die Ecke seines Kingsize-Bettes sah, das teilweise von einem großen Fernseher verdeckt war und mit anthrazitfarbenen Laken und einer passenden Bettdecke bezogen war.

Oh Gott, ich war geliefert.

»Deine Wohnung ist schön«, sagte ich zu ihm und konzentrierte mich auf alles, außer auf sein Bett.

»Danke. Sie ist klein, aber billig. Ich habe fast genug Geld, um ein Haus zu kaufen. Oder zumindest die Anzahlung. Ich hoffe, in ein paar Monaten hier raus zu sein.«

Aidan drehte sich um und ging zurück in die Küche, also folgte ich ihm. Etwas roch fantastisch, süß mit einem Hauch von Würze. »Ich habe Abendessen gemacht. Es ist nur eine Hähnchen-Pfanne, aber ich habe auch Cupcakes von Beiß mich! geholt. Ich hoffe, das ist in Ordnung.«

Ich lächelte über seine Schüchternheit und fragte mich, warum er sich so seltsam benahm. Er schien von unserer neuen Beziehung genauso verwirrt zu sein wie ich. Nachdem wir so viele Jahre befreundet gewesen waren, fühlte es sich noch seltsamer an, das zu ändern. Ich dachte immer noch an ihn als meinen Freund Aidan, aber es war gemischt mit einem Verlangen nach ihm, das ich seit Jahren unterdrückt hatte. Plötzlich war es für mich in Ordnung, ihn zu wollen, was schön war, aber wie sehr ich ihn wollte, jagte mir eine Heidenangst ein.

Vor allem, wenn ich an mehr Cupcakes dachte. Das letzte Mal, als wir uns Cupcakes geteilt hatten, hatte ich ihn mitten im Laden fast angegriffen. Allein wusste ich nicht, was ich tun würde.

»Pfannengericht klingt großartig. Es riecht köstlich. Ich koche nicht wirklich gerne für mich selbst, also bekomme ich selten eine anständige hausgemachte Mahlzeit. Xander ist ein wirklich guter Koch, also bekomme ich gutes Essen, wenn ich dort zum Abendessen hingehe.«

Eifersucht, oder was so aussah, blitzte in Aidans Augen auf. Er blickte auf das Essen, das er rührte, und sie war verschwunden, als sein Blick meinen traf. »Ich koche gerne, aber es ist immer besser, jemanden Besonderen zu haben, mit dem man es teilen kann.«

Wenn das eine Masche war, war ich verloren. Ich kaufte es ihm ohne zu zögern ab. Er hielt mich für etwas Besonderes. Ich glaube, kein Mann hatte je gesagt, ich sei etwas Besonderes. Na ja, außer meinem Vater, aber der zählte nicht wirklich.

Was auch immer für eine Eifersucht ich ein paar Minuten zuvor in seinen Augen gesehen hatte, war durch Wärme ersetzt worden. Ich trat auf ihn zu, als sich seine Arme öffneten, und schlang meine Arme um seine Taille, hielt ihn fest. Er drückte einen Kuss auf meinen Kopf und ich spürte, wie er den Duft meiner Haare einatmete. »Du riechst so gut. Ich habe es vermisst, dir nahe zu sein. Das klingt so dumm, aber es ist wahr.«

»Es klingt wundervoll. Mir geht es genauso.«

Er lehnte sich gerade so weit zurück, dass er mich ansehen konnte, bevor er sich hinunterbeugte, um unsere Lippen zu seal. Es war ein sanfter Kuss, süß und sexy auf jede erdenkliche Weise. Seine Lippen jagten ein Feuer durch meinen Körper und ich zog ihn nur ein wenig fester an mich. Er neigte seinen Kopf und seine Zunge glitt heraus, um über meine Unterlippe zu fahren.

Ich hielt inne und genoss das Gefühl seiner Zunge. Ich atmete seufzend aus und zog seine Zunge in meinen Mund, wo sie sich sanft mit meiner verfing. Er schmeckte kühl und süß, wie ein Glas Loganbeersaft. Seine Finger krallten sich in mein Haar und seine Zunge tauchte in meine Wange. Eine meiner Hände fuhr seinen Körper hinauf zu seiner Brust. Ich liebte das Gefühl seiner Muskeln unter meinen Fingern. Sie zuckten bei meiner Berührung und ich zitterte bei der Macht, die ich über ihn hatte.

Aidan zog sich zurück, unsere Lippen berührten sich noch, und flüsterte: »Wir müssen essen. Ich weiß, dass du hungrig sein musst.«

Anstatt es zu leugnen, knurrte mein Magen laut. »Ich

schätze, du hast recht«, sagte ich gegen seine Lippen. »Es ist nur schwer, von dir wegzugehen.«

»Ich gehe nirgendwo hin, Süße. Ich bin immer für dich da, wenn du mich brauchst.«

Ich umarmte ihn wieder, wissend, dass es die Wahrheit war. Was auch immer zwischen Aidan und mir lief, es war nicht klein und es war nicht vorübergehend. Nach all meinen Sorgen wusste ich ohne den geringsten Zweifel, dass das, was Aidan und ich hatten, das war, wovon ich immer gehofft hatte, es zu finden. Was wir hatten, war füreinander bestimmt.

Aidan trat schließlich weg und holte zwei Teller heraus. Er reichte mir einen und ich begann, ihn zu füllen, während er nach Getränken suchte. »Ich weiß, du trinkst nicht viel, aber ich habe Limo, Wasser, Loganbeersaft-«

»Du hast Loganbeersaft?«, unterbrach ich ihn.

»Ja, ich liebe den. Willst du welchen?«

Ich nickte glücklich und füllte meinen Teller. Die Würze erfüllte meine Nase und ließ mir das Wasser im Mund zusammenlaufen. Ich konnte es kaum erwarten, loszulegen.

Aidan setzte sich neben mich auf die Couch und schaltete den Fernseher ein. »Ich dachte, wir könnten Wiederholungen von The Office schauen. Du hast gesagt, das ist eine deiner Lieblingsserien, aber ich habe sie noch nie gesehen.«

»Das ist ein Witz, oder? Du hast The Office noch nie gesehen? Ja, wir müssen das schauen. Du wirst dich totlachen.«

Aidan klickte auf The Office und ich lehnte mich zurück, mein Abendessen vergessend, um die Anfangsszenen der Serie zu sehen, die ich seit Jahren liebte. Wie Aidan sie verpasst hatte, war mir ein Rätsel, aber ich hatte in den letzten Wochen aus erster Hand erfahren, wie viel er arbeitete. Und wie sehr er auf mich geachtet hatte.

Ich aß mein Abendessen auf, als die erste Folge zu Ende

war. Wir machten die kleine Küche sauber und machten es uns dann für weitere Folgen von *The Office* gemütlich. Nach etwa drei Episoden sagte Aidan: »Jim tut mir leid. Eine Frau zu mögen, mit der er zusammenarbeitet, aber nichts dagegen tun zu können … das grenzt an Folter.«

»Ja, nun, für Jim und Pam geht es am Ende gut aus. Und für wen interessierst du dich bei der Arbeit?«

Er sah mich an, seine Augenbrauen waren zusammengezogen, und zog mich über das Sofa in seine Arme. »Für dich natürlich. Ich bin nur froh, dass ich das jetzt tun kann.«

Seine Lippen streiften meine, es war kaum ein Kuss. Er zog sich gerade so weit zurück, dass er in meine schläfrigen, lüsternen Augen blicken konnte, und setzte zu einem weiteren Kuss an. Diesmal wartete er nicht. Es gab kein Zögern oder vorsichtiges Herantasten. Er legte einfach los.

Seine Hand fuhr durch mein kurzes Haar und er zog daran, um meinen Kopf in die für ihn passende Position zu bringen. Seine Zunge fegte wie eine wärmesuchende Rakete durch meinen Mund, fand meine und sie umschlangen sich. Seine andere Hand wanderte zu meiner Hüfte, als er mich enger an sich zog, sodass sich unsere Körper beinahe berührten.

Unsere Zungen umwanden sich, neckten und kosteten einander. Meine Hände schlangen sich um seinen Hals und Aidan hob mich auf seinen Schoß, sodass ich wie ein Baby an ihn gekuschelt dasaß. Er küsste mich weiter und erkundete jeden Winkel meines Mundes. Er zog meine Unterlippe zwischen seine Zähne, tauchte dann wieder in meinen Mund und küsste mich von Neuem.

Als wir uns schließlich lösten, atmeten wir beide schwer. Aidans Mund wanderte über meine Wange zu meinem Ohr und dann hinunter zu meinem Schlüsselbein. Er fuhr mit seiner Zunge über meinen Hals und ich bekam am ganzen Körper eine Gänsehaut. Mein Kopf fiel nach hinten und er setzte die wonnevolle Folter an meinem Hals fort, einer Stelle, von der ich nie gewusst hatte, dass sie so empfindlich war.

»Ich weiß nicht, was du mit mir machst, aber ich will nicht, dass du aufhörst«, stöhnte ich. Mein Körper fühlte sich an, als stünde er in Flammen, ein langsam brennendes Gefühl durchströmte mich. Hitze staute sich zwischen meinen Beinen und ich sehnte mich wieder nach seiner Berührung.

Aidan stand mit mir in seinen Armen auf, etwas, das ich nie für möglich gehalten hätte, und trug mich zu seinem Bett. Als ich begriff, wohin er ging, erstarrte ich. Angst umschlang meinen ganzen Körper, als mir klar wurde, wie allein ich mit ihm war.

Aidans Schritt stockte, als er meine Angst spürte. Er hielt an und löste sich von den Küssen, mit denen er meine Haut immer noch bedeckte. »Es wird nichts passieren, was du nicht willst. Ich verspreche es. Wir sind in erster Linie Freunde, und das werden wir immer sein. Ich will mich nur mit dir hinlegen können. Es werden keine Kleider ausgezogen.«

Er sah mir in die Augen und wartete auf meine Reaktion und Antwort, bevor er sich bewegte. Als ich mir schließlich auf die Lippe biss und nickte, bewegte er sich weiter, kehrte aber nicht zu seinen Küssen zurück. Ich spürte den Verlust seiner Lippen auf meiner Haut und fragte mich, ob ich meine Ängste jemals überwinden würde. Ob ich jemals in der Lage sein würde, mich in der Geborgenheit der Arme eines Mannes zu verlieren.

Aidan legte mich auf sein Bett und kletterte dann über mich, um sich neben mich zu legen. Er stützte sich auf seinen Ellbogen und sah mich an, sodass ich mich entblößt fühlte, obwohl ich vollständig bekleidet war. »Du bist so wunderschön, Claire. Ich fühle mich wie der glücklichste

Mann auf dem Planeten, weil ich meine Zeit mit dir verbringen darf.«

Verdammt, er war gut. Ich krümmte meinen Finger zu der »Komm her«-Geste, und er beugte seinen Oberkörper über meinen und senkte seine Lippen auf meine.

Seine Hand ruhte auf meinem Bauch und ich kämpfte gegen den Drang an, den Bauch einzuziehen. Ich wollte nicht, dass er von mir angewidert war, aber ich wusste auch, dass es mir nichts nützen würde, ihn zu verstecken. Außerdem war es nicht so, dass er nicht wusste, wie ich aussah. Kleidung konnte nur so viel verdecken.

Seine Erektion bohrte sich in meine Hüfte und ich wusste, dass ich ihm näher kommen musste. Nichts war nah genug, nicht, wenn wir uns nicht überall berührten. Ich drehte mich auf die Seite, um ihm zugewandt zu sein. Seine Erektion drückte gegen meinen Bauch und seine Hand wanderte um meinen Rücken, um mich näher an sich zu ziehen.

Näher war immer noch nicht nah genug.

Ein ersticktes Geräusch entrang sich meiner Kehle, meine Frustration machte sich bemerkbar. Ich wollte ihn. Ich konnte nicht aufhören, ihn zu wollen. Mich wieder so fühlen zu wollen, wie er mich zuvor hatte fühlen lassen.

»Was ist los?«, fragte Aidan, als er sich von mir zurückzog. Lust erfüllte seine Augen und Schmerz zeichnete sich auf seinem Gesicht ab. »Habe ich dir wehgetan?«

Ich schüttelte mit einem Lächeln den Kopf. Er war mehr darum besorgt, mich zu verletzen, als um alles andere. Ich fühlte mich in seinen Armen geborgen, mehr geliebt als je zuvor. Der Schlag ins Gesicht war die Erkenntnis, dass es stimmte. Ich wusste, dass Aidan mich nicht schlecht behandeln konnte und dass ich nie einen anderen Mann treffen würde, der mir das gleiche Gefühl geben würde wie er. Ich hatte das Glück, etwas Seltenes gefunden zu haben. Etwas, nach dem so viele andere suchten, hatte endlich mich gefunden.

Und ich würde es nicht gehen lassen.

»Du hast mir nicht wehgetan. Ich war nur frustriert. Tut mir leid. Ich … du hast dich letztes Mal so gut angefühlt und ich … ich wollte das wieder. Ich weiß nicht einmal, was du gemacht hast, aber ich fand es toll. Ich … kannst du mir sagen, was du gemacht hast?«

Ein träges Lächeln breitete sich auf seinen Lippen aus, das Lächeln eines Mannes, der gerade herausgefunden hatte, dass er gut im Bett war. Oder auf der Couch. Wie auch immer, er war gut darin.

»Hör auf, so zu grinsen. Du weißt, dass es gut war.«

»Claire, Liebes, ich grinse nicht, weil es gut war. Ich grinse, weil ich es liebe, dass ich der Einzige bin, der dir jemals ein so gutes Gefühl gegeben hat. Ich kann dir gar nicht sagen, wie es sich anfühlt zu wissen, dass kein anderer Mann jemals hören wird, wie du auseinanderbrichst, jemals derjenige sein wird, der dich auffängt, wenn du über den Rand fällst.«

Ich küsste ihn wieder, und sei es nur, um nicht über das zu reden, was er gesagt hatte. Ich konnte das »jemals« nicht verarbeiten. Er klang, als ob er vorhätte, mich zu heiraten. Das ließ mein Herz Luftsprünge machen, aber der Rest von mir war verängstigt. Weil ich es wollte, aber Angst hatte, es nie zu bekommen.

»Ich kann es dir besser zeigen, als ich es dir sagen kann. Im Grunde kannst du einen inneren Orgasmus durch deinen G-Punkt haben. Beim Sex passiert das normalerweise, wenn du kommst. Was wir aber vorhin gemacht haben: Du hast oben ein Nervenbündel, das dir bei Stimulation einen Orgasmus verschafft. Daran habe ich vorhin gerieben. Das ist für die meisten Frauen der einfachste Weg.«

»Woher weißt du das alles?«, fragte ich, unsicher, ob ich

die Antwort auf diese Frage wissen wollte. Wir lagen immer noch auf seinem Bett und sahen uns an. Sein Kopf war auf eine Hand gestützt und die andere Hand hüpfte über meine Seite wie ein Auto über Bodenwellen. Ich wollte nichts über seine sexuelle Vergangenheit hören. Ich war nicht bereit, meine zu teilen und wusste, dass es nicht fair wäre, nach seiner zu fragen, ohne bereit zu sein, meine preiszugeben.

Ich wünschte, ich hätte meinen Mund gehalten und ihm keine Fragen gestellt. Ich hätte Lexi fragen sollen, aber ich schämte mich zu sehr, sie zu fragen. Bei Aidan hatte ich das Gefühl, ich könnte alles sagen, alles fragen.

Und seine Antwort bewies nur, dass ich recht hatte.

»Ich habe in der High School im Gesundheitsunterricht aufgepasst. Außerdem habe ich am College ein paar Anatomiekurse belegt. Ich hatte Dates und habe mit anderen Frauen geschlafen, also habe ich ein wenig aus Erfahrung gelernt, aber hauptsächlich habe ich gelernt, dass die Bücher recht hatten. Ich bin nicht der Seriendater, für den du mich hältst. Ich war mit niemandem mehr zusammen, seit ich dich getroffen habe.«

Ich setzte mich so schnell auf, dass ich fast von seinem Bett gefallen wäre. Ich starrte ihn an und versuchte verzweifelt, mich an etwas zu erinnern, das Sinn ergab. »Wir kennen uns seit drei Jahren. Wie ist es möglich, dass du in dieser Zeit mit niemandem geschlafen hast?«

»Hast du?«, fragte Aidan ruhig.

»Nein, aber ich bin ich. Du spielst in einer ganz anderen Liga.«

Er setzte sich auf und sah mich an, nahm meine Hände in seine. »Die einzige Liga, in der ich sein will, ist die, in der du bist. Du bist viel schöner, als du dir zugestehst. Außerdem ist Schönheit nur eine Komponente dessen, was eine Person großartig macht. Ich mag deinen lockeren Sinn für Humor, deinen trockenen Witz, dein Mitgefühl für andere, deine

Bereitschaft, jedem zu helfen, deine Intelligenz, deine Geduld im Umgang mit schwierigen Passagieren, deine-«

»Okay, ich hab's verstanden! Hör auf!«

»Ich will dich nicht in Verlegenheit bringen. Ich möchte nur, dass du weißt, dass für mich viel mehr dahintersteckt, als nur zu denken, dass du umwerfend bist. Deine Kurven sind üppige, sexy Kurven. Meine Großmutter hätte gesagt, du wärst reizend. Sie hat recht. Du bist das Gesamtpaket. Willst du, dass ich dir all die Dinge an dir aufzähle, die dich schön machen?«

»Nein! Bitte nicht. Ich bin das nicht gewohnt. Ich glaube dir, aber ehrlich gesagt ist das ein bisschen viel für mich. Die meisten Männer schauen nicht über mein Äußeres hinaus. Du bist ganz schön viel auf einmal.«

»Du hast keine Ahnung, Baby«, neckte er mich.

Ich verdrehte die Augen, aber ich liebte die unkomplizierte Art, wie wir zusammen sein konnten. Er brachte mich zum Lachen, gab mir ein Gefühl von Sicherheit. Und er erregte mich auf eine Weise, von der ich nie gedacht hätte, dass ich sie fühlen würde.

Also musste ich mich fragen, ob das, was ich fühlte, nur Lust war oder ob mehr dahintersteckte. Und ob ich in der Lage sein würde, die Lust von dem zu trennen, was sonst noch da war.

KAPITEL 14

AIDAN BEUGTE SICH VOR, um mich erneut zu küssen. Seine Lippen berührten meine nur für den kürzesten Moment, dann küsste er meine Unterlippe entlang und wieder zurück zu meiner Oberlippe. Er knabberte spielerisch an meiner Lippe, bevor er mich für einen hungrigen Kuss an sich zog.

Sein Körper wiegte sich an meinem und jagte ein Feuerwerk durch meine Adern. Er klammerte sich an mich, eine Hand in meinem Haar, die andere presste meine Hüften fest an seine. Gott, er fühlte sich so gut an. Ich wollte ihn für immer küssen, doch ich war ungeduldig. Ich wollte mehr. Ich brauchte mehr.

Ich war wie besessen. Eine Frau, die ich nicht wiedererkannte. Eine Frau, die nur ein einziges Mal zuvor zum Vorschein gekommen war. Ich brauchte ihn, damit er sie wieder hervorholte.

Mein Körper bog sich ihm entgegen und rieb sich an seiner Erektion. Er stöhnte in meinen Mund, während seine Zunge tief hineinstieß und einen Rhythmus vorgab, dem seine Hüften folgten. Er war nicht an der richtigen Stelle, drückte stattdessen gegen meinen Bauch und nicht dorthin, wo ich ihn haben wollte. Mein frustriertes Stöhnen verwandelte ihn in ein rasendes Tier.

Seine Hand wanderte von meiner Hüfte an meiner Seite hoch. Sein Daumen streifte den unteren Rand meiner Brust und ich stöhnte auf, als ich mich ihm entgegenbog. Sanft drückte er mich auf den Rücken, hielt unsere Lippen dabei fest miteinander verbunden. Als seine Handfläche meine Brust umschloss und sein Daumen über meine Brustwarze strich, durchflutete Hitze meine Shorts und ich wusste, dass ich mehr brauchte. Ich brauchte seine Haut auf meiner.

»Darf ich dich berühren, Baby? Ich will deine Haut unter meinen Händen spüren.«

Ich nickte, genauso verzweifelt danach, ihn zu spüren, wie er danach, mich zu berühren. Aidan zog mir mein Shirt aus und ließ es über die Bettkante fallen. Mein bombenfester BH schmälerte nicht das Feuer in seinen Augen und ich fühlte mich besser, dass wir so weit gekommen waren. Er schob die Träger von meinen Schultern und befreite meine Brüste aus den Körbchen, wobei er mich genau beobachtete.

Unbewusst zog ich meine Unterlippe zwischen die Zähne. »Was denkst du, Süße? Sprich mit mir«, flüsterte er. Meine entblößten Brüste waren so nah, dass ich seinen Atem auf meiner Haut spüren konnte.

»Ich will, dass du mich berührst. Ich brauche es. Bitte.«

Sein Mund war auf meinen Brüsten, bevor ich aussprechen konnte. Er sog eine Brustwarze zwischen seine Lippen und rollte sie gegen seinen Gaumen. Lust schoss durch meinen Körper, Lichter explodierten hinter meinen geschlossenen Augen. Er widmete seine Aufmerksamkeit meiner anderen Brustwarze und griff hinter meinen Rücken, um meinen BH zu öffnen. Er landete zusammen mit meinem Shirt neben dem Bett.

»Was willst du noch, Claire? Du musst es mir sagen.«

Ich sog scharf die Luft ein. Seine Lippen bewegten sich

auf meiner nackten Haut und kitzelten die Unterseite meiner Brüste, während er sprach. Mein Schoß sehnte sich nach ihm, aber ich war auch unsicher, wie ich ihm sagen sollte, was ich wollte. Was sollte ich sagen? Und ließ es mich wie eine Schlampe klingen, wenn ich danach fragte? Hatte ich diese Grenze nicht schon überschritten, als ich halbnackt bei einem Mann lag? Würde er wirklich aufhören, wenn ich ihn darum bitten würde?

»Bitte berühr mich. Sorg dafür, dass ich mich wieder gut fühle.«

Während er Küsse über meinen Bauch und meine Brüste verteilte, fragte er: »Wie beim letzten Mal, oder darf ich diesmal meine Hand nehmen? Oder meinen Mund? Du schmeckst so gut, Süße. Lässt du mich dich mit meinem Mund schmecken?«

Sein Mund? Dort? Oh Mist, ich fühlte mich wieder wie ein Teenager. Das war etwas, das ich vor Jahren hätte erleben sollen, nicht jetzt. Ich sollte nicht 27 Jahre alt sein und das alles zum ersten Mal durchmachen.

Aidan spürte mein Zögern und sagte: »Wie wäre es, wenn ich mit meinen Händen anfange und wir von dort aus weitermachen. Ist das in Ordnung?«

Ich nickte und wartete. Ich wusste nicht, was ich tun sollte. Sollte ich ihm helfen, meine Kleider auszuziehen? Mussten alle meine Kleider runter? Würde er sich auch ausziehen? Sollte ich ihn auch berühren?

Aidans Mund kehrte zu meiner Brustwarze zurück und ich stöhnte laut auf. Ich spürte sein Lächeln auf meiner Haut, während er meine Brustwarze küsste, daran knabberte und saugte. Als ich beinahe vom Bett abzuheben drohte, spürte ich seine Finger an meiner Taille, wie sie meine Shorts aufknöpften.

Er ließ meine Shorts an und schob seine große Hand

hinein. Ich blickte hinab und sah zu, wie seine Hand in meinem Höschen verschwand. Er ging langsam vor, spielte mit meinen Schamhaaren, bevor er weiter in meine Hose vordrang. Seine Finger strichen über mich und mein Körper zuckte ihm entgegen. Aber er hörte nicht auf, er machte weiter.

»Ich werde jetzt meinen Finger in dich gleiten lassen, damit du feucht wirst. Wenn du'trocken bist, könnte es wehtun. Bist du bereit?«

Ich nickte und spürte, wie sein Finger meinen Eingang streifte. »Verdammt, du'bist feucht. Jesus, Claire. Du fühlst dich so gut an.«

Sein Finger glitt in mich hinein und er stöhnte mit mir, als ein Finger mich füllte. Er zog seinen Finger wieder heraus und ich wimmerte bei dem Verlust. Aidan küsste meinen Arm, dann meine Wange, bevor er mein Ohrläppchen zwischen die Zähne nahm, genau in dem Moment, als er seinen Finger wieder dorthin gleiten ließ, wo er angefangen hatte.

»Heilige Scheiße!« schrie ich. Er hatte mich kaum berührt und schon schrie ich und bäumte mich auf dem Bett auf. Seine Finger umkreisten mich langsam und ließen mich jede Bewegung seiner Hand spüren. Ich blickte wieder hinab und lächelte bei dem Anblick seines großen Arms, der sich über meinen Bauch erstreckte und zwischen meinen Beinen verschwand.

Mit jedem Streichen von Aidans Fingern spürte ich, wie sich mein Körper enger und enger um eine Spirale spannte. Ich fühlte mich wie ein Gummiband, das kurz vor dem Reißen stand, mein Körper war straff gespannt und bereit, loszulassen. Mein Atem beschleunigte sich mit der Bewegung seiner Hand, die wütend über meine empfindlichste Stelle strich.

»Ich werde wieder einen Finger in dich gleiten lassen,

Baby. Ist das in Ordnung?« flüsterte er, während er mit seiner Zunge über mein Ohr fuhr.

»Nein, es fühlt sich zu gut an. Du darfst nicht aufhören«, keuchte ich.

»Ich werde nicht aufhören. Ich verspreche es. Es'wird sich noch besser anfühlen.«

Sein dicker Finger drang in mich ein, als sein Daumen dessen Platz einnahm, und das Gummiband in mir riss und ließ mich über die Kante einer Klippe fliegen. Ich stieß einen Schrei aus, als mein Körper vom Bett aufflog und hart gegen seine Hand bockte. Aidans anderer Arm war um meine Schultern geschlungen und hielt mich fest, als ich versuchte, mich loszureißen.

Schwärze füllte meine Sicht, während Aidan mich weiter und weiter von der Realität weg trieb. Als die Dunkelheit verblasste, spürte ich, wie seine Finger mich wieder aufbauten, in einem etwas langsameren Tempo, bereit, schnell und wütend zu werden, sobald mein Körper bereit war.

»Aus, ich will meine Kleider ausziehen. Ich muss dich spüren und nur dich«, knurrte ich, zerrte an meinen Shorts und meinem Höschen, während Aidan mich den Hügel weiter hinaufstieß.

Ich schaffte es, mich nackt auszuziehen, Sekunden bevor Aidans Manipulationen mich über eine noch größere Klippe stießen. Da meine Kleidung ihm nicht mehr im Weg war, stieß er seinen Finger tiefer in mich und ließ seinen Daumen schneller kreisen. Ich konnte über meinen Bauch nicht gut sehen, aber zu beobachten, wie sich seine Hand auf meinem Körper bewegte, machte mich genauso sehr an wie seine Bewegungen selbst.

Ich kam wieder, schrie seinen Namen und suchte nach etwas, worin ich mich verbeißen konnte. Ich biss mich in seiner Schulter fest, als meine Welt wieder schwarz wurde.

In der Dunkelheit explodierte ein Feuerwerk, das mir den Weg zurück zur Erde zeigte.

»Du bist so wunderschön, Claire. Vielen Dank, Baby. Danke, dass du das mit mir geteilt hast. Dass du losgelassen hast. Ich will es wieder sehen, dich hören, dich fühlen. Hast du noch mehr für mich?«

»Ja«, hauchte ich und sprintete mit Aidans Fingern zwischen meinen Beinen bereits wieder auf die Klippe zu.

»Lass mich dich schmecken, Süße, bitte. Ich muss fühlen, wie du kommst, dich schmecken, wenn du loslässt.«

»Ja«, stöhnte ich, zu allem bereit, solange er mich nur wieder von der Klippe stieß.

Aidan war im nächsten Augenblick verschwunden; er sprang neben mir auf und ließ sich zwischen meinen Beinen nieder. Er trug immer noch seine Shorts und sein T-Shirt und es hatte etwas unglaublich Beängstigendes und erstaunlich Sexy, ihm völlig nackt ausgeliefert zu sein, während er voll bekleidet war.

Er sah mich an, seine Hand berührte mich immer noch, während sein Gesicht so nah an meinen Oberschenkeln war, dass ich seinen Atem spüren konnte. »Du riechst unglaublich. Oh Gott, ich muss dich schmecken. Bist du bereit, Süße?«

Ich murmelte etwas, das Aidan als Ja interpretierte. Sein Daumen verschwand und wurde augenblicklich durch seine Zunge ersetzt. Meine Hüften hoben sich ihm entgegen und bäumten sich auf dem Bett auf, als sie ihren neuen besten Freund trafen. Er lächelte an meiner Haut, während seine Zunge den Druck und das Tempo des langen Fingers übernahm, der in mir rein- und rausglitt.

Aidans freie Hand ruhte auf meinem Oberschenkel und drückte ihn nach außen, um mich zu bewegen, meine Beine weiter zu spreizen. Meine Knie fielen auf sein Bett und mein Körper war entblößter als je zuvor. Als er einen zweiten

Finger in mich schob, dachte ich, ich würde sofort kommen, aber er zog mich mit dem langsamen Tempo, das er vorgab, nur noch fester auf.

Wimmern und Betteln waren die einzigen zusammenhängenden Dinge, die ich sagen konnte, verzweifelt danach, dass Aidan mich dorthin brachte, wohin nur er mich bringen konnte. Als ich meine Finger durch sein Haar gleiten ließ und ihn fest an mich drückte, verlor er jede Kontrolle. Seine Finger stießen köstlich hart in meinen Körper und seine Zunge tat verrückte Dinge mit mir. Ich stöhnte, wand mich und schrie mich über den letzten Abgrund, meine Beine streckten sich steif nach oben und umklammerten seine Ohren, als ich kam.

Eine Welle brach über mich herein, dann noch eine und noch eine. Mein Körper konnte nicht genug bekommen und ertrank in Lust. Ich schrie und stöhnte und weinte und zerfloss dann auf seinem Bett, als ich fertig war.

Aidan wischte sich das Gesicht an seinem T-Shirt ab, während er an meinem Körper hochkroch und sorgfältig vermied, mich zu berühren. Jede Nervenendigung fühlte sich an, als stünde sie unter Strom, und ich wusste, dass eine einzige Berührung von ihm mich wieder über die Kante stoßen würde. Ich zitterte wie bei den Nachbeben eines Erdbebens, konnte mich aber nicht bewegen.

Aidan küsste mich, als er schließlich bei mir ankam. Ich schmeckte mich selbst auf seinen Lippen, einen salzigen und moschusartigen Geschmack, und konnte nicht anders, als mich zu fragen, wie er schmeckte.

»Das war unglaublich. Du bist unglaublich. Danke, Claire, vielen, vielen Dank«, flüsterte er, während er sich an mich schmiegte. Er schlang seine starken Arme um mich und hielt mich fest an sich, meine Seite an seiner Vorderseite.

Ich spürte, wie seine Erektion hart gegen meine Hüfte drückte. Es fühlte sich an, als würde sie pochen, sein Herzschlag pulsierte in seinem Schwanz, während er auf dieselbe Erlösung wartete, nach der ich mich wie ein Junkie gesehnt hatte.

Und ich wollte ihm diese Erlösung geben. Ich wollte ihn auf die gleiche Weise befriedigen, wie er mich befriedigt hatte. Ich wollte, dass er sich genauso gut fühlte, wie ich mich gut fühlen wollte. Es war wie eine Droge, ein absurdes Verlangen zu wissen, dass ich ihm ein gutes Gefühl geben konnte.

Ich ließ meine Hand zwischen uns gleiten und zeichnete seine Erektion durch seine Shorts nach. Sein ganzer Körper spannte sich an und er erstarrte, als ich ihn berührte, was mich zum Lächeln brachte. Ich wusste, wie er sich fühlte.

Ich fuhr fort, ihn zu umkreisen, umrundete die Spitze seines Schwanzes, bis er gegen mich stieß. Ich fuhr mit dem Finger an der Unterseite entlang, über die Oberseite und die Seiten hinunter. Als ich meine Hand um ihn schloss, fragte er mit erstickter Stimme: »Was tust du da, Süße?«

»Ich möchte, dass du dich gut fühlst. So gut, wie du mich hast fühlen lassen.«

»Du – verdammt – du musst das nicht tun, Claire. Oh, Gott. Du musst gar nichts tun. Dich zu beobachten, dich zu berühren, dich zu schmecken. Das ist alles, was ich brauche, Süße, das verspreche ich dir. Du musst das nicht«, stieß er hervor und fluchte jedes Mal, wenn ich ihn fester drückte.

Männer waren einfach. Ich verstand vielleicht meinen eigenen Körper nicht, aber ich wusste, wie der Körper eines Mannes funktionierte. Ich musste ihn nur nackt bekommen. Ich ließ seinen Schwanz los und spürte, wie er sich wieder entspannte, nur um sich erneut anzuspannen, als meine Finger unter sein Shirt wanderten und ich anfing, es hochzuziehen.

»Baby, hör auf. Was tust du da?«, hauchte er.

»Ich will dir ein gutes Gefühl geben. Und ich will sehen,

wie wunderschön du bist. Du durftest mich berühren und schmecken. Ich will dasselbe tun. Es sei denn, du willst nicht, dass ich dich berühre?« Die Vorstellung, dass Aidan von mir nicht angetan sein könnte, überrollte mich wie eine Flutwelle, und zwar nicht von der guten Sorte. Ich zog mich von ihm zurück und drehte mich um, um vom Bett zu klettern, während ich schon versuchte, meine Kleidung zu finden.

Seine Arme schlangen sich von hinten um mich und er zog mich zurück auf sein Bett. Ich saß zusammengekauert da, mit dem Gesicht von ihm abgewandt. Er schlang seine Beine um mich und drückte meinen Rücken gegen seine Vorderseite. »Claire, hör mir zu, Baby. Ich möchte, dass du jetzt zuhörst. Okay?« Ich nickte und bemühte mich, die Tränen in meinen Augen nicht fallen zu lassen. »Ich will dich. Gott, ich will dich so sehr. Ich würde alles dafür geben, wenn du mich berührst, aber ich will nicht, dass du es tust, weil du denkst, du schuldest es mir. Du schuldest mir gar nichts. Niemals. Ich wollte dich berühren und dich schmecken. Danke, dass du mich gelassen hast. Du musst nichts für mich tun. Das verspreche ich dir.«

»Ich wollte nur wissen, wie du schmeckst, wie du dich in meinem Mund anfühlst, deine Haut unter meinen Fingern spüren. Aber wenn du mich nicht willst, ist es okay. Ich kann gehen.«

»Du gehst nirgendwohin, Baby«, flüsterte er mir ins Ohr. »Bitte geh nicht. Ich will nur niemals, dass du das Gefühl hast, etwas tun zu müssen, selbst wenn ich darum bitte. Du kannst immer Nein zu mir sagen und ich werde zuhören, ohne Fragen zu stellen. Ich würde es lieben, wenn du mich berührst, aber nur, wenn du dir sicher bist, dass du es auch willst.«

Ich nickte und konnte wegen des Kloßes in meinem Hals nicht sprechen. Ohne es zu wissen, hatte er mir etwas versprochen, wovor ich mich immer gefürchtet hatte. Er schenkte mir sein Vertrauen und ließ mich glauben, dass es echt war. Er überzeugte mich, dass er der Mann war, den ich mir immer gewünscht hatte. Der Mann, der sich mir niemals aufzwingen würde. Der mich immer als ebenbürtig behandeln würde. Der mich immer als Partnerin und nicht als sein Eigentum ansehen würde.

Dadurch wollte ich ihn nur noch mehr.

Langsam lockerte er seinen Griff um mich, beinahe so, als dächte er, ich würde weglaufen, sobald seine Arme mich nicht mehr festhielten. Er rutschte auf dem Bett herum und ließ dann sein Hemd vor meinem Gesicht fallen. Ich lächelte das Hemd an und drehte mich dann um, damit ich ihn sehen konnte.

Er war noch schöner, als ich es mir vorgestellt hatte.

Seine Brust sah aus wie aus Beton gegossen und seine Bauchmuskeln waren wie aus Stein gemeißelt. Seine leicht gebräunte Haut spannte sich glatt über seine definierten Muskeln und ließ mir das Wasser im Mund zusammenlaufen. Ich konnte nicht anders, als mich hinunterzubeugen und ihn zu schmecken. Ich fuhr mit meiner Zunge um einen Brustmuskel herum, folgte der Linie darunter, dann hoch zur Mitte und unter dem anderen hindurch. Aidans Hand krallte sich in meinem Haar fest und er stöhnte auf.

Ich schloss meine Lippen um eine seiner harten Brustwarzen und er fiel zurück aufs Bett und riss mich mit sich. »Du bringst mich noch um, Baby.«

Ich krabbelte über ihn, ließ meine Feuchtigkeit tief auf seinem Bauch ruhen, während ich seine Brust küsste. Seine Hände umschlossen meinen Hintern und bewegten mich auf ihm hin und her, wodurch sich die Spannung in meinem Körper aufbaute, noch bevor ich überhaupt begriff, was er da tat. »Komm noch mal für mich, Liebling. Hol dir deine Lust an meinem Körper.«

Ich konnte nicht aufhören, auf ihm zu reiten, seine Hände

fest auf meinen Hüften, seine Finger in meinen Hintern gekrallt. Meine Feuchtigkeit strich über seinen Bauch und trieb mich immer höher. Ich beugte mich über ihn, stützte mich auf seinen Schultern ab, an der Stelle, an der ich ihn gebissen hatte, bildete sich bereits ein blauer Fleck. »Oh, Aidan, es tut mir leid, dass ich dich verletzt habe.«

»Scheiß auf meine Schulter. Komm für mich, Claire.«

Mein Körper beantwortete seine Bitte und mein Kopf fiel zurück, als ich durch einen weiteren Orgasmus schrie. Er kam hart und schnell. Während ich auf ihm saß und seinen Bauch durchfeuchtete, blickte ich ihm in die Augen und sah die Liebe, von der ich wusste, dass sie sich in meinen eigenen widerspiegelte. Wie um alles in der Welt war das passiert?

»Jesus, du bist unglaublich. Das war das Heißeste, was ich je gesehen habe. Das absolut verdammt Heißeste.«

»Du lenkst mich ab«, neckte ich ihn. Er lachte mit mir und zog mich für einen Kuss zu sich herunter. Seine Zunge glitt an meiner entlang und ich rieb meinen Körper an seinen Shorts. Er zuckte unter mir und stieß seine Zunge dann tief in meinen Mund. Ich passte mich seinem Tempo und seiner Intensität an, sehnte mich erneut nach ihm, war aber nicht mehr bereit zu warten. Ich musste ihn schmecken.

Ich löste mich aus unserem Kuss und rutschte von ihm herunter. Als ich mich auf seinem Bett hinunterbewegte, folgten mir seine Augen, beobachtend und wartend. Meine Finger streiften seinen Bauch und seine Muskeln zuckten, angespannt und bereit für meine Berührung. Ich knöpfte seine Shorts auf und zog langsam den Reißverschluss herunter, während das einzige Geräusch in der Wohnung unser schwerer Atem war.

Aidan hob seine Hüften, um seine Shorts und Boxershorts in einer Bewegung herunterzuziehen, und ich lehnte mich zurück und bewunderte seine Erektion, als sie hervorschnellte.

Er war riesig, locker lang genug, um meine beiden Hände zu füllen, und noch mehr. Er war dick, dicker als ich es für möglich gehalten hatte, und ich fragte mich, ob ich ihn überhaupt ganz mit meiner Hand umschließen könnte.

Aber all das war egal, denn er war wunderschön. Seine Erektion stand senkrecht von ihm ab und neigte sich ein wenig in Richtung seines Bauches. Ich wollte sie berühren, mit meiner Zunge daran entlangfahren. Sie in meinen Mund nehmen und daran saugen.

Und ich konnte all das tun.

Aidan beobachtete mich aufmerksam, während ich ihn anstarrte. Er sog scharf die Luft ein, als ich mich über ihn beugte und mit meiner Zunge über die Spitze fuhr. Ein Tropfen Flüssigkeit blieb an meiner Zunge haften. Er war salzig und klebrig, schmeckte aber irgendwie nach Aidan.

»Jesus, Süße. Ich halte nicht mehr lange durch.«

Ich kniete mich zwischen seine Beine, umschloss ihn vollständig mit meinen Lippen und zog ihn so weit hinein, wie ich konnte. Als ich spürte, wie er an meine Rachenhinterwand stieß, legte ich eine Hand um ihn, während ich die andere als Stütze benutzte. Er stieß in meinen Mund und löste beinahe meinen Würgereflex aus. »Entschuldige, Baby. Du fühlst dich so gut an. Gott … so gut«, stöhnte er, als ich meinen Mund und meine Hand wieder nach oben an den Rand seines Schwanzes gleiten ließ. Ich umkreiste seine Eichel mit meiner Zunge und er knurrte, während sich seine Hüften erneut vom Bett abhoben.

Ich nahm ihn in einer schnellen Bewegung wieder auf und ließ ihn dann wieder herausgleiten, wobei meine Hand und mein Mund zusammenarbeiteten, um ihm ein ebenso gutes Gefühl zu geben wie mir. Aidans Finger wickelten sich in mein Haar und zogen es aus meinem Gesicht. Ich blickte auf und sah, wie er mich beobachtete. »Du bist so wunderschön. Ich liebe es, zu sehen, wie du meinen Schwanz lutschst. Oh, Jesus, Claire, ich komme gleich. Du musst dich weg bewegen, jetzt. Ich werde kommen.«

Ich summte zustimmend und glitt an seinem Schwanz auf und ab, umkreiste ihn mit der Zunge und ließ meine Zähne leicht an seinem Fleisch entlangfahren, bis er in meinem Mund pulsierte, bereit zu explodieren.

Seine Finger verfestigten ihren Griff in meinem Haar und er hielt mich fest, während seine Hüften gegen mich stießen. Seine Erektion glitt tiefer in meinen Rachen, als die warme Flüssigkeit aus seiner Spitze schoss. Meine Hand bewegte sich weiter auf ihm, bis ich spürte, wie der letzte Tropfen aus ihm spritzte und meinen Mund füllte. Ich glitt ein letztes Mal hinunter, was ihn in mich hineinstoßen ließ, und ließ ihn dann langsam aus meinem Mund gleiten.

Ich schluckte seine salzige Flüssigkeit und küsste dann seine tropfende Spitze, wobei ich einen weiteren Tropfen von seiner geschwollenen Eichel wischte. Er zuckte erneut und zog mich dann zu sich hoch. Er küsste mich hart, seine Zunge drang tief in meinen Mund ein, verschlang sich mit meiner und kämpfte um die Kontrolle.

Als er unseren Kuss schließlich löste, rangen wir beide nach Luft. »Ich will nicht wissen, wo du das gelernt hast. Ich weiß nur, dass das unglaublich war.«

»Du hast mich inspiriert. Du bist unglaublich«, sagte ich zu ihm, als er mich mit dem Rücken an seine Brust zog.

»Lass uns einfach noch ein bisschen so liegen bleiben, dann können wir uns wieder anziehen. Ich liebe es einfach, deine Haut an meiner zu spüren.«

Ich nickte an ihn gelehnt und verschränkte meine Finger mit seinen.

»Vielleicht kannst du über Nacht bleiben«, flüsterte er, als ich einschlief. Es gab keinen Ort, an dem ich lieber gewesen wäre als in seinen Armen.

KAPITEL 15

ALS ICH AM nächsten Morgen aufwachte, befand ich mich inmitten einer ausgewachsenen Panikattacke. Ich eilte aus Aidans Wohnung mit der Ausrede, ich müsse nach Hause, um mich um Brownie zu kümmern, aber die Wahrheit war, dass ich kurz davor war, durchzudrehen. Ich hatte die ganze Nacht mit ihm verbracht.

Es war wundervoll. Er hielt mich im Arm, während wir schliefen. Ich fühlte mich sicher und schlief besser als je zuvor. Mit ihm an meiner Seite machte ich mir keine Sorgen, dass jemand kommen könnte, um mich zu holen, oder dass niemand meine Schreie hören würde. Ich verschwendete keinen Gedanken daran, dass BJ zurückkommen könnte, um mich zu holen.

Die nächsten paar Tage ignorierte ich Aidans Anrufe. Wenn er eine SMS schickte, gab ich ihm eine kurze Antwort, ließ mich aber nicht auf ein Gespräch ein. Wenn er anrief, ging ich nie ran. Ich wusste, dass es ihm gegenüber nicht fair war, aber ich konnte einfach nicht aufhören, auszuflippen. Ich fragte mich, ob er nur ein Spiel mit mir spielte, genau wie BJ es getan hatte. Ich fragte mich, ob ich mal wieder zur

Närrin gehalten wurde. Ich fragte mich, ob ich mich jemals davon erholen würde, wenn er mich verletzen sollte.

Das Schlimmste war, dass ich wieder zur Arbeit musste und ihn sehen würde. Nachdem ich seine Anrufe tagelang ignoriert hatte, wusste ich, dass er mich nicht ohne eine Erklärung von der Arbeit gehen lassen würde.

Und ich wusste, dass nur eine einzige Erklärung ausreichen würde.

Als ich den Personalraum betrat, lehnte Aidan an der Theke. Ein Fuß war über den anderen geschlagen und er hielt eine Kaffeetasse in der Hand, während er über etwas lachte, das Bob gesagt hatte. Für jeden anderen im Raum verkörperte er die pure Lässigkeit.

Aber ich sah all die Dinge, die sie nicht sahen.

Sein Rücken war gerade, nicht gekrümmt wie bei jemandem, der wirklich entspannt ist. Seine Knie waren durchgedrückt, sogar bei dem Bein, das er übergeschlagen hatte. Seine Knöchel traten weiß hervor, so fest umklammerte er seine Kaffeetasse. Und sein Lachen war das aufgesetzte Lachen, das er benutzte, wenn er wollte, dass man ihn lachen hörte, ihm aber eigentlich egal war, was der andere zu sagen hatte.

Er war abgelenkt. Und nach dem Blick zu urteilen, den er mir zuwarf, war ich der Grund dafür.

Natürlich wusste ich das schon, bevor ich ihn überhaupt angesehen hatte. Ich wusste es in dem Moment, als ich vor ein paar Tagen aus seinem Bett geflohen war.

Ich durchquerte den Raum und ging zu ihm, schließlich stand er neben dem Kaffee. Zum ersten Mal seit über einem Jahr musste ich mir meine Tasse selbst zubereiten. Die Enttäuschung und Traurigkeit, die mich überkamen, trieben mir fast die Tränen in die Augen. Mehr als alles andere hatten Aidan und ich gesagt, dass wir immer Freunde sein würden. Dass er mir keinen Kaffee gemacht hatte, war das erste Anzeichen dafür, wie viele Dinge er für mich getan hatte, die nichts mit unserer Freundschaft zu tun gehabt hatten.

Mit Sahne und Zucker in meiner Tasse drehte ich mich um, um etwas zu ihm zu sagen, nur um zu sehen, wie er wegging. Aidan setzte sich an einen Tisch mit Nicole und Jenn und ignorierte mich.

Schmerz gesellte sich zu dem Selbstmitleid in meiner Brust, und ich wusste, dass ich die Tränen nicht zurückhalten können würde. »Ich bin gleich wieder da«, stammelte ich an niemanden Bestimmten gerichtet und rannte aus dem Raum.

Im Waschraum schloss ich mich in einer der Kabinen ein. Ich schlug die Hände vors Gesicht, ließ mich auf die Toilette fallen und den Tränen freien Lauf. Mein Herz brach bei dem Gedanken an all die Dinge, die Aidan und ich niemals zusammen tun würden, all die Liebe, die wir niemals teilen würden, aber ich wusste, es war besser, jetzt zu erfahren, dass wir nicht zusammenpassten, als es in ein oder zwei Jahren zu erfahren.

Ich konnte mich nicht erinnern, wann ich das letzte Mal wegen eines Mannes geweint hatte. Als BJ mich vergewaltigt hatte, hatte ich geweint, aber es war nicht wirklich seinetwegen gewesen, sondern meinetwegen. Kein anderer Mann hatte jemals meine Tränen verdient oder war ihrer würdig gewesen.

Aber Aidan schon. Er war anders. Ich wusste es jedes Mal, wenn ich ihm in die Augen sah, jedes Mal, wenn er mich berührte, bei jedem süßen Wort, das er zu mir sagte, und bei all den kleinen Dingen, die er für mich tat. Die kleinen Dinge, die ich für selbstverständlich gehalten hatte. Falls es eine Chance gab, dass er mir verzeihen würde, dass ich ihn nicht angerufen hatte, dann schwor ich mir, ihn nie wieder für selbstverständlich zu nehmen.

Nachdem ich mir selbst Mut zugesprochen hatte, wischte ich mir die Augen, spritzte mir kaltes Wasser ins Gesicht (nicht, dass es geholfen hätte) und lief vor dem Waschraum direkt gegen eine Wand.

Eine Wand mit Armen und einer Brust, mit der ich in den letzten Wochen sehr vertraut geworden war.

»Entschuldigung«, sagte Aidan, als er meine Arme packte, um mich vor dem Fallen zu bewahren. »Ich wollte nachsehen, ob es dir gut geht. Du bist ziemlich schnell da rausgerannt.«

Ich schüttelte den Kopf und hielt meinen Blick auf den Boden gerichtet. Ich konnte ihm nicht so nah sein, ohne den Wunsch zu verspüren, mich für einen Kuss zu ihm zu lehnen. Ein Kuss, den er mit Sicherheit nicht wollte.

»Ich konnte es nicht ertragen, zu sehen, wie du mich behandelst, als würde ich dir nichts bedeuten. Als wären wir nicht … was auch immer wir sind.«

»Du hast in den letzten Tagen ziemlich deutlich gemacht, dass wir Arbeitskollegen und nichts weiter sind. Du bist neulich Morgen so schnell abgehauen, dass du beinahe ein claireförmiges Loch in meiner Tür hinterlassen hast, und seitdem habe ich dich nicht erreichen können.«

Er ließ mich los und trat einen Schritt zurück. Aidan fuhr sich durchs Haar, seine Armmuskeln spannten sich an und erinnerten mich daran, wie es sich anfühlte, in seinem Bett in diesen Armen zu liegen. Es war Zeit für die Wahrheit. »Ich bin in der Highschool vergewaltigt worden. Von dem einzigen festen Freund, den ich je gehabt habe. Es fällt mir schwer, Männern nahezukommen. Du bist der einzige Mann, bei dem ich je übernachtet habe.«

Er erstarrte, als ich zu reden begann. Seine Hand rieb über sein Kinn, und das Geräusch der Bartstoppeln an seinen Fingern war im leisen Flur laut genug, dass ich wusste, wann er innehielt. Seine schokoladenbraunen Augen hielten meinen Blick für einen Moment fest, bevor sich seine Arme um mich schlossen.

Aidan zog mich fest an sich. Sein Körper umschloss meinen und schützte mich vor allem außerhalb von ihm. Sein Herz hämmerte in seiner Brust, ein schneller Schlag, von dem ich wusste, dass er von Wut herrührte. Ich konnte die Anspannung in seinen Muskeln spüren, die Kraft, die er aufbringen musste, um sich davon abzuhalten, etwas Dummes zu tun.

Kraft, die er von mir bekam.

»Ich bin so ein Arschloch«, murmelte er in mein Haar. »Gott, Schatz, es tut mir so leid. Es tut mir so verdammt leid. Dass du das durchmachen musstest, dass ich ein Idiot war, dass du an einen Idioten wie mich geraten bist.«

»Du bist das Beste in meinem Leben. Du und meine Freunde. Ich bin nur ein bisschen ausgeflippt. Okay, ein ganzes Stück.«

»Dazu hattest du allen Grund«, wandte Aidan ein.

»Nein, hatte ich nicht. Du hast mir nie einen Grund gegeben zu denken, du wärst wie er. Du bist nicht wie er. Aber jemandem wieder nahezukommen, ist mir schwergefallen. Ich hatte mir geschworen, nie wieder meine Deckung fallen zu lassen, nie wieder jemanden nah genug an mich heranzulassen, um mich zu verletzen.«

»Ich würde dich niemals verletzen. Ich würde nie etwas tun, was du nicht willst. Das verspreche ich dir.«

Ich nickte, unfähig, um den Kloß in meinem Hals herum zu sprechen. Er hatte mir das immer und immer wieder gesagt, als ich in seiner Wohnung war, und ich wusste, dass es die Wahrheit war, aber ihm nah zu sein, brachte mehr Erinnerungen hoch, die ich verdrängt hatte. Ich wusste nicht, ob ich stark genug war, an die Liebe zu glauben und mich meinen Dämonen erneut zu stellen.

Das Klacken von Absätzen auf den Fliesenboden des

Flughafens riss uns beide aus dem Nebel, in dem wir uns befanden. Zoey bog um die Ecke und sah uns dort stehen und reden. Sie verdrehte die Augen und drängte sich an uns vorbei in den Waschraum.

»Wir müssen zur Arbeit gehen«, sagte ich. Ich wusste, dass wir noch nicht fertig waren, aber wir konnten uns nicht einfach den Tag freinehmen, ohne dass es verdächtig gewirkt hätte.

»Kann ich heute Abend vorbeikommen? Ich bringe eine Pizza mit und wir können reden. Ich muss wissen, wen ich umbringen muss, und ich muss sicher sein, dass du auf mich wartest, bis ich aus dem Gefängnis komme.«

»Würdest du ihn trotzdem verprügeln, wenn ich Nein sage?«, neckte ich ihn.

»Ohne mit der Wimper zu zucken«, antwortete Aidan ohne zu zögern. Sein Blick war besitzergreifend und leidenschaftlich. Es war ihm todernst, weil ich ihm wichtig war. Es spielte keine Rolle, wie ich fühlte, er empfand genug für uns beide.

Zu seinem Glück fühlte ich dasselbe.

»Pizza klingt großartig. Ich habe Wein. Wir werden eine Menge davon brauchen. Und … warum bringst du nicht Wechselsachen für die Arbeit morgen mit? Du kannst bei mir bleiben. Wenn du willst.«

Aidan zog mich in seine Arme, bevor ich noch etwas sagen konnte. »Gott, ja. Vielleicht packe ich gleich für die ganze Woche.«

Ich lachte über seinen Witz, wusste aber, dass ich nicht böse wäre, wenn er genau das tun würde. Aidan küsste mich auf den Scheitel und ließ mich dann los, damit wir gemeinsam zum Terminal gehen konnten. Wir waren uns einig gewesen, bei der Arbeit niemandem zu erzählen, was los war, also hielten wir unsere Gespräche und Körpersprache locker. Jenn fragte, ob bei mir alles in Ordnung sei, als wir dort ankamen, und ich sagte ihr, dass ich nur ganz dringend auf die Toilette müsse. Sie lachte und wir alle schafften es, mit unserem Tag weiterzumachen.

Als der Tag vorbei war, war ich völlig erschöpft. Am Vortag waren zwei Flüge ausgefallen, sodass wir zusätzliche Passagiere abfertigen mussten, die versuchten, auf die Stand-by-Liste zu kommen. Eine der Fluggesellschaften setzte einen zusätzlichen Flug ein, um ihre Passagiere loszuwerden, aber das machte die Sache für uns schwierig. Da wir ein kleiner Flughafen sind, sind wir kurze Schlangen und nur wenige Flüge gewohnt. Allein ein weiterer Flug reichte aus, um den ganzen Tag durcheinanderzubringen.

Wir murmelten uns alle ein Auf Wiedersehen zu, als wir zu unseren Autos gingen. Aidan bat mich, mit dem Spaziergang mit Brownie zu warten, bis er da war, und versprach, sich zu beeilen.

Zuhause zog ich meine Uniform aus und schlüpfte in Shorts und ein T-Shirt. Brownie folgte mir auf Schritt und Tritt, sprang an meinen Füßen hoch und hätte mich fast umgeworfen. Er wollte unbedingt raus, aber ich wollte warten.

Schließlich gab ich nach, da ich Angst hatte, Brownie würde auf den Boden pinkeln, und leinte ihn an. Wir gingen die Treppe hinunter, Brownie vorneweg. Unten an der Treppe riss er sich los und rannte den Gehweg entlang dorthin, wo Aidan gerade aus seinem Auto stieg.

Aidan schnappte sich Brownie und kraulte ihn am ganzen Körper, bis dieser völlig entspannt auf dem Boden lag. Aidan stand mit Brownies Leine in der Hand auf und streckte seine Hand nach mir aus. Ich ließ mich gegen ihn fallen und fand Trost in seinen Armen, die mich umschlangen.

»Tut mir leid, dass ich nicht früher da war. Ich hätte daran denken sollen, dass er durchdreht, nachdem er den ganzen Tag drinnen war.«

Ich drückte ihn. »Das hat er, aber das ist schon in Ordnung. Ich dachte mir, du würdest uns einfach finden, wenn du hier bist. Du riechst gut.«

Aidan küsste mich sanft, ohne Zunge, nur Lippen und Mann. »Du schmeckst gut. Lass uns mit ihm Gassi gehen, dann hole ich meine Sachen.«

Wir gingen Hand in Hand zur Hundewiese und ließen Brownie dann von der Leine. Er rannte und spielte, pinkelte und machte sein großes Geschäft und jagte einem Stock hinterher, den Aidan gefunden hatte. Er war ein glücklicher Hund mit so viel Aufmerksamkeit.

Auf dem Rückweg zu meiner Wohnung holte Aidan eine Tasche und die Pizza aus seinem Auto. Er stellte die Pizza auf die Küchentheke und warf Brownie einen Knochen zu, der sofort verschwand, um seinen Leckerbissen zu genießen.

»Du weißt, dass wir reden müssen, oder?«, fragte er mich, als wir es uns auf der Couch gemütlich gemacht hatten. »Ich glaube nicht, dass ich dir noch einmal von der Seite weichen werde, wenn ich nicht weiß, dass das Arschloch, das dich angefasst hat, für sehr lange Zeit hinter Gittern ist.«

»Ich weiß. Lass uns unsere Pizza genießen, dann erzähle ich dir alles. Ich verspreche es.«

»Kein Weglaufen mehr, Claire. Nicht vor mir.«

Ich nickte und zwang mich, meine Pizza zu essen. Er hatte recht. Ich konnte die Wahrheit nicht vor ihm verbergen, und ich konnte mich nicht vor ihm verstecken. Ich musste ihm alles erzählen, was passiert war, die ganze Wahrheit, egal wie sehr ich auch nicht darüber reden wollte. Ich hatte die ganze Geschichte seit der Highschool niemandem mehr erzählt. Nicht, seit ich aufgehört hatte, zu meiner Therapeutin zu gehen.

Aber ich würde nicht zulassen, dass er mir noch mehr von meinem Leben stahl.

Als wir mit der Pizza fertig waren, zog Aidan mich in

seine Arme. Er hielt mich auf seinem Schoß und legte seinen Kopf auf meinen. Er drängte mich nicht, er sagte nichts. Er wartete einfach, bis ich bereit war zu reden. Bis ich bereit war, ihm die ganze Geschichte zu erzählen.

»BJ war der erste Kerl, mit dem ich je zusammen war, also richtig fest. Ich hatte vor ihm schon Dates, aber er war der erste Kerl, mit dem ich ein paar Monate lang ausging. In der Highschool war ich dünn, eine Cheerleaderin und wirklich beliebt. BJ war im Footballteam.«

Ich atmete tief durch, da ich wusste, dass das der einfache Teil war. »Nachdem wir ein paar Monate zusammen waren, haben wir angefangen, über Sex zu reden. Wir waren beide noch Jungfrauen, aber alle unsere Freunde taten es. Ich war mir nicht sicher, ob ich bereit war, aber ich habe mich von BJ dazu überreden lassen. Ich war dieses dumme Mädchen, das dachte, ich müsste mit ihm schlafen, um ihn bei Laune zu halten, als ob es mein Job wäre, sicherzustellen, dass er glücklich ist.«

Aidan drückte mich fester und schmiegte sich in mein Haar. Ich spürte die Anspannung in seinem Körper, von den angespannten Muskeln in seinen Armen und seiner Brust bis zu den zuckenden in seinen Oberschenkeln.

»Wir hatten ein paar Mal Sex, aber es hat mir nicht gefallen. Er war nicht wie du. Es war ihm nie wichtig, dass es mir gefällt, deshalb tat es immer weh. Nach dem zweiten Mal habe ich ihm gesagt, dass ich keinen Sex mehr haben will. Er sagte, das sei in Ordnung, und ich dachte, damit wäre alles gut.«

Ich holte noch einmal tief Luft. Aidans Körper wurde noch angespannter, und ich merkte, dass er wusste, was jetzt kam.

»Ein paar Wochen später sind wir mit seinen Eltern in die Frühlingsferien gefahren. Sie waren gut mit meinen Eltern befreundet und wussten, dass wir zusammen waren, also haben alle Ja gesagt, weil sie wussten, dass seine Eltern nichts zulassen würden. Eines Abends gingen sie zum Essen aus und ließen BJ und mich allein im Hotel. Wir haben einen Film geschaut und uns geküsst. Er sagte, er wolle wieder Sex haben. Ich sagte ihm, dass ich das nicht wolle, aber er stachelte mich immer weiter an. Ich sagte Nein zu ihm und er sagte, ich könne ihm kein Nein sagen. Dass ich seine Freundin sei und ihn ficken würde, ob es mir gefiel oder nicht. Ich habe versucht zu gehen, aber er war größer als ich. Er hat mich niedergedrückt. Ich habe getreten und gegen ihn gekämpft, aber er hat mich auf den Bauch gedreht, sodass ich ihn nicht erreichen konnte. Er hielt mich fest und vergewaltigte mich. Ich habe die ganze Zeit geweint, während es passierte, und als er mich losließ, habe ich mich im Badezimmer versteckt, bis seine Eltern zurückkamen. Den Rest des Urlaubs habe ich bei seiner Mutter verbracht, aber niemandem erzählt, was passiert war, bis wir nach Hause kamen und ich es Mandy erzählte. Sie hat mich überzeugt, mit meiner Mutter zu reden, und wir sind zur Polizei gegangen.«

Aidans Muskeln entspannten sich bei der Erwähnung der Polizei ein ganz klein wenig.

»BJ kam nie ins Gefängnis. Es gab keine Beweise und es stand einfach sein Wort gegen meins. Außerdem ist es auswärts passiert, also hatte die örtliche Polizei keine Zuständigkeit oder so einen Scheiß.«

Aidan spannte sich wieder um mich an, seine Arme schlossen sich fest um mich.

»Ich war in Therapie und habe versucht, es hinter mir zu lassen, aber ich bin nie wieder einem Mann nahegekommen. Ich habe mich an niemanden herangelassen. Er war der erste Mann, dem ich je vertraut habe, und er hat mich auf die schlimmste Weise verraten. Ich weiß, dass du nicht wie er bist, aber ich habe trotzdem Angst. Ich habe seitdem wegen ihm kein Flugzeug mehr bestiegen. Es war meine erste und einzige Reise, bei der wir mit dem Flugzeug geflogen sind. Meine Therapeutin sagte, ich verbinde Flugzeuge mit ihm und habe Angst zu fliegen, wegen dem, was passiert ist. Ich weiß nicht, was es ist, aber bei dem Gedanken, in ein Flugzeug zu steigen, schnürt sich mir die Kehle zu und ich bekomme Panik.«

Aidan wischte mir die Tränen weg, von denen ich nicht einmal wusste, dass ich sie geweint hatte. Er nahm mein Gesicht in seine Hände und drückte mir einen leichten Kuss auf die Lippen. »Danke, dass du mir davon erzählt hast. Es tut mir leid, dass du das durchmachen musstest und dass ich dich gezwungen habe, das alles noch einmal zu durchleben. Ich bin nicht wie er und werde es auch nie sein. Die Vorstellung, mich jemals irgendjemandem aufzuzwingen, macht mich krank, und der Gedanke, dass du das erlebt hast, weckt in mir den Wunsch, etwas richtig fest zu schlagen. Ich muss wissen, ist er von hier?«

Ich zuckte mit den Schultern. »Ich bin mir nicht ganz sicher. Ich habe eine einstweilige Verfügung gegen ihn, aber ich verfolge nicht, wo er ist. Er wird mir nicht zu nahe kommen.«

»Das werde ich nicht zulassen. Niemals. Er wird dich nicht noch einmal verletzen, und wenn er auch nur daran denkt, bringe ich ihn um.«

»Ich weiß. Und es tut mir leid, dass es mir schwerfällt, dich an mich heranzulassen. Ich mache mir einfach Sorgen. Es ist schwer, dir so nahe zu sein und-«

»Claire, du musst dich niemals dafür entschuldigen, wie du dich fühlst. Zwischen uns ist alles gut. Ich verspreche es dir. Ich werde eine Weile brauchen, um damit klarzukommen, dich wieder allein zu lassen, aber ich werde versuchen, meine Angst zu überwinden, dass dich jemals wieder jemand verletzen könnte.«

Ich lachte und schüttelte den Kopf. »Darüber musst du dir keine Sorgen mehr machen. Dicke Mädchen werden nicht vergewaltigt. Ich war eine dünne kleine Cheerleaderin, als es passierte. Niemand will dicke Mädchen, das ist einer der Gründe, warum ich zugenommen habe. Wenn ich nicht attraktiv bin, muss ich mir keine Sorgen machen.«

»Sag das nie wieder über dich. Claire, du bist wunderschön. Ich will nicht, dass du dir Sorgen machen musst, aber die Wahrheit ist, dass jeder, der über so etwas wie eine Vergewaltigung nachdenkt, ein kranker verdammter Bastard ist. Solche Leute verdienen es nicht, dieselbe Luft wie du zu atmen. Aber bitte, Baby, sag mir nicht, du seist nicht attraktiv, denn du bist die schönste Frau, die ich je gekannt habe.«

Ich schmiegte mich ein wenig enger an ihn und schlang meine Arme um ihn. Ich konnte nichts sagen, ohne zu riskieren zu weinen, also schnappte ich mir einfach die Fernbedienung und schaltete das Yankees-Spiel ein, da ich wusste, dass das seine Lieblingsmannschaft war. Langsam entspannte sich Aidan und ich mich auch.

KAPITEL 16

NACH DEM SPIEL gingen wir ein letztes Mal mit Brownie spazieren und kehrten dann in meine Wohnung zurück. Als wir wieder drinnen waren, legte sich eine Schwere über uns, als hätte sich der Moment verändert und wir müssten uns damit auseinandersetzen.

Ich drehte mich zu Aidan um und sah den gleichen unbehaglichen Ausdruck auf seinem Gesicht. Wir hatten geplant, dass er die Nacht bei mir bleiben würde, und nachdem ich ihm alles über BJ erzählt hatte, wollte ich ihn bei mir haben. Ich konnte mir nicht vorstellen, ihm beim Gehen zuzusehen und allein zu sein, während so viele Erinnerungen durch meinen Kopf wirbelten.

»Lass uns schlafen gehen«, sagte Aidan. Seine Stimme war schwer vor Schlaf oder vielleicht vor Verlangen. Es spielte keine Rolle. Er war müde. Ich konnte es an seiner Haltung sehen, an der Art, wie seine Augenlider zufielen, als er mich ansah.

Ich nickte und führte ihn in mein Schlafzimmer. Mir fiel auf, dass Aidan mein Zimmer noch nie gesehen hatte. Ich knipste das Licht an und fragte mich, ob ihn Brownies großes Hundebett in der Ecke, meine rosa und blau gestreifte Tagesdecke oder die überall herumliegenden Kleider abschrecken würden. Einschließlich des BHs, den ich vorhin achtlos weggeworfen hatte. Ich ging schnell durch das Zimmer und versuchte, meine Kleider aufzuheben, aber Aidan packte meine Hand.

»Räum nicht meinetwegen auf. Ich bin für dich hier, und das bist du. Du musst nicht verbergen, wer du bist.«

Erleichtert warf ich die Kleider in die Luft und sie regneten auf uns herab, wobei sich ein Körbchen meines BHs auf Aidans Kopf verfing. Zuerst fühlte ich mich zutiefst beschämt, aber er nahm ihn ab, betrachtete ihn und zog dann eine Augenbraue hoch.

»Auf dem Boden gefällt er mir definitiv besser«, sagte er verführerisch.

An meinem ganzen Körper breitete sich Gänsehaut aus, als Aidan mich in seine Arme zog. Meine Arme schlangen sich um seinen Hals und ich streckte mich ihm entgegen, als sich seine Lippen auf meine senkten. Meine Brustwarzen stellten sich auf und rieben an seiner Brust, und mein Höschen wurde feucht, als seine Erektion meinen Bauch streifte.

Unser Kuss begann süß und sanft, ein zärtlicher Kuss, der nirgendwo hinführen musste. Aber als Aidan seine Hände auf meinem Rücken ausbreitete und seine Finger vom Bund meiner Shorts bis zu meinem Nacken reichten, wusste ich, dass ich ihm nicht länger widerstehen konnte.

Ich schmiegte mich an ihn und rieb mich wie besessen an seiner Erektion. Er stöhnte in meinen Mund und seine Hände umklammerten mich fester, wobei eine Hand tiefer wanderte, um meinen Hintern zu umfassen. Ich zog ihn näher an mich heran, stöhnte an seine Lippen und öffnete meinen Mund für seine Zunge.

Seine Zunge stieß in meinen Mund, während seine

Hüften gegen mich stießen. Er fühlte sich so gut an. Ich wollte nicht, dass er aufhörte. Ich wollte, dass er mich liebte, dass er mit mir schlief. Ich brauchte ihn.

Ich hielt mich mit einer Hand an ihm fest und ließ die andere von seinem Hals gleiten, um über seine Brust und seinen Bauch zu streichen. Seine Muskeln zuckten unter meiner Berührung und zitterten durch sein Hemd. Sein Herz schlug schneller und seine Hände wanderten meinen Rücken auf und ab, bis sie sich schließlich den Weg zu meinen Brüsten bahnten.

Am Saum seines Hemdes zog ich es hoch und fuhr mit meinen Nägeln über seine nackte Haut. Er zuckte gegen mich, seine Erektion bohrte sich in meinen runden Bauch. Sein Hemd kam mit meinen Händen hoch und entblößte mehr und mehr von seinem festen Körper und seiner weichen Haut. Er löste unseren Kuss, riss sich das Hemd vom Leib, warf es hinter sich und presste seinen Mund wieder auf meinen.

Seine Küsse wurden hektisch, fordernd und ungeduldig. Sein Mund wanderte von meinen Lippen zu meinem Ohr und ließ mich in sein Haar stöhnen, während meine Finger sich darin festkrallten. Meine andere Hand fand seine Brust, zeichnete die Brustmuskeln nach und tanzte dann über seine erigierten Brustwarzen. Ich drückte eine sanft, woraufhin er sich in mein Ohrläppchen verbiss und seine Hüften gegen meine krachten.

»Verdammt, Baby. Du fühlst dich so gut an«, knurrte er in mein Ohr. Seine Zunge zeichnete den Abdruck seiner Zähne auf meiner Haut nach und er bewegte sich weiter, seine Zunge hinterließ eine kühlende Spur auf meiner Haut, als er meinen Hals hinunterwanderte. Ich kniff erneut in seine Brustwarze, weil ich eine Reaktion aus ihm herauskitzeln wollte, und wurde diesmal damit belohnt, dass Aidan hektisch versuchte, mir mein Shirt auszuziehen.

Endlich hatte er es mir ausgezogen und ließ seinen Kopf sinken, um meine nackte Brustwarze in den Mund zu nehmen. Mein Kopf fiel nach hinten und ein Stöhnen entwich meinen Lippen. Aidan stützte mich, seine Hände fest um meine Taille geschlungen, während ich mich zurücklehnte und ihm meine Brüste darbot.

Die Folter seines Mundes war unerträglich. Er saugte, leckte und küsste meine Brustwarzen, bis sie im selben Rhythmus pochten, der zwischen meinen Beinen hämmerte. Ich sehnte mich danach, dass er mich berührte, dass er mir die Erlösung schenkte, nach der mein Körper flehte.

Aidan wirbelte mich herum und führte mich rückwärts zu meinem Bett. Als meine Knie auf die Kante meiner Matratze trafen, zog ich ihn auf mich. Mit unseren Beinen, die über die Kante hingen, und unseren eng aneinandergepressten Körpern brachen wir in Gelächter aus. Aidan rollte von mir herunter, sein tiefes, grollendes Lachen vibrierte durch meinen Körper und ließ mich ihn noch mehr wollen.

»Ich hab mich hinreißen lassen. Tut mir leid, Schatz.«

Ich stützte mich auf meinen Ellbogen und sah auf ihn hinab. »Das hast du keineswegs. Es war perfekt. Das ist es immer noch«, flüsterte ich, als ich mich über ihn beugte und meine Zähne um seine Brustwarze schloss. Seine Hände krallten sich in mein Haar und sein Stöhnen erschütterte meinen ganzen Körper.

Ich drehte seine andere Brustwarze zwischen meinen Fingern und liebte es, einen so mächtigen und sexy Mann zum Zittern bringen zu können. Er stöhnte und seine Hüften bäumten sich auf, und ich fragte mich, ob er in seinen Shorts kommen würde. Bevor ich nach ihm greifen konnte, drehte er uns um und drückte mich mit seinem großen Körper und seinem extra großen Schwanz unter sich.

Sein Schwanz bohrte sich in mein Bein, während Aidan meinen Brustwarzen dieselbe Behandlung zukommen ließ, die ich seinen gegeben hatte. Ich bog mich auf dem Bett durch, pochend vor Verlangen. Aidan griff zwischen uns und schob seine Hand in meine Shorts, unter mein Höschen zu meiner feuchten Mitte. Er strich einmal über mich, was mich aufschreien und mich in seine Hand pressen ließ. Frustriert zog ich meine Shorts und mein Höschen aus. Aidans Finger drangen in mich ein, während seine Zähne meine Brustwarze kniffen. Die Lust und der Schmerz vermischten sich zu einer explosiven Reaktion. Meine Hüften schnellten vom Bett und meine Hände suchten nach etwas, an dem ich mich festhalten konnte, während ein Orgasmus durch meinen Körper funkte.

Unter seiner vorsichtigen Manipulation umgab mich Dunkelheit und blendete alles aus, außer Aidans Finger an mir, in mir, sein Mund auf mir, sein Körper über mir. »Ich brauche dich, Aidan. Ich brauche dich ganz. Wirst du mit mir schlafen?«

Aidan erstarrte schneller, als eine Zunge an Weihnachten an einem Metallpfosten festfrieren würde. Mit seinen Fingern noch in mir, meiner Brustwarze in seinem Mund und seiner harten Erektion an meinem Bein hörte er auf, sich zu bewegen, hörte auf zu atmen.

»Wir müssen nicht, Claire. Wenn du nicht bereit bist, müssen wir gar nichts tun.«

Mein Gehirn hörte seine Worte und interpretierte sie um, um zu sagen: ‚Ich will nicht wirklich mit dir schlafen, ich bin nur hier, um ein paar Mal abzuspritzen. Und jemanden zu lieben, wird nicht passieren. Ich ficke dich vielleicht, aber das war's dann auch.‘

Sofort zog ich mich zurück. Ich rutschte auf meinem Bett nach oben, seine Finger glitten aus mir heraus, als ich mich von ihm entfernte, sein Körper verlor den Kontakt zu meinem. »Das war ein Fehler. Ich glaube, du solltest gehen.«

»Claire, bitte tu das nicht. Nichts mit uns ist ein Fehler.

Ich will dich, Gott, so sehr. Aber ich will nicht, dass du diese Entscheidung triffst, während wir herummachen, und sie am Ende bereust. Ich will wissen, dass es das ist, was du wirklich willst. Dass du wirklich dafür bereit bist.«

»Du willst mich einfach nicht. Es ist okay, ich verstehe das. Aber ich glaube, du solltest gehen.«

Er kroch auf mich zu, seine Arme spannten und wölbten sich, als er mir immer näher kam. »Schatz, ich war heute so hart, dass ich mit all den Nägeln, die ich hätte einschlagen können, ein Haus hätte bauen können. Es gibt nichts, was ich mehr will als dich. Aber ich würde es mir nie verzeihen, wenn ich dich ausnutzen würde. Das hab ich dir schon mal gesagt. Ich habe nicht einmal Kondome mitgebracht, weil wir nicht über Sex gesprochen hatten. Wenn du es ernst meinst und bereit bist, können wir bis zum nächsten Mal warten, wenn wir zusammen sind. Sicherstellen, dass wir geschützt sind. Es wird mich umbringen, dich nicht zu haben, glaub mir, aber ich werde nicht riskieren, dass du verletzt wirst.«

»Ich habe eine Weile darüber nachgedacht. Es ist das, was ich will, aber ich will nicht warten. Ich will dich jetzt. Ich nehme die Pille, schon seit einer Weile. Ich bin gesund, ich habe mich testen lassen. Und wenn du …«

»Ja, Baby, ich habe mich testen lassen. Ich würde dich niemals in Gefahr bringen, ich bin auch gesund. Aber bist du sicher? Ist es wirklich das, was du willst?«

Ich biss mir auf die Lippe und nickte. Aidan brauchte keine weitere Ermutigung, er beugte sich vor und küsste mich wieder. Er zog das Laken, das ich um meinen Körper geschlungen hatte, weg und löste unseren Kuss. Er sah mich an und flüsterte: »Du bist wunderschön, Claire. Ich will dich immer. Jede Sekunde eines jeden verdammten Tages will ich dich. Ich kann nicht damit leben, dass du daran zweifelst.«

Ich blickte zu ihm auf und sah Aufrichtigkeit und pure

Lust in seinen Augen. Ich wusste, dass er mich genauso sehr wollte wie ich ihn und dass uns nichts aufhalten würde. »Küss mich einfach«, sagte ich zu ihm. Er lächelte und kam meiner Aufforderung nur zu gern nach.

Seine Zunge fuhr durch meinen Mund und startete unsere Nacht mit einem sanften Kuss von Neuem. Er kniete vor mir und umfasste mit seinen großen Händen meine Wangen. Ich hatte das Gefühl, ich könnte ewig so dasitzen und ihn küssen, das Gefühl jedes Teils seiner Zunge, die Vertiefungen in seinem Mund, die Rillen seiner Zähne kennenlernen. Ich wollte jeden Zentimeter seines Körpers kennenlernen, und es gab eine Menge Zentimeter, auf deren nähere Bekanntschaft ich mich besonders freute.

Bei dem Gedanken erwachte meine innere Verführerin, von der ich bis zu diesem Moment nicht einmal gewusst hatte, dass sie existierte, und übernahm die Kontrolle. Meine Hand wanderte zu Aidans Brust und stieß ihn zurück, bis er auf seinen Fersen saß und mich ansah. Ein schläfriger, sexy Ausdruck umwölkte seine Augen und er saß verwirrt da.

Ich erhob mich auf meine Knie und kniete direkt vor ihm, sodass meine Brüste auf seiner Augenhöhe waren. Er blickte zu mir auf, worauf ich meine Augenbrauen hochzog und dann auf meine vollen Brüste hinabsah. Sein Mund folgte meinem Blick und ich beobachtete, wie er seine Lippen über meine Brustwarze schloss. Er küsste sie sanft, rollte meine Brustwarze zwischen seinen Lippen, bevor er sie in seinen Mund zog. Zwischen seinem Gaumen und seiner Zunge gefangen, versteifte sich meine Brustwarze und zog den Rest meines Körpers näher zu ihm.

Aidans Hände umfassten das schwere Gewicht meiner Brüste und drückten sie zusammen, während sein Mund sich mit der einen bewegte, bis beide Brustwarzen beieinander waren. Er nahm die zweite in seinen Mund und biss kräftig hinein, woraufhin die Lust geradewegs zwischen meine

Beine schoss. Ich stöhnte auf und griff nach ihm, meine Hände fanden seine Brust. Ich drehte an seinen Brustwarzen, während er an meinen knabberte, und wir beide keuchten schon nach wenigen Minuten verzweifelt.

Aidan schob mich sanft zurück auf das Bett und stand auf, um seine Shorts und Boxershorts auszuziehen. Als sein wunderschöner Körper nackt vor mir stand, fragte ich mich, ob ich eine gewaltige Fehleinschätzung begangen hatte. Auf keinen Fall würde er da reinpassen.

Als Aidan auf das Bett zurückkehrte, erwartete ich, dass er gleich zur Sache kommen würde, aber stattdessen begann er bei meinen Zehen. Er küsste jeden Zeh, dann ließ er seine Zähne über mein Fußgewölbe gleiten, was mich irgendwie dazu brachte, mich vom Bett aufzubäumen. Er küsste mich weiter, wanderte über meine Ferse, knabberte an der Sehne, die an der Rückseite meines Knöchels verlief, und fuhr mit seiner Zunge an einer überraschend empfindlichen Stelle unter meinem Knöchel entlang.

»Du siehst von hier unten so wunderschön aus. Ich liebe es, dich zu sehen, feucht und auf mich wartend. Ich kann es kaum erwarten, dich zu schmecken.«

»Wovon redest du? Ich dachte, wir hätten ausgemacht, dass wir uns lieben wollen?«, fragte ich.

Er küsste meine Waden und massierte beide sanft mit seinen Händen, während sein Mund über meine Haut wanderte. »Das werden wir auch, aber ich habe so lange auf diesen Moment gewartet, dass ich mir Zeit lassen werde. Ich will sichergehen, dass du dich an jedes noch so kleine Detail davon erinnerst. Ich will wissen, wie jeder Zentimeter deiner Haut schmeckt, wo jede deiner empfindlichen Stellen ist und wie sich jeder Teil von dir anfühlt. Ich werde dich heute Nacht anbeten, Claire, denn das ist es, was du verdienst, und das ist es, was ich schon die ganze Zeit tun wollte.«

»Warum?«, platzte es aus mir heraus.

»Weil du unglaublich bist. Und weil ich nicht will, dass irgendein anderer Mann in deinen Gedanken auftaucht, wenn ich in deinem Bett bin. Ich bin nicht wie er und werde es auch nie sein, und ich kann das nicht tun, wenn ich denke, dass die Chance besteht, dass du uns vergleichst. Und weil ich will, dass du immer an mich denkst, wenn du an unglaublichen Sex denkst. Ich werde dich für andere Männer versauen. Du wirst nicht an die Buchstaben S, E oder X denken können, ohne daran zu denken, was ich gerade mit dir mache.«

Er unterstrich seine letzte Aussage, indem er seine Finger fest in mich stieß. Schnell folgte seine Zunge, die von meiner Mitte bis zu meiner Klitoris glitt. Ich stöhnte tief auf. Meine Beine fielen auseinander und mein Körper schmolz in das Bett. Ich wusste, dass er mich von da an nur noch mehr auf Touren bringen würde, aber mein Gott, fühlte er sich gut an.

Seine freie Hand griff nach meiner, verschränkte unsere Finger und legte unsere Hände auf meinem Bauch ab. All meine Gedanken, all meine Sorgen, lösten sich in Luft auf, während Aidan mit mir spielte. Sein Mund und seine Hand arbeiteten zusammen, meine Hüften bewegten sich in seinem Rhythmus, während er mich immer höher und höher in die Stratosphäre schleuderte.

Gerade als ich dachte, er könnte mich nicht noch höher treiben, krümmte er seine Finger in mir und drückte fester zu. Ich schrie auf, als mein Körper von der Klippe sprang. Ich wirbelte im freien Fall ins Nichts, während meine Hüften gegen sein Gesicht, gegen seine Hand stießen und ein Orgasmus nach dem anderen von mir Besitz ergriff.

Die Dunkelheit wurde von Aidan verdrängt, der über mir schwebte und mit seiner Hand meine Wange streichelte. Ich spürte seine Erektion zwischen meinen Beinen, die meine überempfindliche Haut streifte. Meine Hüften wölbten sich ihm entgegen, er stöhnte und schloss die

Augen. Als er sie wieder öffnete, fragte er: »Geht es dir gut?«

»Gott, ja«, hauchte ich. »Du bist unglaublich.«

»Bist du sicher, dass du bereit dafür bist?«

»Ja, absolut sicher.«

Aidan beugte sich hinunter und küsste mich sanft. Er drückte sich auf die Knie und positionierte sich an meinem Eingang. Als er sich wieder über mich beugte, glitt er nur ein kleines Stück in mich hinein, genug, um zu wissen, dass er da war, aber nicht genug. Nicht annähernd genug.

Seine Augen trafen meine, und ich bewegte meine Hüften, um ihn tiefer in mich zu bekommen. Er antwortete mit einer eigenen Hüftbewegung und glitt ein Stück weiter hinein, meine Haut dehnte sich, um seine gewaltige Größe aufzunehmen. Eine weitere Bewegung und er glitt noch ein Stück hinein, dann mehr, und mehr, und mehr.

Ich wusste, dass er es langsam angehen ließ, um vorsichtig mit mir zu sein, aber die Langsamkeit brachte mich um. Ich bewegte meine Hüften erneut, verzweifelt darauf aus, ihn ganz in mir zu spüren, und er verlor die Beherrschung und stieß hart in mich.

Unsere Körper verbanden sich und ich sog die Luft ein, fragte mich, ob ich an seinem Schwanz ersticken könnte. Er fühlte sich noch größer an, als er aussah, aber er passte wie angegossen. Es war das unglaublichste Gefühl, das ich je in meinem Leben erlebt hatte. Ich blickte hinunter und konnte gerade noch sehen, wo unsere Körper sich trafen, sein dunkles Haar, das sich mit meinem helleren vermischte. Sein fester Körper über meinem weichen. Seine leicht gebräunte Haut neben meiner blassen.

Es war das Schönste, was ich je gesehen hatte.

»Jesus, du fühlst dich gut an. Tue ich dir weh?«

»Ich glaube, ich komme gleich wieder«, brach es aus meinen Lippen hervor.

Aidan sah überrascht auf mich herab. »Wirklich?« Ich nickte. »Ich werde mich bewegen, wenn du bereit bist.«

»Gott ja, bitte.«

Aidan zog sich zurück, bis nur noch seine Eichel in mir war, dann glitt er wieder hinein, so langsam, dass ich dachte, ich würde anfangen zu weinen. Er tat es immer und immer wieder, bis ich vor Verlangen wimmerte und vor Lust schmerzte, die gerade außer meiner Reichweite lag.

»Bitte, Aidan, ich brauche deine Hilfe. Bitte bring mich zum Kommen«, wimmerte ich.

Seine mühsam aufrechterhaltene Kontrolle zerbrach, und er stützte sich auf seine Hände, immer noch über mich gebeugt, während er hart in mich stieß. Sein gewaltiger Schwanz traf mich perfekt, mein Körper spannte sich mit jedem seiner Stöße in mich an.

Das Bett bebte mit jedem Stoß seines Körpers gegen meinen. Aidans Arme zitterten von der Kraft, die es ihn kostete, sich über mir zu halten. Seine Muskeln spielten und Schweiß rann seinen Hals hinunter und zwischen seine Brustmuskeln. Ich schlang meine Beine um seine Hüften, und er traf meine neue Lieblingsstelle noch härter. Ich wand mich unter ihm, mein Körper spannte sich an wie eine Schlange, die zum Angriff bereit war.

»Komm schon, Baby, ich brauche dich jetzt. Komm jetzt, Liebling. Genau jetzt«, stieß Aidan hervor, die Worte klangen erstickt aus seiner Kehle. Aber ich brauchte nur in seine Augen zu blicken, die Schwärze seiner Begierde zu sehen, die Anspannung, die er zurückhielt, und die Liebe, und ich zerbarst um ihn herum.

Ein Schrei entfuhr meinen Lippen, mein Körper fühlte sich an, als würde er in zwei Hälften geteilt. Ich klammerte mich an Aidan und hörte, wie mein Name aus seiner Kehle gezerrt wurde, kurz nachdem ich seinen geschrien hatte. Ich roch seinen Schweiß, seine Hitze, unseren Sex an uns. Meine

Zunge schnellte heraus, um eine Schweißperle aufzunehmen, die seinen Hals hinablief, und er brach auf mir zusammen.

Ich hielt ihn fest und fühlte mich von seinem Gewicht auf mir getröstet. Meine Beine waren immer noch um ihn geschlungen, und ich spürte sein Herz im Gleichklang mit meinem schlagen.

»Scheiße, Liebling, tut mir leid, geht es dir gut?«, fragte er und drückte sich von mir weg. Ich hielt ihn so fest, dass ich mich mit ihm aufrichtete, als er versuchte, sich aufzusetzen.

»Geh nicht«, flüsterte ich an seinem Hals.

Er ließ sich wieder auf mich nieder und schmiegte sich an meinen Hals. »Niemals.«

KAPITEL 17

IRGENDWANN IN DER Nacht tauschten Aidan und ich die Plätze, denn am Morgen lag ich größtenteils auf ihm. Als wir das erste Mal die Nacht miteinander verbrachten, waren wir beide noch angezogen, aber in dieser Nacht standen wir gar nicht erst auf, um uns etwas anzuziehen, sodass wir nackt aufwachten.

Und ein nackter Aidan war definitiv etwas, neben dem ich gerne aufwachte.

Es war noch dunkel draußen, als mein Wecker losging. Ich schlug darauf und rollte mich zurück in seine Arme. Er zog mich ganz auf sich und ich setzte mich rittlings auf seine Hüften. Aidans Morgenlatte drückte sich an mich und ich kreiste mit meinen Hüften über ihm, was ihm ein Stöhnen entlockte.

»Du bist teuflisch«, scherzte er.

»Teuflisch würde heißen, dass ich nichts dagegen unternehme. Ich glaube, du hast aus mir einen großen Sex-Fan gemacht.«

»Ach ja?«, neckte er mich und hob meine Hüften, um sich zwischen meinen Schenkeln zu positionieren. Er stützte sich mit einer Hand ab, während er mich mit der anderen langsam auf seinem Schaft hinabgleiten ließ. »Du bist schon ganz feucht. Hast du von mir geträumt?«

»Ich habe dir doch gesagt, du hast mich zu einem Sex-Fan gemacht. Ich glaube nicht, dass ich jemals wieder zu dem zölibatären Leben zurückkehren werde, das ich geführt habe.«

Aidan hielt meine Hüften und ließ mich auf seinem dicken Schwanz auf und ab gleiten. Es fühlte sich gut an, ihn in mir zu haben, etwas, von dem ich nie gedacht hätte, dass ich es wollen würde. »Leg deine Hände auf meine Brust und übernimm die Kontrolle«, sagte er mir. »Benutz mich, damit du dich gut fühlst.«

»Ich will aber, dass du dich auch gut fühlst.«

»Ich bin in dir. Das ist eine Garantie dafür, dass ich mich gut fühle. Hier, leg deine Hände hierhin. Wie fühlt sich das an?«

Ich konnte ihm wegen meines schnellen Atems nicht antworten. Eine einzige Bewegung und ich wäre beinahe wie eine Rakete abgegangen. Ich erhob mich über ihn, hob meine Hüften von seinen und glitt dann wieder auf ihm hinab. Es war wie ein erotischer Ponyritt.

Ich ritt Aidan, und meine innere Verführerin liebte die Kontrolle, aber ich wusste, dass ich nicht lange durchhalten konnte. Mit jedem Stoß schwand meine Kraft, jede Unze meiner Energie floss in den Orgasmus, der sich tief im Feuer meines Innersten aufbaute.

Aidan spürte, wie ich die Kontrolle verlor, und übernahm sie selbst. Seine Finger gruben sich in meine Hüften, als er mich hochhob und wieder auf sich knallen ließ. Er stieß mir mit seinen Hüften entgegen, während ich mich senkte, und traf mich in einem leidenschaftlichen Kuss unserer intimsten Stellen. Mein Körper spannte sich an, mein Atem beschleunigte sich, ich verlor die Kontrolle und mein Kopf fiel nach hinten.

»Das ist es, Baby. Lass es mich fühlen. Lass es mich hören. Komm schon, Claire. Sag es mir. Erzähl mir alles, Baby. Lass los.«

Ich beugte mich wieder über Aidan, meine Nägel bohrten sich in seine Haut, meine Hüften hoben sich höher und unsere Verbindung wurde intensiver. Unsere Körper zuckten immer wieder zusammen, seine Finger trieben meine Hüften an, immer schneller und schneller zu werden. Bis der Damm brach und ich schrie, stöhnte und ächzte, als ich kam. Aidan hob und senkte mich, da meine Muskeln nicht mehr funktionierten, und stieß ein letztes Mal in mich. Als mein Name über seine Lippen floss, ergoss er sich in mich.

Ich sackte in mich zusammen, immer noch auf ihm, aber ich wollte nicht, dass er aus mir herausglitt. Aidan löste seine Finger von meinen Hüften, vergrub sie in meinem Haar und zog mich zu sich herunter. »Du hast mich zu einem Fan von dir gemacht. Du bist verdammt unglaublich.«

»Du bist inspirierend. Und wir kommen zu spät zur Arbeit. Lass uns Zeit sparen und zusammen duschen«, schlug ich vor.

Aidan stöhnte. »Du bringst mich definitiv noch um.«

Nach unserer Dusche und Runde drei teilten wir uns eine Schüssel Müsli und etwas Toast, bevor wir übrig gebliebene Pizza in eine Tüte stopften und uns ein paar Flaschen Wasser, zwei Äpfel und eine Handvoll Kekse schnappten. Wir machten einen kurzen Spaziergang mit Brownie und stürzten dann aus der Tür.

Aidan zog mich zu seinem Auto. »Was machst du da?«, fragte ich.

»Ich stelle sicher, dass ich heute Abend wieder hierherkommen kann. Und ich verstecke meine Gefühle für dich nicht mehr. Ich schaffe es nicht, einen ganzen Tag ohne dich zu küssen, und es ist mir egal, wer es weiß.«

Ich ließ mich für einen Kuss in seine Arme ziehen und setzte mich dann mit unserem gemeinsamen Mittagessen auf dem Schoß in sein Auto.

Aidan hielt während der Fahrt meine Hand, und als wir aus dem Auto stiegen, griff er wieder danach. »Niemand wird sich darüber aufregen, dass wir zusammen sind. Ich glaube, sie haben alle schon eine Weile vermutet, dass es irgendwann passieren würde.«

»Warum sollten sie damit rechnen, dass wir zusammenkommen?«

Aidan drückte meine Hand. »Weil sie im Gegensatz zu dir bemerkt haben, dass ich dich schon seit Jahren anschmachte.«

»Das hast du nicht«, protestierte ich.

Er blieb stehen und zog mich an sich, unsere verschränkten Hände lagen tief auf meinem Rücken. Er beugte sich ganz nah zu mir herunter, seine Lippen nur einen Atemzug von meinen entfernt. Seine Hand umschloss meine Wange und er flüsterte: »Doch, das habe ich ganz bestimmt. Du wolltest mich nur nie als etwas anderes als einen Freund sehen. Sie haben uns alle im Malley's gesehen und wissen, was ich für dich empfunden habe. Sie werden sich freuen, vertrau mir.«

Bevor ich widersprechen konnte, überbrückte er die Distanz zwischen uns und presste seine Lippen auf meine. Sein Daumen streichelte meine Wange und seine Zunge streichelte meine, was mich an dem bereits warmen Morgen noch mehr aufheizte. Ich klammerte mich an ihn, weil ich ihm näher sein wollte. Mein Körper wölbte sich gegen seinen und er knurrte tief und kehlig aus seiner Brust. Eine Hand schloss sich fester um meine, die andere verfing sich in meinem Haar und drehte meinen Kopf so, wie es ihm am besten passte.

Scheinwerferlicht fiel auf uns und wir lösten uns voneinander. Ich sah Jenn grinsen, als sie an uns vorbeifuhr, und schüttelte den Kopf. »Ich schätze, jetzt ist die Katze aus dem Sack«, sagte ich zu Aidan.

»Jep. Schlimmer noch, wenn wir nicht bald da reingehen, werden alle wissen, dass ich dich wieder ins Bett gezerrt habe. Verdammt, vielleicht mache ich es trotzdem«, neckte er mich, drehte sich um und ging zurück zu seinem Auto, wobei er mich hinter sich herzog.

Ich lachte und zerrte an seiner Hand. Er wirbelte mit einem breiten Grinsen im Gesicht herum. »Okay, aber du solltest mich besser bald zur Arbeit bringen, sonst nehme ich dich mit zurück ins Bett und behalte dich dort, bis ich genug von dir habe. Was, da bin ich mir ziemlich sicher, niemals passieren wird. Wir werden in deinem Bett an zu viel Sex sterben. Aber was für ein Abgang …«

Ich lachte wieder und zog ihn in Richtung Flughafen. »Wir sterben nicht. Und wir gehen zur Arbeit. Du versuchst, ein Haus zu kaufen, und ich esse viel zu gerne, um mit dem Arbeiten aufzuhören. Aber du kannst heute Nacht wieder bei Brownie und mir bleiben, wenn du willst. Vielleicht können wir die letzte Nacht wiederholen. Und den heutigen Morgen.«

Aidan wirbelte wieder herum und zog mich in Richtung Auto. Ich warf den Kopf in den Nacken und lachte ihn aus, bis ich Jenns Stimme hinter uns hörte. »Kannst wohl nicht genug von ihr bekommen, jetzt, wo du sie hast, hm, Aidan?«

»Nö. Sag allen, wir sind krank und bleiben den Rest des Tages im Bett«, sagte Aidan.

Jenn lachte und ich verdrehte die Augen. »Wenn ich nicht gesehen hätte, wie ihr vor ein paar Sekunden ineinander verschlungen wart, hätte ich es vielleicht geglaubt. Eigentlich glaube ich schon, dass ihr den ganzen Tag im Bett bleiben würdet, aber bei dem Kranksein bin ich mir nicht so sicher.«

Jenn holte uns schließlich ein, Aidan drehte sich um und wir gingen alle zusammen in den Flughafen. »Ich bin einfach nur froh, dass du sie endlich gekriegt hast. Du wurdest schon ganz schön erbärmlich.«

»Ja, das war ich. Aber sie ist das Warten wert. Ich würde noch einmal drei Jahre warten, wenn es sein müsste, aber das will ich wirklich nicht«, sagte Aidan mit panischer Stimme, als er sich zu mir umdrehte.

Jenn und ich wechselten einen Blick und brachen dann in Gelächter aus. Er war genauso schlimm wie jeder andere Mann, aber er gehörte mir. Und wir wussten beide, dass er nicht annähernd drei Jahre warten würde.

Drinnen freuten sich Bob und Nicole genauso darüber, dass Aidan und ich zusammen waren. Es war seltsam, dass unsere kleine Gruppe in mancher Hinsicht so eng und in anderer wieder nicht war, aber es war schön. Wir waren wie eine kleine Familie, und ich freute mich darauf, mit ihnen zu teilen, wie glücklich ich war. Auch wenn ich das Glück bisher nur an der Oberfläche gekratzt hatte.

Unser Tag verlief ziemlich reibungslos. Aidan und ich waren mit unserer Zuneigung vor den Passagieren diskret, aber er küsste mich während des Mittagessens und hielt meine Hand fest, als wir am Ende des Tages nach Hause fuhren.

Zuhause. Ha! Als ob er bei mir wohnen würde. Ich war wirklich kurz davor, den Verstand zu verlieren.

Mandy rief an, sobald wir wieder in meiner Wohnung waren. Aidan ging mit Brownie Gassi, während ich mit ihr telefonierte. »Bist du nicht gerade erst nach Hause gekommen?«, fragte Mandy, als Aidan gegangen war.

»Ja, vor einer Minute. Warum?«

»Wohnt Aidan jetzt bei dir?«

»Nein, natürlich nicht. Er hat letzte Nacht hier übernachtet und bleibt auch heute Nacht, aber wir wohnen nicht zusammen.«

Mandy verschluckte sich an etwas und hustete mir laut ins Ohr. Als sie wieder Luft bekam, sagte sie: »Ist es nicht im Grunde die Definition von Zusammenwohnen, wenn man alle seine Tage und Nächte miteinander verbringt?«

»Wohnst du also mit Xander zusammen?«, warf ich ihr entgegen.

Sie atmete laut aus und sagte: »Ich gebe auf. Was macht ihr heute Abend?«

»Nichts geplant. Wir müssen morgen arbeiten, aber wir wollten heute Abend nur abhängen.«

»Ausgezeichnet. Kommt vorbei. Ihr beide. Aidan wollte sowieso Xanders Haus sehen, und das ist eine perfekte Gelegenheit für uns, ihn besser kennenzulernen. Weißt du, ohne die ganzen anderen Leute. Außerdem braucht Xander mehr Freunde. Seit er all diese Arschloch-Freunde abgeschossen hat, hat er nur noch Drew zum Abhängen. Er braucht mehr Schwänze in seinem Leben.«

Ich hörte Xander rufen: »Ich brauche keine Schwänze in meinem Leben.« Ich lachte, und Mandy säuselte ihm zu, dass er sich in eine Frau verwandeln würde, wenn er keine Männer zum Abhängen hätte. »Ich zeig dir, was für ein Mann ich bin«, knurrte Xander, lauter als zuvor, sodass ich wusste, dass er in der Nähe war, dann war er am Telefon.

»Mandy muss daran erinnert werden, dass ich mehr als genug Schwanz für sie habe. Wir sehen uns in einer Stunde. Lasst euch Zeit«, sagte Xander, dann war die Leitung tot.

Ich lachte immer noch, als Aidan und Brownie wieder hereinkamen. Aidan gab Brownie seinen Knochen und ich erzählte ihm von meinem Anruf bei Mandy und Xander. »Die klingen nach Spaß. Und sein Haus klang fantastisch. Ich bin dabei, wenn du es auch bist. Aber wir haben eine

Stunde, richtig?«, fragte er, während er mich zum Schlafzimmer zog.

Anderthalb Stunden später fuhren wir mit einem breiten
Lächeln im Gesicht in Xanders Einfahrt. Xander und Mandy
öffneten die Tür mit dem gleichen Lächeln. Die Männer
schüttelten sich die Hände und Mandy zwinkerte mir zu.
»Dein Haus ist der Wahnsinn. Und das ist eine tolle
Gegend«, sagte Aidan.

»Danke. Ich liebe es. Die Nachbarschaft ist schön ruhig,
etwas, das ich gebraucht habe. Ich bin aus der Party-Atmo-
sphäre herausgewachsen, weißt du. Ich mag es, meinen
eigenen Freiraum zu haben.« Mandy schlug ihm auf die
Schulter. »Ich meine, ich teile meinen Freiraum gerne mit
dieser hier«, neckte Xander sie. Er legte seinen Arm um sie
und gab ihr einen schmatzenden Kuss auf die Lippen, den sie
mit einem Lächeln annahm.

»Ich zeige dir am besten das Haus, während die Frauen
reden. Nach Mandys Blick zu urteilen, hat sie etwas zu
sagen, wenn wir weg sind.«

Aidan stimmte zu und folgte Xander in Richtung der
Schlafzimmer, während Mandy und ich in die Küche gingen.

»Heilige Scheiße, du strahlst ja richtig. Ich habe dich noch
nie so gesehen«, flüsterte Mandy mit einem Blick in den
Flur, wo die Männer verschwunden waren.

»Ja, er ist definitiv anders. Aber auf eine gute Art. Aidan
ist der Typ, von dem ich nie dachte, dass ich ihn finden
würde. Er ist im Grunde perfekt.«

Mandy holte vier Weingläser herunter und nahm eine
Flasche Wein aus dem Kühlschrank, wobei sie sich in
Xanders Küche mit einer Vertrautheit bewegte, die nur
jemand haben konnte, der viel Zeit dort verbracht hatte.
Mandy hatte mir erzählt, dass sie und Xander darüber
geredet hatten, dass sie bei ihm einzieht, aber es war noch
nicht offiziell. Obwohl sie ihre Katze schon zu Xander

gebracht hatte. Ich musste mich fragen, wann sie das letzte Mal zu Hause gewesen war.

»Ich bin einfach nur froh, dass du glücklich bist. Er passt gut zu dir.«

Ich nickte und nahm ein Glas Wein von Mandy. »Das ist er. Ich habe sogar mit ihm über BJ gesprochen. Ich habe ihm gestern Abend alles erzählt.«

»Wow«, sagte Mandy schockiert. Ich sprach nie über BJ. Selbst Sam und Addi wussten nur die Grundlagen dessen, was passiert war, nicht alle Details. Mandy wusste alles, da sie bei mir gewesen war. Sie wusste, wie riesig es war, dass ich mit Aidan darüber gesprochen hatte. »Was hat er gesagt?«

»Er wollte ihn umbringen, natürlich. Er hat auch gesagt, dass er so etwas niemals tun würde und hasst es, dass ich das durchmachen musste. Und dann hat er mir bewiesen, wie unterschiedlich sie sind.«

»Was meinst du damit?«, fragte sie verschmitzt, da sie wusste, was ich andeutete, aber wollte, dass ich es aussprach.

»Wir haben letzte Nacht miteinander geschlafen. Und heute Morgen wieder. Und bevor wir hierhergekommen sind.«

»Heilige Scheiße!«, rief Mandy. »Du kleines Biest. Ich bin so stolz auf dich. Heißt das, du genießt Sex jetzt tatsächlich?«

Ich nickte und grinste von einem Ohr zum anderen. »Ich verstehe endlich, wovon ihr immer geredet habt. Aidan ist unglaublich. Er versteht mich, weißt du, und er weiß, wie er mich berühren muss, damit ich mich lebendig fühle. Sex mit ihm ist einfach … Wow. Es ist einfach nur wow.«

Mandy hüpfte in einem kleinen Kreis auf und ab und umarmte mich dann fest, und wir lachten beide wie Schulmädchen. »Ich freue mich so für dich! Jetzt müssen wir nur noch Aidan dazu bringen, ein Haus in dieser Nachbarschaft zu kaufen, und wir können alle Nachbarn sein.«

»Ich glaube, die Idee habe ich ihm schon verkauft, Süße. Er liebt diesen Ort und mag, dass die Nachbarschaft schöne Hinterhöfe und gute Spazierwege hat. Er meinte, das wäre gut für Brownie«, sagte Xander mit einem wissenden Zwinkern.

Ich starrte Aidan mit offenem Mund an, unsicher, was ich sagen sollte. Bedeutete das, dass er darüber nachdachte, ein Haus mit mir im Hinterkopf auszusuchen, dass ich in seine Entscheidung einfließen würde? Was sagte das über unsere Beziehung aus? Oder darüber, was er für mich empfand?

Und warum war ich so aufgeregt, dass er anscheinend plante, mich zu einem festen Bestandteil seiner Welt zu machen?

KAPITEL 18

WIR SAßEN alle an Xanders Esstisch zum Abendessen. Er hatte Barbecue-Hähnchen mit Gemüse gegrillt, und wir tranken Wein und unterhielten uns. Mandy versuchte, Aidan besser kennenzulernen, und Aidan und Xander verstanden sich auf Anhieb wie beste Freunde. Wir stellten uns abwechselnd wahllos Fragen.

»Wenn du alles tun könntest, ohne aufs Geld achten zu müssen, also wenn du im Lotto gewinnen würdest oder so, was würdest du tun?«, fragte Aidan.

»Ach, komm schon, das ist so eine langweilige Frage«, beschwerte sich Xander. »Das will jeder immer wissen, aber in Wahrheit würden wir alle nur auf unseren Ärschern sitzen und fernsehen oder so was.«

»Na ja, ich schätze, damit kennen wir deine Antwort. Ich würde das nicht tun. Ich wäre Beraterin für Kinder. Ich würde in einer Schule arbeiten und Kindern helfen, die kein schönes Zuhause haben oder die missbraucht worden sind. Ich würde ihnen helfen wollen zu verstehen, dass sie nicht allein sind und dass sie die Wahrheit nicht verheimlichen müssen. Ich würde ihnen helfen, mutig genug zu sein, sich der Person zu stellen, die ihnen wehgetan hat.«

Aidans Hand umfasste meine fester, während Mandy sprach. Ich wusste, dass sie so antworten würde. Sie hatte mir immer gesagt, dass sie sich wünschte, sie könnte anderen Mädchen helfen, die so gelitten hatten wie ich, und dass sie sich wünschte, sie wäre mehr für mich da gewesen. Sie war die beste Freundin, die ich je hätte haben können, und ich weiß, dass ich ohne sie nicht stark genug gewesen wäre, Aidan eine Chance zu geben.

»Darin wärst du großartig«, sagte ich zu ihr. »Du hast ein Händchen dafür, Menschen zu helfen.«

»Ich schätze, deshalb bist du so gut im Kundenservice, Schatz«, sagte Xander. »Aber ja, ich kann mir vorstellen, wie du Kindern hilfst. Du hast ein gutes Herz. Ich bin ein Glückspilz, das steht fest.«

Xander zog sie für einen süßen Kuss an sich, und Aidan drückte meine Hand an seine Lippen, bevor er unsere verschlungenen Hände auf meinem Oberschenkel ablegte. »Ich glaube, ich würde reisen. Ich würde mir die Welt ansehen, all die Orte, die ich schon immer sehen wollte, aber zu viel Angst hatte, dorthin zu gehen«, gab ich zu. »Nachdem ich mein Programm zur Prävention von Vergewaltigungen ins Leben gerufen hätte.«

»Welches Programm?«, fragte Xander.

Ich sah erst zu Mandy, dann zu Aidan, etwas verlegen, weil ich keinem von beiden bisher von meiner Idee erzählt hatte. »Ich habe mich damit befasst, ein Programm zur Prävention von Vergewaltigungen zu gründen. Es gibt viele Hilfsangebote für danach, aber ich will die Tat verhindern, bevor sie überhaupt geschieht. Mit Jungs darüber reden, dass sie Mädchen respektieren müssen, und mit Mädchen darüber reden, dass sie für sich selbst einstehen und klug sein sollen. Ich recherchiere gerade dazu. Lexis Firma wird mir eine Finanzierung geben. Ich stelle gerade einen Geschäftsplan zusammen und überlege mir all die Dinge, die ich umsetzen möchte. Ich beschäftige mich mit Selbstverteidigung, Selbstbewusstsein und allgemein klugen Dingen, die Mädchen tun können. Außerdem möchte ich, dass die Jungs verstehen, was Nein bedeutet.«

»Ihr zwei solltet zusammenarbeiten«, neckte Xander uns. »Ihr wärt eine Macht, mit der man rechnen muss.«

Mandy zwinkerte mir zu und ich grinste. Xander kannte offensichtlich meine Geschichte nicht, aber es war schön zu wissen, dass er uns unterstützte.

Aidan schmiegte sich an meinen Hals und küsste mich unterhalb meines Ohrs. »Ich finde, das ist eine großartige Idee. Prävention ist viel besser als … danach. Ich würde alles tun, um jemandem, der mir wichtig ist, diesen Schmerz zu nehmen.«

Mein ganzer Körper erhitzte sich auf eine süße und wundervolle Weise. Es fühlte sich gut an, ihn sagen zu hören, dass ich ihm wichtig war, auch wenn ich es bei jedem Kuss und jeder Berührung spüren konnte.

»Ich habe das Gefühl, dass ich hier irgendwas verpasse«, überlegte Xander und blickte zwischen uns dreien hin und her.

Angst packte mich, aber Mandy lachte nur. »Du fühlst dich nur außen vor, weil Aidan Claire küsst und wir hier nur rumsitzen.«

Wir lachten, als Xander sich vorbeugte, um seine Lippen auf Mandys zu pressen. Sie schlang ihre Arme um seinen Hals und dehnte ihren Kuss aus. Aidan wandte sich wieder mir zu, ignorierte die beiden und fragte: »Wohin würdest du zuerst fahren?«

Sein Daumen rieb an meinem Oberschenkel und lenkte mich von allem ab. Ich brauchte einen Moment, um herauszufinden, wovon er sprach. Dann erinnerte ich mich: Reisen.

»Grand Canyon. Da wollte ich schon immer mal hin. Meine Eltern waren dort in ihren Flitterwochen und haben erzählt, wie wunderschön es war. Sie wollen wieder hinfahren, sobald mein Dad in Rente geht. Es hört sich einfach wie ein cooler Ort an, den man besuchen sollte.«

Ich war damit aufgewachsen, in den alten Fotoalben meiner Eltern zu blättern. Zwischen ihrem Hochzeitsalbum und all den Bildern, die sie in ihren Flitterwochen gemacht hatten, verbrachte ich Stunden damit, die ersten paar Wochen ihrer Ehe durchzugehen. Meine Mutter wurde auf dieser Reise mit meiner Schwester schwanger, was ich unglaublich romantisch und ein bisschen eklig fand. Ich meine, ernsthaft, wer will schon darüber nachdenken, dass die eigenen Eltern Sex haben?

Meine Mutter erzählte Rebecca und mir alles über ihre Flitterwochen, über das Campen im Grand-Canyon-Nationalpark und den Aufenthalt im nahe gelegenen Flagstaff. Wenn sie zurückfahren, planen sie, nicht zu campen, aber sie wollen den Grand Canyon wieder sehen. Ich dachte immer, dass eine Tour durch diese Gegend Spaß machen würde, um den Ort zu sehen, an dem meine Eltern so glücklich waren und zum ersten Mal Leben schufen.

»Wenn ich verreisen würde, würde ich nach Hawaii fliegen. Es scheint ein lustiger Ort zum Feiern zu sein. Ich stelle mir vor, es wäre schwer, in Hawaii zu sein und das Gefühl zu haben, dass irgendwas in seinem Leben nicht stimmt«, sagte Xander, löste sich endlich von Mandy und schaltete sich wieder ins Gespräch ein.

»Da war ich mit meiner Familie, als ich in der Highschool war. Mein Dad hat aus irgendeinem Grund einen großen Bonus bekommen, und meine Mom wollte da schon immer hin. Es war ziemlich cool. Natürlich ist es als Highschool-Kind nicht so toll, mit den Eltern im Urlaub zu sein, aber ich habe ein paar Leute zum Abhängen gefunden«, erzählte uns Aidan.

»Du meinst, du hast ein Mädchen kennengelernt und ein bisschen Ärger bekommen«, interpretierte Xander.

Aidan errötete und sah mich an. »So schlimm war es nicht«, ruderte er zurück. Seine Augen suchten meine und versuchten herauszufinden, ob er mich verärgert hatte. Ich lächelte ihn an und schüttelte den Kopf. Ja, ich war ein bisschen eifersüchtig, das gebe ich zu, aber es war lange her, und ich konnte ihm nichts vorwerfen, was er in der Highschool getan hatte.

»Ich würde aber sofort wieder hinfahren. Wir waren auf Oahu am Waikiki Beach und das Surfen war cool, der Strand war fantastisch und die Leute waren lustig. An einem Abend waren wir bei einem Luau, und das war der Hammer. Die wissen da drüben auf jeden Fall, wie man eine Party schmeißt.«

»Wir sollten alle eines Tages hinfahren. Urlaub machen«, sagte Mandy fröhlich. Sie lächelte, aber ich spürte, wie Panik in meinem Nacken aufstieg. Nein, Moment, das war nur Aidans Hand. Trotzdem bekam ich langsam Panik. In ein Flugzeug zu steigen, war immer noch nicht Teil meiner Welt. Ja, ich weiß, ich arbeitete an einem Flughafen. Es war ironisch, und es war beschissen.

Mandy sah schließlich mein Gesicht an und begriff, dass sie etwas gesagt hatte, was sie nicht hätte sagen sollen. Sie wechselte schnell das Thema und fragte Aidan: »Was hältst du von dem Haus? Hat Xander das nicht toll gemacht?«

Er griff den Themenwechsel schnell auf, während Xanders Kopf wie der einer Wackelkopf-Figur hin- und herwippte. Zweifellos war er verwirrt, aber das war mir im Moment recht. Ich war mir ziemlich sicher, dass Mandy ihm die abgeschwächte Version meiner Vergangenheit erzählen würde, nachdem wir gegangen waren. Ich hoffte nur, dass das nicht bedeuten würde, dass er mich danach mit Samthandschuhen anfassen würde.

»Das Haus ist fantastisch. Und ich liebe die Nachbarschaft. Wir sind an ein paar Häusern vorbeigefahren, die zum Verkauf standen. Ich habe bald genug für eine Anzahlung zusammen und hoffe, dass ich bald etwas finden kann.«

»Was für ein Haus suchst du denn?«, fragte Xander und schaltete in den Baumodus. Als Elektriker konnte er ein Haus mit geschlossenen Augen neu verkabeln und hatte in seiner Firma eine Truppe von Jungs, die immer bereit waren, bei allem zu helfen, was Xander nicht selbst erledigen konnte. Mandy sagte, er schien ungeduldig darauf zu warten, wieder etwas in die Hände zu bekommen, und dass er Aidan wahrscheinlich bei jeder Gelegenheit helfen würde, wenn Aidan ein Haus in der Nähe kaufte.

»Auf jeden Fall ein eingezäunter Garten, damit Brownie rausgehen und rennen kann, ohne dass wir uns Sorgen machen müssen. Ich denke, drei oder vier Schlafzimmer wären gut, eine schöne Küche und ein schöner Essbereich und ein großes Wohnzimmer. Meine Couch jetzt ist ziemlich klein und ich' hätte gerne etwas, worauf ich mich ausstrecken kann. Die von Claire's ist perfekt«, sagte er.

Ich saß da und starrte ihn an, wieder einmal schockiert, dass er Brownie und mich in seine Hauspläne einbezog. Und vier Schlafzimmer? Hieß das, er wollte so viele Kinder?

Plötzlich wurde es hier drin heiß. Ich sprang vom Stuhl auf und stürmte ins Badezimmer; ich hörte, wie sie alle nach mir riefen, aber es war mir egal.

Ich schloss die Tür hinter mir ab und starrte mein Spiegelbild an. Aidan plante seine Zukunft so, dass ich ein Teil davon sein sollte. Er hatte mir noch nicht einmal gesagt, dass er mich liebte, und redete schon vom Zusammenziehen, oder zumindest klang es so. Ein Teil von mir fühlte sich wie eine Heuchlerin, denn ich hatte mir meine Zukunft auch mit ihm ausgemalt und die Worte ebenfalls nicht gesagt, aber ich fühlte sie. Dessen war ich mir sicher.

Ich spritzte mir kaltes Wasser ins Gesicht und versuchte, einen klaren Kopf zu bekommen. Könnte Aidan in mich verliebt sein? War das möglich? Ich wusste, dass er anders war, als BJ es je gewesen war, und ich wusste, dass es neu und aufregend war, mit ihm zusammen zu sein, und besser, als ich es mir je mit einem Mann hätte vorstellen können. Wir' hatten ein paar Mal die Nacht miteinander verbracht und planten, das auch weiterhin zu tun. War es wirklich so ein großer Schritt, dass wir zusammenzogen?

Nein. Es ging nicht nur ums Zusammenziehen. Es ging darum, gemeinsam ein Haus zu kaufen. Oder besser gesagt, Aidan kaufte ein Haus, und ich wohnte bei ihm. Ich wäre seine Mitbewohnerin, aber mit gewissen Vorzügen. Würde er erwarten, dass ich die Hälfte seiner Hypothek bezahlte? Was, wenn es nicht klappen würde? Was, wenn ich das Haus hassen würde?

Plötzlich wurde es zu viel. Ich kam mir langsam wieder wie die Dramaqueen vor, die ich früher war. Das Erste, was ich wissen musste, war, ob Aidan in mich verliebt war, ob er für mich dasselbe empfand wie ich für ihn. Alles andere würde danach kommen.

Als ich endlich aus dem Bad kam, war die Küche aufgeräumt und die drei standen redend an der Haustür. »Aidan hat gesagt, ihr müsst morgen früh zur Arbeit und müsstet los. Ich wette, Brownie fragt sich schon, wo ihr seid«, sagte Mandy. Sie starrte mich an, als würde sie versuchen, meine Gedanken zu lesen, als könnte sie herausfinden, was los war, wenn sie nur angestrengt genug hinsah.

»Ja, er' hat recht. Danke für das Abendessen, Leute. Wir hatten einen tollen Abend. Hoffentlich können wir das bald wiederholen.«

Mandy umarmte mich fest, während die Männer sich die

Hände schüttelten. Aidan versprach, Xander anzurufen, wenn er sich Häuser ansehen würde, und Mandy flüsterte mir zu, ich solle sie anrufen, wann immer ich könne, um zu erklären, was los sei. Ich nickte, dann drehte ich mich um und umarmte Xander, während Mandy Aidan umarmte.

Die Fahrt zurück zu meiner Wohnung war still. Aidan spürte, dass ich nicht ganz in Ordnung war, aber er wollte entweder warten, bis wir drinnen waren, um zu reden, oder er wollte einfach nur fliehen.

Ich schloss die Tür auf, und er sagte: »Geh dich umziehen oder duschen oder was auch immer du willst. Ich' gehe mit Brownie Gassi. Du entspann dich einfach.«

Ich nickte, da ich nicht die Energie hatte zu widersprechen, dass er mein Hund war und ich mich um ihn kümmern musste. Ach, was soll's, es war egal. Ich war müde, und es war schön, jemanden zu haben, der half.

Die Tür fiel leise hinter ihnen ins Schloss, und ich ging in mein Schlafzimmer. Ich zog meine Kleider aus und ging unter die Dusche, in der Hoffnung, dass der Dampf meinen Kopf freimachen würde.

Nach viel zu langer Zeit drehte ich die Dusche ab und zog mich an. Aidan saß auf der Couch, Brownie zu seinen Füßen zusammengerollt. Er sah sich das Yankees-Spiel an, schaltete es aber aus, als ich ins Zimmer kam. Aidan's Augen folgten mir, als ich den Raum durchquerte und mich schließlich neben ihn setzte.

»Es tut mir leid«, sagte er ohne Umschweife. »Ich schätze, ich sollte euch nicht in meine Pläne einbeziehen, aber ich kann nicht anders, als euch darin zu sehen. Es ist aber nicht richtig von mir, das vor deinen Freunden anzusprechen. Es hat dich offensichtlich aufgeregt, und das war nicht meine Absicht.«

Ich atmete tief durch und versuchte, einen guten Weg zu finden, ihm zu erklären, was ich dachte und wie ich mich fühlte, ohne dass es so klang, als würde ich ihn anflehen, mir zu sagen, dass er mich liebte. Ich wollte, dass diese drei kleinen Worte von ihm kamen, wenn er bereit dazu war, nicht wenn ich ihn dazu zwang.

»Ich bin nicht böse, dass du' Brownie und mich berücksichtigst. Um ehrlich zu sein, bin ich davon sogar ziemlich gerührt. Ich' habe auch über die Zukunft als etwas Gemeinsames nachgedacht. Ich schätze, meine Sorge ist, dass wir' erst seit Kurzem zusammen sind und wir haben nicht gesagt… Ich meine, wir haben über all das nicht gesprochen. Es fühlt sich einfach so an, als würdest du' Pläne ohne mich machen, Pläne, mit denen ich vielleicht einverstanden wäre, aber wir' reden nichts durch, was es mir leichter machen würde, dorthin zu gelangen.«

Aidan musterte mich ein paar Minuten lang, sein Gesicht war unleserlich. Während er ruhig und gefasst war, war ich ein Nervenbündel. Wir saßen nebeneinander, aber ohne uns zu berühren, unsere Hände lagen beide auf der Couch zwischen uns, aber keiner von uns machte Anstalten, nach der Hand des anderen zu greifen. Mein Herz begann langsam in Richtung meiner Zehenspitzen zu rutschen, als ich mich fragte, ob dies das Ende war. Ob es vorbei war, weil ich mir Sorgen machte, dass er eine Zukunft plante, von der er mir nicht gesagt hatte, dass er sie wollte.

Dann beugte er sich vor und küsste mich. Heftig. Seine Lippen pressten sich auf meine, seine Zunge suchte Einlass in meinen Mund. Eine Hand vergrub sich in meinem Haar und die andere zog mich unter sich. Er lehnte seinen Körper über meinen und legte sich zwischen meine Beine, während ich zu begreifen versuchte, was zum Teufel hier geschah.

Mein Körper reagierte sofort auf ihn. Ein leises Stöhnen entwich meinen Lippen, als seine Hand über meine Brust strich. Er stieß seine Hüften gegen meine und traf mich an der perfekten Stelle, genau wie in der ersten Nacht, die wir auf meiner Couch verbracht hatten.

Aidan wich plötzlich zurück und sah auf mich herab. »Genau hier, auf dieser Couch, habe ich gewusst, dass du für immer in meinem Leben sein würdest. Genau hier habe ich zum ersten Mal deinen Körper an meinem gespürt und gewusst, dass sich kein anderer Körper jemals richtig anfühlen würde, niemals richtig sein würde. Genau hier habe ich beschlossen, dass ich alles tun würde, um dich für immer zu meiner zu machen. Und genau hier werde ich dir zum ersten Mal sagen, dass ich dich liebe. Ich liebe dich mit allem, was ich bin, und das schon seit Langem. Ich' weiß es schon eine Weile, aber ich wusste, du würdest ausflippen, wenn ich es dir sage. Ich habe Xander vorhin gesagt, dass ich es dir heute Abend sagen würde, aber ich war so in die Aufregung wegen des Hauses vertieft, dass ich' nicht nachgedacht habe. Es' tut mir leid, dass ich dir nicht gesagt habe, dass ich dich liebe, bevor ich Xander und Mandy erzählt habe, dass ich ein Haus kaufen werde, das du auch liebst.«

Tränen liefen mir aus den Augen und kullerten auf die Couch unter mir. Nie zuvor hatte ein Mann diese Worte zu mir gesagt, außer mein Vater und mein Schwager. Ich wusste, dass ich nie vergessen würde, wie er es sagte.

»Woher wusstest du, dass ich deswegen aufgebracht war?«

»Weil ich dich liebe. Ich kenne dich besser, als du denkst, vielleicht sogar manchmal besser als du dich selbst. Ich habe den panischen Blick auf deinem Gesicht gesehen, als Xander etwas sagte, nachdem er mir die Tour gegeben hatte, und als ich es erwähnte, bist du so ausgerastet, dass du davonge-laufen bist. Ich wusste, es lag nicht daran, dass du die Idee nicht mochtest, sondern daran, dass du dir Sorgen gemacht hast, es wäre zu viel zu schnell. Und dass du mir gesagt hast, wir hätten Dinge nicht gesagt, nun, das hat es mir bestätigt.«

»Ich will nicht, dass du es sagst, weil du das Gefühl hast, du musst…«

»Ich würde dir niemals etwas sagen, das nicht die Wahrheit ist. Ich liebe dich, Claire Murphy. Mit jedem Schlag meines Herzens. Und ich möchte ein Haus kaufen, das du liebst, weil ich möchte, dass du es mit mir teilst.«

»Danke. Ich weiß gar nicht, was ich sagen soll. Ich… bin ein bisschen überwältigt. Und ich will das Haus auch mit dir teilen, aber ich' habe nicht die Ersparnisse, die du hast. Ich' würde mich nicht wohlfühlen, auf deine Kosten zu leben.«

»Das' klären wir alles später, Schatz. Im Moment möchte ich dich nur ins Bett bringen und mit der Frau, die ich liebe, schlafen. Ist das in Ordnung?«

Ich nickte. »Ja, und Aidan?«

»Hmm?«

»Ich liebe dich.«

Sein Grinsen verriet mir, dass er es nicht zu hoffen gewagt hatte, aber genauso glücklich war wie ich', als ich diese Worte gehört hatte. »Danke«, flüsterte er, während er sich an mein Ohr schmiegte. Dann gingen wir ins Schlafzimmer und zeigten einander, wie viel diese drei kleinen Worte wirklich bedeuteten.

KAPITEL 19

AIDAN und ich verbrachten den nächsten Monat damit, wie verrückt zu arbeiten und uns Häuser anzusehen. Oh, und wir liebten uns bei jeder sich bietenden Gelegenheit. Er kündigte seine Wohnung und zog bei Brownie und mir ein, während wir auf Haussuche waren. Meine Eltern und Freunde hielten uns für verrückt, aber für uns ergab es Sinn, so viel Geld wie nur möglich für einen Hauskauf zu sparen.

Ich war ziemlich schnell Feuer und Flamme für Aidans Idee und liebte die Vorstellung von einem Haus für uns. Brownie würde einen Garten lieben, und falls wir jemals Kinder hätten, wäre es für sie auch schön. Natürlich führten wir viele ernste Gespräche, aber unsere Beziehung war immer noch unbeschwert und einfach. Ich konnte mir kaum vorstellen, an welchem Punkt es mit Aidan kompliziert werden würde.

Seine Maklerin rief an einem Donnerstag an, während wir bei der Arbeit waren, und fragte, ob wir uns am Nachmittag treffen könnten, um ein Haus zu besichtigen. Es war gerade erst auf den Markt gekommen, und sie war sich ziemlich sicher, dass es das war, wonach wir suchten. Aidan stimmte zu, und wir hielten bei der Wohnung an, um Brownie rauszulassen, bevor wir in Xanders Viertel fuhren, um uns das neueste Haus anzusehen.

Wir hatten uns bereits drei Häuser in der Nähe von Xander und Mandy angesehen, ein paar in der Nähe meiner Eltern, einen Haufen am Stadtrand und sogar ein paar Reihenhäuser. Aidan und ich waren uns beide einig, dass uns ein Reihenhaus zwar mehr Platz als meine Wohnung bieten würde, es aber nicht das war, was wir wirklich wollten. Wir brauchten ein Zuhause mit Platz für Brownie zum Herumtoben, einen Ort, in den wir hinein-wachsen konnten.

Wir achteten immer noch sehr darauf, wie viel wir ausga-ben. Als Aidan seiner Maklerin sagte, dass wir das Haus gemeinsam kaufen würden, versuchte sie, das Budget zu erhöhen, da es mit zwei Einkommen nicht so eine große Belastung sein würde, aber wir blieben bei dem, was wir ausgeben konnten, hart. Es gefiel ihr nicht, aber sie hielt sich an Aidans ursprüngliches Budget.

Als wir in das Viertel fuhren, überkam mich wieder dieses überwältigende Gefühl, zu Hause zu sein. Es war, als ob mir etwas sagte, dass wir in diesem Viertel sein sollten, als ob es das Richtige für uns wäre. Ich behielt es für mich, weil ich nicht wollte, dass Aidan dachte, ich würde nicht in Betracht ziehen, woanders zu leben. Schließlich war dies eigentlich immer noch sein Haus. Er leistete den Großteil der Anzahlung und sein Einkommen würde die meisten Rechnungen bezahlen, da er mehr Überstunden machte als ich.

Aber es war schön, bei all dem miteinbezogen zu werden.

Wir fuhren in die Einfahrt des Hauses, von dem Ann uns erzählt hatte, und mir klappte die Kinnlade herunter. Es war ein alter Backstein-Bungalow mit einer Veranda, die sich über die gesamte Vorderseite des Hauses erstreckte. Rechts war eine Doppelgarage angebaut, und riesige Eichen bedeckten das Grundstück.

Es fühlte sich an wie etwas direkt aus einem Märchen.

Aidan und ich stiegen aus dem Auto und gingen händchenhaltend zur Haustür, mit einem identischen Lächeln auf unseren Gesichtern. Ann öffnete die Tür von innen, ihr Lächeln passte zu unserem. »Ich glaube, dieses hier wird euch gefallen. Es ist ein wenig renovierungsbedürftig, aber nicht so schlimm. Kommt rein und seht es euch an«, sagte sie.

Wir traten auf breite Eichenholzdielen, die sich so weit erstreckten, wie ich sehen konnte. Wir standen in einem Eingangsbereich mit einem Schrank auf der rechten und dem Esszimmer auf der linken Seite. Geradeaus konnte ich das Wohnzimmer sehen und Panoramafenster, die auf den eingezäunten Garten blickten.

»Gehen wir durch das Esszimmer«, schlug Ann vor. Wir folgten ihr in das grau gestrichene Esszimmer. Große Fenster ließen viel Tageslicht herein, und der Raum war groß genug für mindestens zehn Personen, nach dem Tisch der jetzigen Besitzer zu urteilen.

Als Nächstes kam die Küche, und ich konnte sehen, wo der Renovierungsbedarf lag. So schön das schlichte Esszimmer auch war, so mangelhaft war die Küche. Die Schränke waren veraltet und beschädigt. Bei einigen fehlten die Türen, und andere ließen sich laut Ann nicht mehr öffnen. Mein Herz sank mir in die Hose, als ich das Ausmaß der erforderlichen Arbeiten erkannte. Ich hatte genug Renovierungssendungen im Fernsehen gesehen, um zu wissen, dass Küchenrenovierungen teuer waren, und im Kopf begann ich alles zusammenzurechnen.

Das Wohnzimmer war genauso schön wie das Esszimmer mit den gleichen Eichenholzböden, stahlblauen Wänden und viel Platz für die große Couch, auf die Aidan hoffte. Vom

Wohnzimmer ging ein Flur ab, der zu den vier Schlafzimmern führte. Die ersten beiden waren in gutem Zustand, aber die letzten beiden bedurften einiger Arbeit. Beide waren mit altem Teppichboden ausgelegt, aber Ann versicherte uns, dass sich darunter der Holzboden befand. Die beiden Badezimmer waren in einem ordentlichen Zustand, könnten aber definitiv eine Modernisierung vertragen.

Nachdem die Küche fertig war.

»Ich glaube, es könnte ein zu großes Projekt sein«, sagte ich und wollte sichergehen, dass Aidan wusste, dass es nicht so einfach war, wie er es sich vorgestellt hatte.

»Aber es ist großartig, abgesehen von der Küche, den Schlafzimmern und den Bädern. Die Lage ist super und das Haus insgesamt ist genau das, was wir wollten.«

»Ich weiß, Süßer, aber ich mache mir Sorgen, uns so viel aufzuhalsen. Du arbeitest schon wie verrückt, und dieses Haus wird eine Menge Arbeit sein. Ich weiß, Xander würde helfen, aber es wird einige Dinge geben, für die du jemanden beauftragen müsstest«, sagte ich.

»Vielleicht kann ich da helfen. Dieses Haus liegt 50.000 $ unter eurem Budget. Die Besitzer wissen, dass eine Menge Arbeit zu tun ist, und sie haben einfach nicht die Kraft dazu. Es ist ein älteres Ehepaar, das dieses Haus gebaut hat, hier seine Kinder großgezogen hat und jetzt bereit ist, an einen Ort zu ziehen, an dem es nicht so viel zu tun gibt.«

»50.000 $? Wirklich?«, fragte ich, da ich wusste, dass wir für so viel Geld jemanden für fast alles beauftragen konnten.

»Ja. Und wenn dein Freund bei einigen Dingen helfen kann, könnt ihr für dieses Geld den Rest problemlos von jemand anderem erledigen lassen. Ich würde empfehlen, den Teppich selbst herauszureißen und die Abrissarbeiten allein in Angriff zu nehmen, aber beauftragt jemanden für alles, was dein Freund nicht machen kann. Es ist ein großartiges Haus. In dem Viertel, das ihr wolltet. Und es hat fast alles, was ihr euch gewünscht habt. Das Einzige, was es nicht hatte, war ein Schuppen im Garten.«

»Ich liebe es. Ich finde, es ist perfekt. Claire, was meinst du? Wir können jetzt ein Angebot machen. Den vollen Preis. Und wir haben trotzdem noch einen großen Puffer. Ist es das?«

Ich sah mich im Wohnzimmer um und blickte in den Garten. Ich konnte mir Aidan vorstellen, wie er dort hinten Brownie einen Ball zuwarf, Steaks für unsere Freunde grillte und unsere Kinder jagte. Ich konnte die Rufe unserer Familie hören, während wir im Wohnzimmer Spiele spielten, und das Lachen, wenn wir einen Film schauten. Es gab keinen Zweifel in meinem Kopf, dass wir endlich das perfekte Zuhause gefunden hatten.

Ich drehte mich mit einem Lächeln zu Aidan um und nickte. Er stieß einen Jubelschrei aus, hob mich in seine Arme und wirbelte mich herum. Er küsste mich fest, seine Lippen schlossen sich über meine, als er mich an sich zog. Er löste sich von mir und sagte: »Wir nehmen es«, ohne seinen Blick von meinem abzuwenden.

Und einfach so hatten wir unser Zuhause gefunden.

Ein paar Stunden später zurück in meiner Wohnung, nachdem ich mehr Papiere unterschrieben hatte, als ich mir beim Kaufangebot für ein Haus jemals hätte vorstellen können, öffnete Aidan eine Flasche Wein zum Feiern. Wir würden erst in ein oder zwei Tagen von den Verkäufern hören, aber wir waren uns ziemlich sicher, dass alles klappen würde, also feierten wir schon einmal.

Nach dem Abendessen zog mich Aidan auf die Couch und sagte, er wolle mit mir über etwas sprechen. Er war nervös, zappelte mit den Händen und sein Bein wippte auf und ab. Das machte mich nervös. Ich dachte nicht, dass er am selben Tag, an dem wir ein tolles Haus zum gemeinsamen Kauf gefunden hatten, mit mir Schluss machen würde, aber ich hatte keine Ahnung, was los war, und das machte mich nervös.

»Spuck es einfach aus, Aidan. Du machst mich wahnsinnig.«

»Ich habe eine Überraschung. Ich habe versucht, einen guten Weg zu finden, es dir zu sagen, aber ich habe … Ich weiß nicht, wie ich es dir sagen soll, aber ich freue mich darüber. Ich hoffe nur, du tust es auch.«

»Worüber aufgeregt, Aidan?« , fragte ich. Mein Herz schlug schneller und meine Aufregung stieg. Es klang, als hätte er mir etwas Gutes zu erzählen, etwas, worüber ich mich freuen würde. Etwas, das gut wäre. Natürlich war ich verwirrt, dass er nervös war, mir etwas Gutes zu erzählen, aber vielleicht war er sich einfach nicht sicher, ob ich Überraschungen mochte.

»Wir fliegen zum Grand Canyon. Ich habe eine Reise gebucht. In ein paar Tagen geht es los und wir bleiben eine Woche. Ich habe Hotelreservierungen und einen Hubschrauberrundflug über den Grand Canyon geplant und-«

»Warte, du hast was getan?«

»Schatz, ich weiß, wie du über das Fliegen denkst, aber du klangst so begeistert davon, zum Grand Canyon zu reisen, als wir bei Xander und Mandy waren, und ich dachte einfach, das würde Spaß machen. Ich habe gleich am Tag, nachdem wir letzten Monat mit ihnen zu Abend gegessen haben, mit der Planung angefangen.«

Mein Puls pochte mir in den Ohren und mein Herzschlag schnellte in die Höhe. Ich konnte nicht glauben, dass er es für eine gute Idee hielt, so viel Geld auszugeben, aber es ging um so viel mehr als das. Er kannte meine Vergangenheit. Er wusste, wie ich über das Fliegen dachte. Er wusste, welche panische Angst ich hatte.

Und trotzdem buchte er einen Flug, ohne es mir zu sagen.

»Wie konntest du das tun? Wie konntest du nur nicht mit

mir darüber reden? Ich kann nicht in ein Flugzeug steigen. Das habe ich dir gesagt. Ich will ihm nicht begegnen. Das nicht tun. Ich kann nicht glauben, dass du nie daran gedacht hast, was ich will.«

Wie betäubt stolperte ich aus meiner Wohnung, rannte die Treppe hinunter und hetzte über den Parkplatz. Aidan rief mir nach, aber ich lief weiter. Ich musste von ihm weg.

Als ich durch die Tür von Beiß mich! stürmte, fand ich Charlie und Lexi am Ende der Theke im Gespräch. Sie sahen mir nur einmal ins Gesicht, dann umringten sie mich und zogen mich zu einem Tisch.

»Was ist passiert?«, fragte Lexi. Charlie verschwand hinter der Theke und brachte mir dann zwei Cupcakes und eine Flasche Wasser. Ich lächelte ihr dankbar zu und atmete tief durch.

Das waren zwei Frauen, die mir wichtig waren. Frauen, die ich als Freundinnen betrachtete. Frauen, die nichts über meine Vergangenheit wussten oder warum ich so aufgebracht war, dass Aidan mir Flugtickets für meinen Traumurlaub gekauft hatte.

Ach, zur Hölle, ich war zu ihnen gegangen, also sollte ich besser reden, dachte ich.

»Als ich in der Highschool war, fuhr ich mit meinem Freund und seiner Familie in die Frühlingsferien. Während wir dort waren, hat er mich vergewaltigt, als seine Eltern eines Abends zum Essen ausgingen.«

»Oh mein Gott, Claire«, rief Charlie aus. »Das tut mir so leid.«

»Wow, wie schrecklich. Der erste Mann, dem du vertraut hast«, fügte Lexi leise hinzu.

Lexi hatte den Nagel auf den Kopf getroffen. Sie verstand, wie ich mich fühlte, ohne dass ich es erklären musste. Ich hoffte, sie hatte nie dasselbe durchgemacht, konnte aber nicht umhin, mich zu fragen, ob es so war, so schnell, wie sie genau erfasst hatte, wie ich mich gefühlt hatte.

»Ja, es war schrecklich. Aber seitdem kann ich nicht mehr in ein Flugzeug steigen. Mein Ex ist natürlich aus meinem Leben verschwunden, aber ich habe diese wahnsinnige Angst, dass er in einem Flugzeug sein wird, wenn ich fliege. Dass er mich irgendwie finden wird, obwohl ich eine einstweilige Verfügung gegen ihn habe. Ich weiß, es ist verrückt, aber … na ja, jedenfalls bin ich seitdem nicht mehr geflogen. Aidan weiß das alles und er versteht auch, warum, aber er hat uns Flugtickets zum Grand Canyon gekauft.«

Lexi und Charlie wechselten einen Blick. Es war einer dieser Blicke, der mir sagte, dass sie mich für verrückt hielten. Sie schienen ein stummes Gespräch zu führen, eines von denen, bei denen beste Freundinnen Blicke statt Worte austauschen und sich irgendwie verstehen. Mandy und ich hatten viele solcher Gespräche, besonders als wir während des Studiums zusammenwohnten.

»Okay, ich muss fragen. Geht es hier um das Geld oder um deine Flugangst?«, fragte Charlie schließlich.

»Also, vom Geld bin ich nicht begeistert, weil wir ein Haus kaufen wollen, aber das größere Problem für mich ist das Fliegen. Er weiß, wie viel Angst ich habe, in ein Flugzeug zu steigen. Ich weiß einfach nicht, warum er mir das antun würde.«

»Ich glaube, das ist das Erste, was du herausfinden musst. Warum würde er diese Reise buchen? Hat er davon gesprochen, dorthin zu wollen?«

Ich schüttelte den Kopf und biss in meinen Cupcake. Ich kaute und versuchte, mich zu beruhigen. »Ich habe ihm gesagt, dass ich reisen würde, wenn ich im Lotto gewinne, und der erste Ort, an den ich reisen würde, wäre der Grand Canyon.«

Sie wechselten einen weiteren Blick und ich begann mich

zu fragen, ob ich den Verstand verlor. Habe ich überreagiert? War ich lächerlich? War es mir wichtig, was sie dachten?

So fühlte ich nun einmal. Ich war diejenige, die Flugangst hatte, und als der Mann, der mich liebte, sollte Aidan das respektieren. Stattdessen fühlte es sich an, als würde er meine Gefühle abtun.

Um etwas Fantastisches für mich zu tun.

Oh, verdammt.

»Ich will hier nicht wie eine Zicke klingen, Claire, aber ich würde es lieben, wenn ein Mann das für mich tun würde. Das muss so ziemlich das Süßeste überhaupt sein. Ich verstehe, warum du aufgebracht und verängstigt bist, aber wenn du Aidan gesagt hast, dass du dorthin willst, und er es möglich gemacht hat, wie kannst du dann auf ihn sauer sein?«, verteidigte Charlie Aidan.

Ich stieß einen schweren Atemzug aus. Vielleicht verstand sie es nicht.

»Ich bin sauer, weil ich mir wünschte, er hätte mit mir geredet. Vielleicht ist es egoistisch, aber ich habe das Gefühl, er zwingt mich, mich etwas zu stellen, dem ich noch nicht gewachsen bin.«

»Oder vielleicht denkt er einfach, dass du stark genug sein wirst, dich dem zu stellen, wenn er bei dir ist. Er liebt dich und er versucht, dich glücklich zu machen, indem er das Einzige tut, was du nie für dich selbst tun würdest. Ja, er drängt dich, aber er drängt dich, etwas zu tun, von dem er weiß, dass du es lieben würdest«, sagte Lexi. »Außerdem arbeitest du an einem Programm, das Mädchen helfen soll, die dasselbe durchgemacht haben wie du, Prävention und Nachsorge. Er denkt wahrscheinlich, wenn du bereit bist, das zu tun, bist du auch bereit, dich deinen anderen Ängsten zu stellen. Deine Dämonen endgültig zu verjagen.«

Nachdenklich aß ich meinen ersten Cupcake auf. Diese Frauen waren wahre Freundinnen, denn sie sagten mir nicht nur, was sie dachten, was ich hören wollte, sie sagten mir die Wahrheit.

»Warum bin ich hierhergekommen?«, fragte ich und wollte mich über sie ärgern.

»Weil du wusstest, dass wir dir die Wahrheit sagen und dir den Rat geben würden, den du nicht hören wolltest. Oh, das und weil es der einzige Ort ist, den du zu Fuß erreichen konntest und der auch die besten Cupcakes der Stadt anbietet«, scherzte Lexi.

Ich lachte und machte mich an meinen zweiten Cupcake. »Ein Glück, dass ich euch beide liebe. Und dass ihr mich mit guten Ratschlägen und Cupcakes versorgt.«

Sie lächelten und leisteten mir Gesellschaft, während ich meinen Cupcake aufaß. Lexi erzählte mir von einem Projekt, an dem sie arbeitete, und Charlie berichtete uns, wie es mit dem Laden lief. Glücklicherweise hatte sie bisher Glück und der Laden lief gut. Ich glaube, Beiß mich! nicht mehr in Gehweite zu haben, würde der schwierigste Teil des Umzugs werden.

Charlie schloss ab, als ich meinen Cupcake aufgegessen hatte, und Lexi setzte mich zu Hause ab, damit ich nicht allein im Dunkeln laufen musste.

Ich stieg die Treppe hinauf, unsicher, was ich auf der anderen Seite der Tür vorfinden würde.

KAPITEL 20

ICH ÖFFNETE die Tür zu meiner Wohnung und lief geradewegs gegen eine Wand. Eine Wand mit Armen. Schon wieder.

Aidan.

»Es tut mir so leid, Baby. Es tut mir so leid. Das hätte ich nicht tun sollen. Wir können die Reise absagen. Ich wollte dich doch nur glücklich machen. Ich wollte etwas Wundervolles für dich tun. Aber wir können auch etwas anderes machen. Etwas, das dich nicht aufregt. Es tut mir so leid.«

Ich drückte mich sanft aus seiner erdrückenden Umarmung und sah zu ihm auf. »Mir tut es auch leid. Du warst so lieb und ich bin ausgerastet wie eine Verrückte. Ich bin zu Beiß mich! gegangen!«

»Ich weiß. Ich habe angerufen und Charlie hat mir erzählt, dass du bei ihnen warst. Und du bist keine Verrückte. Ich war ein gefühlloses Arschloch. Ich dachte nur, dass vielleicht …«

»Du hattest recht«, unterbrach ich ihn. »Was auch immer du dachtest, es war richtig. Ich werde niemals bereit sein, in ein Flugzeug zu steigen. Es ist etwas, das mir immer Angst machen wird, und mich dazu zu drängen, es einfach zu tun, zeigt mir, wie sehr du mich liebst.«

Aidan holte tief Luft und zog mich wieder in seine Arme. Ich schlang meine um seine Taille und hielt ihn einfach fest, lauschte dem gleichmäßigen Schlagen seines Herzens. Dem Herzen, das für mich schlug, genau wie meins für ihn. Ich wusste, er würde mich beschützen, mich im Flugzeug ablenken und nicht zulassen, dass irgendetwas geschieht.

Als ich in seinen Armen stand, wusste ich, dass uns das niemand jemals würde nehmen können. Dass er für mich da sein würde und ich dasselbe für ihn tun würde, ihn zwingen würde, sich seinen Ängsten zu stellen, wenn es ihn weiterbringen würde.

Als ich mich von ihm löste, blickte ich in seine sanften braunen Augen und sagte: »Erzähl mir von der Reise. Ich will wissen, was du geplant hast.«

Er führte mich zur Couch und erzählte mir detailliert von unserer Reise. Er hatte geplant, dass wir eine ganze Woche dort bleiben würden, wobei nur für wenige Tage etwas vorgesehen war. Er wollte die Gelegenheit haben, die Gegend um den Grand Canyon zu erkunden, möglicherweise sogar Roadtrips in andere nahegelegene Städte zu unternehmen, während wir dort waren.

Während Aidan mir all die Dinge erzählte, die er für uns, für mich, organisiert hatte, spürte ich, wie ich immer aufgeregter wurde. Meine Angst ließ nach, aber meine Freude darüber, dass er so etwas Wundervolles tat, jubelte innerlich. Es dauerte nicht lange, bis ich mich dabei ertappte, wie ich ungeduldig darauf wartete, dass die nächsten drei Tage vergingen, damit wir unsere Reise antreten konnten.

SCHON BALD HATTEN wir gepackt und waren auf dem Weg zum Flughafen. Wir gingen Hand in Hand hinein und passierten die Sicherheitskontrolle am Buffalo Niagara Falls International Airport. Aidan sagte, es sei einfacher, von dort aus zu fliegen statt von Winterville, aber ich wusste, ich hätte mich ein wenig besser gefühlt, wenn wir durch Winterville gegangen wären, wo wir unsere Freunde gesehen hätten und gewusst hätten, dass sie auf uns achtgeben würden.

Nach all den Jahren, in denen ich bei der Sicherheitskontrolle gearbeitet hatte, war es erst das zweite Mal, dass ich durch den Kontrollpunkt auf die andere Seite ging. Wir sammelten unsere Sachen ein und gingen den langen Gang entlang zu unserem Gate.

Der Flughafen war viel größer als der in Winterville und auch ein wenig hektischer. Das Beste war, dass wir Zoey nicht sehen würden. Das war immerhin ein Lichtblick. An unserem Gate fanden Aidan und ich einen Platz und warteten. Die Angst, die sich Tage zuvor aufgelöst hatte, schlich sich an mich heran und hielt mich fest im Griff. Jeder große Mann mit dunkelblonden Haaren war BJ, der auf mich wartete. Meine Augen suchten die Gegend ab, aus Angst, seine leuchtend blauen Augen zu finden, die mich anstarrten.

Ich sprang von meinem Sitz auf, verzweifelt darauf bedacht, für ein paar Minuten zu entkommen. »Ist alles in Ordnung mit dir?«, fragte Aidan.

»Ja«, murmelte ich. »Ich gehe nur schnell auf die Toilette, bevor wir an Bord gehen.«

Das klang logisch. Zumindest nahm ich das an, denn Aidan widmete sich wieder seinem Handy, als ich wegging. Die Toilette hatte etwa zehn Kabinen, aber es gab keine Schlange. Ich schloss die Tür meiner Kabine ab und setzte mich hin, um meine Atmung zu beruhigen.

Blut rauschte mir in den Ohren und mein Herz pochte. Ich fragte mich, ob ich einen Herzinfarkt hatte. Ich zwang mich, tief durchzuatmen und stützte meinen Kopf in die Hände. An einem Flughafen auszuflippen, wird im Allgemeinen nicht gern gesehen. Das hatte ich über die Jahre gelernt. Die Wahrscheinlichkeit war ziemlich hoch, dass ich aus dem Flughafen eskortiert werden würde, wenn ich mich nicht verdammt noch mal beruhigte.

Schließlich verließ ich die Kabine und stellte mich vor den Spiegel. Ich konnte immer noch die Panik in meinen Augen sehen, spritzte mir aber kaltes Wasser ins Gesicht, um zu versuchen, den Wahnsinn zu verbergen. Als ich aus der Toilette zurückkam, konzentrierte ich mich auf Aidan und ließ meinen Blick zu niemand anderem schweifen. Ich setzte mich neben ihn, nahm seine Hand, hielt sie fest in meiner, schloss die Augen und lehnte meinen Kopf an seine Schulter.

»Hey, Schatz … Ist alles okay mit dir?«, fragte Aidan. Ich hörte die Besorgnis in seiner Stimme, die sich zu Entsetzen steigerte.

»Nein«, sagte ich ihm ehrlich. »Ich raste gerade irgendwie aus. Ich glaube, ich hatte auf der Toilette eine Panikattacke.«

»Verdammt, Baby. Sieh mich an, sprich mit mir. Was ist los?«

Ich schüttelte den Kopf und weigerte mich, die Augen zu öffnen. »Jeder Typ, den ich sehe und der auch nur ein bisschen wie BJ aussieht, lässt mich denken, dass er es ist. Ich muss einfach meine Augen geschlossen halten und mich nicht umsehen. Was er getan hat, hat mir schon zu viele Momente meines Lebens gestohlen und ich werde nicht zulassen, dass er uns diesen hier auch noch nimmt. Ich freue mich auf die Reise und ich weigere mich, sie von ihm ruinieren zu lassen.«

Aidan legte seinen Arm um mich und hielt mich an seiner Brust. Er drückte einen Kuss in mein Haar und flüsterte etwas, das ich nicht verstehen konnte. Ich fragte ihn, was er gesagt hatte, aber er antwortete nicht, sondern sagte mir nur, ich solle meinen Kopf freibekommen und nur daran denken, wie wunderbar es sein würde, all die Bilder von den Flitterwochen meiner Eltern in echt zu sehen.

Ich blätterte gedanklich durch das Fotoalbum und war erleichtert, als ich hörte, wie unser Flug zum Einsteigen aufgerufen wurde. Ich stand auf und blickte mich am Flughafen um, bereit, ins Flugzeug zu steigen.

Und dann sah ich ihn.

Angst durchfuhr mich und riss mich innerlich entzwei. Ich konnte nicht atmen. Meine Füße waren wie am Boden festgenagelt und mein Herz hämmerte gegen meine Brust. Es waren zehn Jahre vergangen, aber ich wusste, dass er es war.

Sein Haar war länger, als ich es in Erinnerung hatte, und ein wenig dunkler. Bartstoppeln bedeckten seinen Kiefer und verliehen ihm eine noch härtere Ausstrahlung, als er sie zehn Jahre zuvor gehabt hatte.

»Aidan«, flüsterte ich. »Er ist es. Genau da drüben.«

Aidan war sofort in Alarmbereitschaft. Ich war dankbar, dass ich ihm nicht erklären musste, von wem ich sprach. Er sah sich lässig um, als würde er nur die Szene um uns herum in sich aufnehmen, und blickte dann zu dem Mann, der mein Leben verändert hatte.

»Bist du sicher? Ich dachte, du hast eine einstweilige Verfügung?«

»Habe ich auch.«

»Bleib hier«, sagte Aidan bestimmt, bevor er zum Schalter ging. Er sprach ein paar Minuten mit dem Mitarbeiter am Gate und zeigte dann in BJs Richtung. Nach ein paar weiteren Minuten schüttelten sie sich die Hände und Aidan drehte sich wieder zu mir um.

»Er ist es nicht, Schatz. Es gibt niemanden im Flugzeug, der Brian Joseph Ziegler heißt. Sie haben jede Kombination überprüft. Schau noch mal hin, Schatz. Bist du sicher, dass er es ist?«

Ich blickte wieder zu dem Mann hinüber. Er stand mit dem Gesicht zum Gate, sodass ich ihn nur im Profil sehen konnte. Ich starrte ihn an, nahm den Mann vor mir in Augenschein und versuchte, ihn mit dem Jungen, den ich in Erinnerung hatte, in Einklang zu bringen. Je genauer ich hinsah, desto mehr Unterschiede fielen mir auf. Seine Nase war etwas größer und spitzer. Sein Haar konnte mit dem Alter dunkler geworden sein, aber es konnte auch einfach nur ein dunklerer Farbton sein. Dann drehte er sich um und sah mich an. Seine Augen waren anders. Statt des bedrohlichen, bösen Blaus, das ich erwartet hatte, hatte der Mann sanfte blaue Augen, freundliche Augen. Er nickte mir zu, als er sah, dass ich ihn ansah, und ließ seinen Blick weiter durch den Flughafen schweifen.

»Ich habe mich geirrt«, sagte ich und schüttelte den Kopf. »Er ist es nicht. Er sieht ihm verdammt ähnlich, aber er ist es nicht.«

Aidan schlang seine Arme um mich und drückte meinen Kopf unter sein Kinn. Bei ihm war ich sicher. Er würde nicht zulassen, dass mir etwas geschah.

Wir stiegen mit den anderen Passagieren in das Flugzeug, einschließlich des BJ-Doppelgängers. Er saß ein paar Reihen hinter uns. Ihn in der Nähe zu haben, auch wenn er nicht BJ war, machte mich nervös. Ich lehnte mich an Aidan, als wir saßen, und suchte Trost bei ihm.

Ich blickte auf und unsere Blicke trafen sich, Liebe leuchtete in den Tiefen der schokoladenbraunen Seen. »Sieh mich an, niemanden sonst«, sagte er. Ich nickte und konzentrierte alles, was ich hatte, auf Aidan. »Ich möchte nicht, dass du jemals Angst davor hast, mit mir zu reden. Ich wünschte, du wärst nicht auf die Toilette gerannt, als du angefangen hast auszuflippen, ich wünschte, du hättest mit mir geredet. Aber ich werde dafür sorgen, dass du keine weitere Panikattacke bekommst.«

»Wie willst du d-«

Meine Worte wurden von seinen Lippen auf meinen unterbrochen. Im Flugzeug, umgeben von anderen Passagieren, küsste Aidan mich mit ebenso viel Leidenschaft wie im Schlafzimmer. Seine Zunge neckte meine Lippen und sie öffneten sich für ihn. Seine Zunge glitt über meine, während seine Hand meine Wange streichelte. Er neigte den Kopf und beugte sich über mich, um mich vor den anderen Passagieren abzuschirmen, während er mich weiter küsste.

Seine Zunge suchte immer wieder meine und sie verschlangen sich ineinander. Ich stöhnte leise, schwelgte im Rhythmus seiner Stöße und wusste, dass er dem Tempo entsprach, das er früher am Tag mit seinen Hüften vorgegeben hatte, dem Rhythmus, der mich nach mehr hatte schreien lassen. Seine Hand wanderte zu meiner Hüfte und er drückte sie sanft, bevor er sich zurückzog.

Unsere Stirnen ruhten aneinander, unsere Augen waren geschlossen und unser Atem ging schwer. »Ich liebe dich so sehr, Liebling«, murmelte Aidan, sein Atem fächelte über mein Gesicht. Ich öffnete die Augen, um ihn anzusehen, und sah all diese Liebe in seinen Augen.

»Ich liebe dich, Aidan. Du bist unglaublich.«

In seinen Augen blitzte Unfug auf. »Wenn du wieder nervös wirst, sag mir einfach Bescheid, damit ich dich ablenken kann.«

»Oh, na in dem Fall glaube ich, dass ich nervös werde. Ich spüre, wie mein Herz hämmert und-«

Ich hatte keine Zeit, mehr zu sagen. Aidan küsste mich erneut, wobei die Leidenschaft des ersten Kusses auf den neuen überging. Ich konnte nicht umhin, mich zu fragen, ob es eine Möglichkeit für uns gab, mehr zu tun, als uns nur zu küssen, entschied aber, dass das keine gute Idee war.

Trotzdem würde ich seine Küsse jeden Tag den ganzen Tag lang nehmen.

Wir erreichten die Reiseflughöhe, während er mich küsste. Aidan sog all meine Ängste aus mir heraus, während seine Hände sanft über meine Kleidung strichen und mich in eine Raserei versetzten, die mich fast zum Explodieren brachte. Als seine Finger von meiner Hüfte zwischen meine Beine und dann über meine Brust glitten, wollte ich mir die Kleider vom Leib reißen und ihn mit mir machen lassen, was er wollte.

Aidan zog sich schließlich mit einem verschmitzten Lächeln und einem Ausdruck reinen Triumphs im Gesicht zurück. »Habe ich dich abgelenkt?«

»Wenn du mich noch mehr abgelenkt hättest, wäre ich nackt und du wärst in mir«, flüsterte ich.

Er schmiegte sich lachend an mein Ohr, das tiefe Geräusch vibrierte durch mich hindurch. Er hielt mich fest und ich genoss seine Nähe. Er hatte mich definitiv auf andere Gedanken und weg von meinen Ängsten vor BJ gebracht. Ihn erwartete später eine sehr große Belohnung.

Für den Rest unseres Fluges nach Chicago hielt Aidan meine Hand. Wir saßen schweigend nebeneinander, lasen und küssten uns gelegentlich. Wir landeten und stiegen in ein anderes Flugzeug, um nach Phoenix zu fliegen. Ich hatte ein kleines Problem mit den Menschenmassen in Chicago, aber Aidan lenkte mich mit einem Quickie in der Familientoilette nach unserer Pizza nach Chicagoer Art ab.

In Phoenix war es genauso überfüllt wie in Chicago, aber wir waren auf dem Weg aus dem Flughafen, um unser Auto zu finden, also hielt Aidan mich einfach fest, als er mich aus dem Flughafen führte. Wir fanden einen SUV, der auf uns wartete, und warfen unsere Taschen auf die Rückbank, bevor wir uns vorne niederließen. Aidan lenkte das Auto in Richtung Flagstaff und wir fuhren los.

KAPITEL 21

AM NÄCHSTEN MORGEN weckte Aidan mich früh. Er war schon angezogen, als ich aufstand. Während ich duschte, holte er uns Frühstück und brachte es mit aufs Zimmer. Wir aßen und machten uns dann auf den Weg, um den Grand Canyon zu sehen.

Die Fahrt dorthin machte mich nervös. Ich'd hatte mir so lange ausgemalt, wie es sein würde, über diese Klippen zu blicken, dass ich nicht sicher war, ob es meinen Erwartungen gerecht werden würde. Aidan und ich spielten Autospiele aus unserer Kindheit: Wir suchten nach Nummernschildern, schrien, wenn wir alte Autos sahen, und spielten ein verrücktes Spiel ›Ich sehe was, was du nicht siehst‹, bei dem ich natürlich gewann.

Aidan hielt am Eingang des Grand-Canyon-Nationalparks an, wir bezahlten unseren Eintritt und bekamen eine Karte. Ich war so aufgeregt, dass ich förmlich summte. Die Straße führte uns tiefer in den Park, aber wir konnten den Canyon immer noch nicht sehen.

Das Besucherzentrum schien ein guter Ort zum Anhalten zu sein, also fuhr Aidan dorthin. Wir gingen vom Parkplatz zum Mather Point, dem nächstgelegenen Aussichtspunkt beim Besucherzentrum, und warfen schließlich unseren ersten Blick auf den Grand Canyon.

Ich'd hatte noch nie in meinem Leben etwas so Schönes gesehen. Der Canyon erstreckte sich vor uns und weiter, als wir auf beiden Seiten sehen konnten. Die Farben waren spektakulär, eine Mischung aus Rosa-, Braun- und Beigetönen mit ein paar eingestreuten Grün- und Grautönen. Wir konnten die Gesteinsschichten und die Vertiefungen und Kurven in der Erde sehen. Es war erstaunlich, wirklich spektakulär.

Ein paar andere Leute traten neben uns, und Aidan wandte sich an den Mann neben ihm. »Könnten Sie ein Foto von uns machen?«

Der Mann, der mit seiner Frau und seinen Kindern dort war, trat einen Schritt zurück, und Aidan reichte ihm sein Handy und sagte ihm etwas dazu.

Er kam auf mich zu, und der Rest der Familie des Mannes trat zur Seite, damit sie nicht mit auf dem Bild waren. Ich lächelte sie an und übersah dabei völlig, wie Aidan vor mir auf ein Knie ging.

Ich schnappte nach Luft, als er meine Hand ergriff, und sah zu ihm hinunter. Tränen stiegen mir in die Augen und er lächelte zu mir auf. »Claire… Ich liebe dich von ganzem Herzen. Ich liebe dich für die wunderschöne Frau, die du bist, die freundliche und fürsorgliche Frau, die du bist, dafür, wie du dich mir öffnest und dich von mir lieben lässt, obwohl ich weiß, dass du'manchmal Angst hast. Ich'liebe dich schon seit Jahren, und obwohl wir'erst seit Kurzem zusammen sind, weiß ich, dass du'die Einzige bist, mit der ich mein Leben verbringen will. Ich muss es wissen, Claire Murphy, erweist du mir die Ehre und wirst meine Frau?«

Mir stockte der Atem, und Tränen liefen mir übers Gesicht. Aidan hielt immer noch meine Hände, und ich fühlte mich wie erstarrt. Aidans'Miene verfinsterte sich, als er merkte, dass ich'nicht antwortete. Er drehte sich zu der Familie um, die uns aufmerksam beobachtete, und blickte dann wieder zu mir auf.

Schließlich fand ich meine Stimme wieder und flüsterte: »Ja.«

Aidan erstarrte. »Hast du Ja gesagt?«

Ich lächelte und nickte. »Ja, nichts würde ich'lieber tun, als dich zu heiraten. Ja.«

Aidan sprang auf, hob mich hoch und wirbelte uns herum, während er mich küsste. »Oh, Scheiße. Ich habe den Ring vergessen.«

Er setzte mich ab und kramte in seiner Tasche, aus der er eine kleine, schwarze Samtschatulle zutage förderte. Er öffnete den Deckel und präsentierte mir einen Platinring mit einem Amethyst im Smaragdschliff. Zwei Diamanten fächerten sich vom Amethyst aus auf, fast wie ein riesiges Pluszeichen. Er war wunderschön. Und viel zu teuer.

»Aidan, woher hast du das Geld dafür? Du'hast doch für ein Haus gespart.«

Er lächelte, als er den Ring aus der Schatulle nahm und ihn an meinen Finger steckte. »Unser Haus war viel günstiger als wir'geplant hatten, und ich'hatte diesen Ring schon eine Weile im Auge. Ich bin neulich hingegangen, als ich merkte, dass das Geld, das wir für das Haus brauchten, nicht'so viel war, wie wir'gedacht hatten. Jetzt hat meine perfekte Frau den perfekten Ring.«

Ich lächelte ihn an und zog ihn zu einem Kuss an mich heran, der unsere Verlobung besiegelte. Wir lösten uns voneinander, und Aidan holte endlich sein Handy von der Familie ab, die uns alle beglückwünschte und dann wieder den Canyon betrachtete. »Die haben das alles aufgenommen«, sagte Aidan, als er zu mir zurückkam.

»Was? Das hast du alles auf Video? Oh, Gott, ich sah bestimmt wie eine Verrückte aus!«

»Du'bist wunderschön, meine Verlobte.«

»Ooh, das gefällt mir«, gurrte ich, als ich meine Arme wieder um seinen Hals schlang. Ich drückte ihm einen Kuss auf den Hals, und er stieß einen erstickten Laut aus, bevor seine Hände auf meiner Taille landeten.

Ich spürte, wie er an meinem Bauch hart wurde, und fuhr mit der Zunge über seinen Kiefer, was seinen Schwanz gegen mich zucken ließ. »Jesus. Ich hätte warten sollen, bis wir wieder im Hotel sind. Ich weiß'nicht, ob ich'den ganzen Tag durchhalte, ohne in dir zu sein. Besonders, wenn du so weitermachst.«

Ich rieb mich an ihm, und er stöhnte, bevor er meinen Mund mit seinem eroberte. Sein Kuss war rau und aggressiv und nahm mich genauso in Besitz wie sein Ring. Er lehnte mich gegen das Geländer, das uns vom Grund des Canyons trennte, und ließ seine Hände über meine Hüften gleiten, um meinen Hintern zu umfassen.

»Fuck, du fühlst dich so gut an«, krächzte er mir ins Ohr. »Ich will dich hier und jetzt nehmen, deine wunderschönen Schreie über den Canyon unter uns hallen lassen.«

»Ich dachte, wir müssten zu einem Hubschrauberrundflug?«, fragte ich, teils um ihn zu necken, teils weil ich ihn'nicht verpassen wollte.

»Wir können einen anderen nehmen. Ich glaube, ich'explodiere gleich. Dich mit meinem Ring am Finger zu sehen, zu wissen, dass wir zusammengehören, und wie du mich neckst… daswird ein langer Tag.«

Aidan wich von mir zurück, seine Erektion zeichnete sich unter seinen Shorts ab. Er lehnte sich neben mich an das Geländer und blickte auf die wunderschöne Landschaft um uns herum. »Ich wollte'dich nicht so in Wallung bringen«, neckte ich ihn.

»Doch, das wolltest du. Aber ich habe es geliebt. Ich liebe dich, Claire. Danke, dass du eingewilligt hast, meine Frau zu werden. Nichts wird mich jemals glücklicher machen.«

»Ich liebe dich, Aidan. Und jetzt lass'uns in den Helikopter steigen.«

Wir aßen eine Kleinigkeit im Besucherzentrum und gingen dann zum Hubschrauberlandeplatz. Die Fahrt entlang des South Rim nach Tusayan dauerte nicht lange. Aidan hielt immer wieder an, damit wir den Grand Canyon aus verschiedenen Perspektiven sehen konnten. Ich machte mehr Fotos, als mein Handy zu fassen schien, einschließlich eines Fotos von meinem neuen Verlobungsring, das ich Mandy, Sam, Addi, Lexi und Charlie textete.

Wir hatten noch Zeit vor dem Hubschrauberrundflug, also schlenderten wir durch das Museum und die Ruinen und warteten dann auf unseren Flug. Eine Handvoll anderer Leute war mit uns dort und wir plauderten ein wenig, während wir darauf warteten, dass der Hubschrauber fertig war.

»Bist du nervös?«, fragte Aidan, während wir warteten.

»Nein, ich'bin aufgeregt. Wir'sind nicht auf einem Flughafen, also bin ich'nicht paranoid wie zuvor. Außerdem habe ich meinen Verlobten hier, der auf mich aufpasst.«

Er schlang seine Arme um meine Taille und stellte sich hinter mich, als der Pilot auf uns zukam und sich vorstellte. Er erklärte, der Flug würde etwa eine Stunde dauern und wir würden über den gesamten Grand Canyon fliegen und an einigen Stellen, wo es ihm erlaubt war, etwas tiefer gehen. Wir wären immer in sicherer Entfernung vom Boden, aber es gab die normalen Sicherheitsvorkehrungen, die wir treffen mussten, wie das Anlegen von Sicherheitsgurten und das Sitzenbleiben. Unsere Gruppe stieg in den Hubschrauber und nahm Platz. Wieder ließ Aidan mich am Fenster sitzen.

Der Hubschrauber hob ab und drehte sich, um über den

Grand Canyon zu fliegen. Es war atemberaubend, noch mehr als vom Boden aus. Über unsere Kopfhörer zeigte uns der Pilot die kleineren Canyons, die sich vom Haupt-Grand-Canyon ausbreiteten. Wir verfolgten den Colorado River westwärts, wie er sich hindurchschlängelte. Wir konnten Punkte von Leuten sehen, die mit dem Kajak den Fluss hinunterfuhren, und ein paar Gruppen, die in den Canyon hinabstiegen.

Er drehte eine Runde, flog näher an den North Rim heran und wies auf eine Vielzahl von Tempeln und eine Felsformation namens Dragon Head hin. Ich konnte'den Drachen nicht erkennen, aber Aidan bestand darauf, dass er genauso aussah. Ich hielt ihn für ein bisschen verrückt.

Ehe wir uns versahen, war die Stunde um und wir landeten wieder auf festem Boden. Mit einem Handy voller Bilder und leeren Mägen verließen wir den Grand-Canyon-Nationalpark mit dem Versprechen, dort einen weiteren Tag zu verbringen.

Auf der Fahrt zurück zum Hotel löcherte Aidan mich mit Fragen über meine ideale Hochzeit. Ich musste zugeben, dass ich'nie wirklich darüber nachgedacht hatte. »Ich habe ehrlich gesagt nie gedacht, dass ich'd heiraten würde, also habe ich sie nicht geplant. Außerdem bin ich'nicht eines dieser super mädchenhaften Mädchen, die sich vorstellen, eines Tages eine Prinzessin zu sein. Ich weiß'nicht, wie ich'unsere Hochzeit gerne hätte.«

»Nun, willst du eine große oder eine kleine Hochzeit?«

»Auf jeden Fall klein. Ich stehe'nicht gern im Mittelpunkt, und ich will'nicht eine Menge Leute dabeihaben, die uns kaum kennen. Ein Teil von mir würde es lieber sehen, wenn nur wir beide bei der Zeremonie wären und wir später eine große Party für all unsere Freunde und unsere Familie schmeißen. Müssen die wirklich dabei sein, um unsere Gelübde zu hören?«

Aidan lachte und schüttelte den Kopf. Ich hatte das Gefühl, dass er den Rest seines Lebens damit verbringen würde. »Was ist mit deinen Eltern und Rebecca? Oder Mandy und deinen Freunden?«

Ich zuckte mit den Schultern. »Ich weiß'es nicht. Ich glaube, wenn wir eine Hochzeit hätten, wären das'die einzigen Leute, die ich'd einladen würde. Hochzeiten scheinen so viel Wahnsinn zu sein. Sam redet manchmal über die Bräute, mit denen sie arbeitet, und es ist,'als ob sie'-sich mehr Sorgen darum machen, wie alles aussieht, als sich zu amüsieren. Die Leute sagen, der Hochzeitstag ist der glücklichste Tag im Leben, aber es scheint, als ob die Leute es sich selbst schwerer machen oder ihn zumindest nicht'wirklich genießen.«

»Ja, das kann ich nachvollziehen. Vielleicht machen wir'etwas Kleines für unsere engsten Familien und geben dann eine Party für alle. Die Idee gefällt mir. Und was ist mit dem großen weißen Kleid?«

Ich zog eine Augenbraue hoch. »Ich glaube, um den weißen Teil hast du dich schon gekümmert. Vielleicht trage ich ein lavendelfarbenes Kleid, das zu meinem Ring passt, und bringe alle aus dem Konzept.«

Aidans Lachen erfüllte den Wagen und ließ auch mich lachen. »Deshalb liebe ich dich«, sagte er. »Du bringst mich immer zum Lachen. Ich kann mir mein Leben ohne dich nicht vorstellen.«

Er führte meine Hand zu seinen Lippen und küsste meine Finger. Ich drückte seine Hand und er senkte unsere verbundenen Hände auf meinen Oberschenkel. »Okay, kleine Hochzeit, lavendelfarbenes Kleid … Was wäre unser erster Tanz?«

»Ich habe ›At Last‹ von Etta James schon immer geliebt. Es hat diesen Unterton von Traurigkeit, aber es ist so ein wunderschönes Lied. Ich schätze, in gewisser Weise passt es zu uns, weil ich nie gedacht hätte, dass ich jemanden wie dich finden würde, aber endlich habe ich es.«

Aidan führte meine Hand erneut zu seinen Lippen. »Das ist ein großartiges Lied. Mir geht es genauso. Du bist genau die, die ich immer zu finden gehofft habe, und ich bin überglücklich, dass du genauso empfindest.«

Wir fuhren auf den Parkplatz des Hotels und gingen zu unserem Zimmer. »Was ist mit der Hochzeitsnacht? Sex oder kein Sex?«, fragte Aidan, während er seine Arme um mich schlang und an meinem Bauch bereits hart wurde.

»Definitiv Sex. Vielleicht ist das ein weiteres Argument für eine kleine Hochzeit. Ich will nicht zu erschöpft von der Hochzeit sein, um unsere erste Nacht als Mann und Frau zu genießen.«

»Wie wäre es mit unserer ersten Nacht als Verlobte? Gibt es dieses Wort überhaupt? Bist du zu müde, um unsere erste Nacht als Verlobte zu genießen?«

Ich kicherte und griff nach hinten, um ihm an den Arsch zu fassen. »Ich glaube, ich könnte mich heute Abend zu ein wenig Spaß überreden lassen. Irgendwann musst du mich aber füttern. Du hast doch gesagt, du magst eine Frau, die ein Steak mit dir teilt und es dann mit Sex wieder abarbeitet.«

»Oh, und das tue ich«, sagte er, während er sich an meinen Hals schmiegte. Seine Zunge tanzte über meine Haut und mein Kopf fiel zurück, um ihm Zugang zu meinem Hals zu gewähren. »Ich glaube, das gefällt dir«, neckte er mich.

Ich stieß meine Hüften gegen seine, seine Erektion rieb sich zwischen uns. »Ich bin mir ziemlich sicher, dass du dich auch amüsierst.«

Seine Finger gruben sich scharf in meine Hüften. »Fuck, Baby. Du weißt, dass ich es genieße. Ich konnte mich den ganzen Tag kaum zurückhalten. Aber jetzt muss ich dir zeigen, wie sehr ich dich liebe.«

Sein Mund war auf meinem, bevor ich antworten konnte.

Er knabberte an meiner Unterlippe und entlockte mir ein Keuchen, das er ausnutzte. Seine Zunge glitt in meinen Mund, während seine Finger zu meinem Hintern glitten. Aidan drängte mich rückwärts zum Kingsize-Bett, während er mich küsste. Sein Kuss war sanft, weich und nicht das, was ich erwartet hatte. Nachdem er sich den ganzen Tag zurückgehalten hatte, dachte ich, er wäre bereit für schnellen und harten Sex. Stattdessen bekam ich langsam und süß.

Wir erreichten das Bett, unsere Lippen immer noch aneinandergeheftet. Ich ließ mich hinab, als er über mich kroch. Als ich lag, bedeckte er mich und positionierte sich zwischen meinen Beinen, wie in unserer ersten gemeinsamen Nacht auf der Couch. Er stieß immer wieder gegen mich und ich spürte, wie mein Körper sich bereits als Reaktion auf ihn aufbaute. Ich löste unseren Kuss mit einem Stöhnen und er fuhr mit seinen Fingern durch mein Haar.

»Komm für mich, Baby. Genau so. Genau wie beim ersten Mal. Ich will dich zuerst hören, dann werde ich dich fühlen, dann werde ich dich schmecken.«

Seine heisere Stimme steigerte das Verlangen meines Körpers und ich kam hemmungslos, als sein Schwanz an mir rieb. »Weniger Kleidung. Jetzt«, bettelte ich, als ich wieder auf dem Boden der Tatsachen ankam.

Aidan kroch von mir herunter und zog sein Hemd über den Kopf. Er zog seine Shorts herunter und war in Sekundenschnelle nackt zurück auf dem Bett. Ich jedoch war noch vollständig bekleidet. »Hey, du hast gesagt, weniger Kleidung. Warum bist du nicht nackt?«, neckte er mich.

Ich versuchte, meine bereits schmerzenden Glieder zu heben, und er lachte über mein Drama, bevor er sich vorbeugte, um mir zu helfen. Er schob mein Shirt nach oben, entblößte meinen Bauch und küsste die Haut, als sie zum Vorschein kam. Ich bewegte mich, um ihm zu helfen, es weiter nach oben zu schieben, bis mein Shirt auf dem Boden lag. Er senkte seinen Kopf zu meiner Brustwarze, umschloss eine mit seinem warmen Mund und nahm die andere Brust in seine Hand.

Mein Körper begann sich bereits wieder zu spannen, nur durch die Behandlung seiner Hände und seines Mundes an meinen Brüsten. Ich schloss die Augen und mein Höschen wurde durchnässt, während Aidan an meinen Brustwarzen saugte, sie drehte und reizte, bis ich mich unter ihm wand.

Aidan schob seine Arme um meinen Rücken, öffnete meinen BH-Verschluss und warf ihn auf den Boden. Sein Mund kehrte zu meiner Brust zurück, aber seine Hände wanderten zu meinen Shorts. Er zog den Stoff langsam über meine Beine und ließ meine Brustwarze mit einem Ploppen los, als er nicht mehr herankam. Sein Mund landete genau in meinem Schritt und ich kam beinahe bei einem einzigen Streichen seiner Zunge über mich.

Ich bog mich durch, stöhnte und schrie, als Aidans Zunge über mich glitt. Er stieß seine Finger in mich und mein Orgasmus überrollte mich blitzartig. Ich bockte gegen ihn, hielt sein Gesicht an mich gepresst, während ich auf der Welle meines Orgasmus ritt. Als ich endlich wieder atmen konnte, ließ ich ihn los, und er küsste sich meinen Körper hinauf, tauchte seine Zunge in meinen Bauchnabel, die Falten unter meinen Brüsten und die Vertiefung zwischen meinen Schlüsselbeinen.

»Gott, du schmeckst so gut«, stöhnte er an meine Lippen. Sein Schwanz stieß suchend an meinen Eingang und ich öffnete mich für ihn, gereizt von dem Gefühl, wie er an meiner empfindlichen Haut rieb.

Aidan schob seine Zunge an meinen Lippen vorbei, als er in mich eindrang. Ich stöhnte bei beiden Empfindungen, fühlte mich vollkommen ausgefüllt und sehr befriedigt von meinem Verlobten. Er glitt langsam heraus und ließ nur die

Spitze in mir. Als er sich zurück in mich bog, füllte er mich langsam aus und ich stöhnte bei dem Gefühl.

»Kannst du mir noch einen schenken, Süße?«, fragte Aidan beim Klang meines Stöhnens.

»Ich glaube schon. Du fühlst dich so gut an«, stöhnte ich bei einem weiteren sanften Stoß.

Aidan bewegte sich langsam in und aus meinem Körper, dehnte mein Vergnügen und steigerte seines. Mein ganzer Körper pulsierte, Energie floss von ihm in mich und wieder zurück. Wir bewegten uns wie eine Einheit, unsere Hüften trafen sich bei jedem Durchbiegen unserer Rücken, unsere Geschwindigkeit nahm gemeinsam zu, als könnten wir die Gedanken des anderen lesen.

In diesem Moment wusste ich, dass Aidan mich für immer lieben würde und dass mein Leben nie wieder dasselbe sein würde.

Der Druck und das Vergnügen bauten sich schnell auf, als unsere Stöße schneller und unregelmäßiger wurden. Aidan grunzte über mir und ich zog ihn zu einem Kuss herunter, als ich explodierte. Mein Körper riss weit auf und klammerte sich verzweifelt an seinen, um mein Vergnügen zu verlängern. Aidan löste unseren Kuss mit einem lauten Ruf meines Namens und einem heftigen Ruck seines Körpers, als er mir über die Kante folgte.

Aidan brach auf mir zusammen, sein Atem wurde zu meinem, sein Schweiß wurde zu meinem, sein Herzschlag wurde zu meinem. Ich hielt ihn fest an mich gedrückt, auch als das Gewicht seines Körpers mir den Atem raubte. Nach ein paar Sekunden rollte er zur Seite und drehte mich mit sich. »Ich liebe dich«, flüsterte er in mein Haar.

»Ich liebe dich«, sagte ich zurück und küsste seinen Hals, während sich unsere Arme umeinander schlangen und wir uns festhielten.

»Bitte sag mir, dass wir morgen ausschlafen können. Ich

muss mich davon erholen. Und es hoffentlich noch einmal tun.«

Ich lachte und schmiegte mich an ihn, um es mir bequem zu machen. »Wir können definitiv ausschlafen. Aber bevor du es dir zu bequem machst, du hast mir ein Abendessen versprochen. Du kannst einer dicken Frau kein Essen verwehren. Das ist kein schöner Anblick.«

»Du bist nicht dick, du bist perfekt. Aber ja, ich werde dich zum Abendessen einladen. Und dann zum Nachtisch, wenn wir zurückkommen. Vielleicht können wir morgen einen Roadtrip machen. Nach Phoenix oder Vegas oder irgendwo nach Kalifornien.«

»Vegas? Ernsthaft?«

Aidan lehnte sich zurück und sah mich mit offensichtlicher Überraschung an. »Du willst nach Vegas? Warum?«

Ich lachte über seinen Schock und erklärte: »Die Cheerleaderin in mir wollte schon immer Cirque du Soleil sehen. Als ich in der Highschool war, habe ich tatsächlich davon geträumt, in diesen Shows mitzumachen. Das würde jetzt nicht mehr passieren, aber ich bin fasziniert davon, wie sie sich bewegen. Meinst du, wir könnten Karten bekommen?«

»Für dich, Baby, alles. Lass uns ausschlafen und dann für den Nachmittag und Abend nach Vegas fahren. Ich glaube, es sind nur ein paar Stunden von hier, also sollten wir nach der Show gut zurückfahren können.«

Ich sprang auf und klatschte in die Hände. »Hey, vielleicht sollten wir heiraten, während wir da sind«, neckte ich ihn, während ich in meinem Koffer nach sauberer Kleidung suchte.

Ich drehte mich um, als ich nicht hörte, wie Aidan aufstand, bereit, ihn zu bitten aufzustehen. Stattdessen lag er mit einem albernen Grinsen im Gesicht da. »Im Ernst? Du willst morgen heiraten? In Vegas?«

»Ich habe nur einen Witz gemacht, Aidan. Wir sind erst seit ein paar Stunden verlobt.«

»Ja, aber es gibt keine Regel, wie lange wir verlobt sein müssen, bevor wir heiraten. Ich finde, wir sollten es tun.«

Ich lachte ihn aus und zog meine Kleidung fertig an, als er endlich aus dem Bett stieg. Er zog sich schnell an und wir machten uns auf den Weg, um ein Restaurant für das Abendessen zu finden. »Wir müssen es nicht tun, aber es war nur eine Idee«, sagte Aidan, als wir ins Auto stiegen. »Ich kann es nur kaum erwarten, dich zu meiner Frau zu haben.«

Ich tätschelte seine Wange und lächelte ihn an. »Wir reden morgen darüber. Im Moment brauche ich einfach nur Essen. Sehr, sehr viel Essen, wenn deine Leistung da drinnen ein Hinweis darauf ist, wie der Rest dieser Reise aussehen wird.«

Aidan lachte und fuhr in Richtung Stadt, auf der Suche nach Steaks, Bier und genug Treibstoff für die Nacht.

KAPITEL 22

AM NÄCHSTEN MORGEN schliefen wir aus, ganz wie Aidan es wollte. Nicht, dass ich mich beschwerte. Aidan weckte mich auf seine ganz besondere Art, die definitiv zu meiner liebsten Art wurde, einen Tag zu beginnen. Nach einem schnellen Frühstück machten wir uns auf den Weg nach Las Vegas.

Den Strip entlangzufahren war schon für sich ein Erlebnis. Es war mitten am Tag, aber die Lichter waren trotzdem hell und wunderschön. Ich hatte mir Vegas immer grell und kitschig vorgestellt, und das traf definitiv zum Teil zu, aber es war auch wunderschön und stilvoll. Jedes Hotel wetteiferte mit den umliegenden um die umwerfendste Aufmachung, von den Inszenierungen davor über die Verzierungen auf dem Dach bis hin zum eigentlichen Hotel. Wenn so viel Detailverliebtheit in das Äußere gesteckt wurde, konnte ich mir nur vorstellen, wie es im Inneren aussah.

Aidan hatte am Abend zuvor online Tickets für den Cirque du Soleil gefunden, also konnten wir für den Tag im The Mirage parken. Schon beim Betreten des Hotels wusste ich, dass wir dort unseren ganzen Tag verbringen konnten. Zwischen dem Aquarium in der Lobby, dem Atrium, das sich wie ein echter Regenwald anfühlte, und den Restaurants, Geschäften und dem Casino verstand ich, wie man sich verlieren konnte, ohne jemals einen Ort zu verlassen.

Mit leuchtenden Augen gingen Aidan und ich ins Casino, um an ein paar Spielautomaten und vielleicht bei einigen anderen Spielen unser Glück zu versuchen. Wir wechselten etwas Geld ein und gingen zu den Nickel-Slots. Wir gewannen und verloren, aber entschieden schließlich, dass wir ungefähr bei null herausgekommen waren. Aidan wollte sich im Blackjack versuchen, also folgte ich ihm zu einem Tisch.

Er setzte sich mit drei anderen an einen Zehn-Dollar-Tisch. Er reichte seinen Chip rüber und bekam seine Karten, dann wartete er, bis er an der Reihe war. Ich schmollte, als Aidan mir seine Karten nicht zeigen wollte. Er nahm eine Karte und wartete dann, bis das Spiel zu Ende war. Er deckte seine Karten auf und hatte 19. Damit schlug er den Dealer, aber nicht den Spieler zu seiner Rechten.

Nach ein paar weiteren Händen gab Aidan zum Glück auf. Ich machte mir Sorgen, dass er unsere Anzahlung verlieren würde, wenn er noch viel länger weitermachte. »Bring mich hier raus, bevor mich das Casino zu sehr in seinen Bann zieht«, sagte er und nahm meine Hand. Wir lösten unsere mickrigen Chips ein und gingen hinaus in den zu hellen Sonnenschein des Vegas Strip.

Ein Hotel nach dem anderen lockte uns, während wir dahinschlenderten. Irgendwie hatten wir es geschafft, zwei Stunden im The Mirage zu verbringen – vielleicht war das ein Trick des Hotels – und hatten einen Bärenhunger. Aidan bestand darauf, in einem anderen Hotel zu Mittag zu essen und vor der Show zum Abendessen ins The Mirage zurückzukehren.

Die Auswahl einzugrenzen war schwierig, aber wir entschieden uns schließlich für das New York, New York zum Mittagessen. Aidan wählte das italienische Restaurant und wir genossen ein köstliches Mittagessen, das mich beinahe gehunfähig machte. Ich war froh, dass ich für den Tag ein Maxikleid und Flip-Flops angezogen hatte.

Wir stolperten aus dem Restaurant und machten uns auf die Suche nach etwas anderem, was wir tun konnten. An Gelegenheiten mangelte es nicht, aber wir versuchten, nicht unser ganzes Geld auszugeben. Eine weitere Show hätte mehr gekostet, als wir ausgeben wollten, und ohne ein Zimmer in einem der Hotels konnten wir die Annehmlichkeiten wie die fantastischen Pools, die sie alle hatten, nicht nutzen.

Die Hitze und die Sonne machten mir langsam zu schaffen und ich quengelte, Aidan müsse etwas mit Klimaanlage finden, damit ich mich zumindest drinnen ausruhen könne. Er blieb stehen, grinste mich an und nickte dann mit dem Kopf zu dem Ort, vor dem wir standen. »Warum gehen wir nicht hier rein?«

Ich blickte auf und erkannte, dass er vor einer der Hochzeitskapellen stehen geblieben war, die in Las Vegas fast so zahlreich waren wie Casinos. Ich schüttelte den Kopf und verdrehte die Augen. »Da drin heiratet wahrscheinlich gerade jemand. Die werden denken, wir wollen heiraten, wenn wir da reingehen.«

»Tja«, sagte er mit einem Achselzucken, »wollen wir doch. Komm schon, Baby, lass uns heiraten. Genau jetzt. Du trägst das lavendelfarbene Kleid, von dem du gesagt hast, dass du es tragen wolltest, es sind nur wir beide, und die Party können wir in ein paar Monaten steigen lassen, wenn wir uns im neuen Haus eingelebt haben. Es ist perfekt.«

»Aidan, das ist nicht lustig. Ich weiß, dass du nur einen Scherz darüber machst, so zu heiraten, und es verletzt meine Gefühle, dass du unsere Ehe für etwas hältst, worüber man Witze machen kann.«

Er nahm meine Hände und ging in die Hocke, um mir in die Augen zu sehen. »Ich mache keine Witze, Liebling. Ich war noch nie ernster. Ich will keine Sekunde länger warten, um dich meine Frau zu nennen. Wenn du das nicht willst, ist das für mich in Ordnung. Ich will dich nur heiraten, und es ist mir egal, ob es jetzt in Vegas ist oder in einem Monat in unserem Garten oder in einem Jahr in einer Kirche. Je früher, desto besser für mich, weil ich dich liebe. Ich habe dir gesagt, ich würde dich nie zu etwas drängen, und das werde ich auch nicht tun, aber du musst wissen, dass ich das hier vollkommen ernst meine. Ich heirate dich auf der Stelle, wenn du mich willst.«

Ich starrte ihn an, unsicher, was ich sagen sollte. Ihn zu heiraten war alles, was ich wollte, aber wollte ich wirklich eine Hochzeit in Vegas? Ich ging auf dem Gehweg vor der Kapelle auf und ab. All meine Gedanken wirbelten in meinem Kopf herum.

Wollte ich ohne meine Familie heiraten?

Oder meine Freunde?

War ich bereit, verheiratet zu sein?

Hatte ich das Gefühl, dass Aidan mich unter Druck setzte?

War ich bereit für die Veränderungen?

Was wollte ich wirklich?

Als ich mit dem Auf- und Abgehen aufhörte, blickte ich zu Aidan auf. Er stand auf dem Gehweg und beobachtete mich. Er sah nicht im Geringsten gestresst aus. Er wirkte ruhig und zufrieden.

»Was denkst du gerade?«, musste ich wissen.

»Ich bete, dass du deine Meinung nicht änderst und sagst, du willst mich doch nicht heiraten«, antwortete er ohne zu zögern.

Ich erstarrte. Dachte er wirklich, ich wollte ihn nicht? Dass ich meine Meinung über ihn jemals ändern würde?

»Wie kannst du das nur denken?«

»Ich bin schon viel länger dabei als du, Schatz. Ich bin seit Jahren in dich verliebt, ich habe dich begehrt und dich auf jede erdenkliche Weise geliebt. Für dich ist das alles ziemlich neu. Ich schätze, ein Teil von mir macht sich Sorgen, dass du nicht bereit bist zu heiraten und dass ich dich mit all dem überfahren habe.«

»Wow, im Ernst? Wenn überhaupt, habe ich darauf gewartet, dass du die Flucht ergreifst. Ich habe mich gefühlt, als würde ich mit dir in einem Märchen leben. Aber du warst nicht jahrelang allein. Ich habe mich auch in dich verliebt. Das ist für mich nicht neu, und ich stecke da genauso tief drin wie du. Genau jetzt zu heiraten, scheint verrückt, aber ich glaube, es ist richtig. Ich will nicht warten, dich als meinen Ehemann zu haben. Lass uns reingehen.«

»Meinst du das ernst?«, fragte Aidan, als er auf mich zukam. Ich nickte, als seine Arme sich um meine Taille schlangen, er mich in die Luft hob und mich herumwirbelte. Wir lachten zusammen wie ein paar Verrückte auf dem Gehweg des Las Vegas Strip. Schließlich ließ Aidan mich wieder zu Boden und umfasste meine Wangen mit seinen starken Händen.

Aidan senkte seine Lippen auf meine und wir küssten uns sanft. Seine Zunge neckte kurz meine Lippen, bevor er sich zurückzog. »Komm. Wenn ich dich das nächste Mal küsse, wirst du Mrs. Claire Matthews sein.«

Ich ergriff seine Hand und wir gingen in die Kapelle.

»Hallo, kann ich Ihnen heute helfen?«, fragte eine liebliche Stimme, als wir eintraten.

Wir drehten uns um und sahen eine große Frau in den Fünfzigern auf uns zukommen. Sie trug einen grauen Hosenanzug mit einer rosa Bluse darunter. Sie wirkte professionell und sehr freundlich. Aidan drückte meine Hand und ich wusste, er dachte dasselbe wie ich. Wir waren an einem guten Ort gelandet.

»Hallo, wir würden gerne heiraten. So bald wie möglich«, sagte Aidan und trat auf sie zu.

»Nun, da sind Sie hier an der richtigen Adresse. Wir beenden gerade eine Zeremonie, haben aber den Rest des Tages frei. Würde das für Sie passen?«

»Ja, das ist perfekt«, sagte Aidan zu ihr.

»Okay, ich benötige von Ihnen beiden einen Ausweis und Sie müssen ein paar Fragen beantworten, damit wir wissen, dass Sie aus freien Stücken hier sind und nicht unter dem Einfluss von Alkohol stehen oder dazu gezwungen werden. Wenn Sie mir bitte folgen, können wir anfangen.«

Eine Stunde später hatten Aidan und ich die Erlaubnis, in der Kapelle zu heiraten. Es war nicht das, was ich von einer Hochzeit in Las Vegas erwartet hatte, aber wir nahmen an, dass wir einen Ort gefunden hatten, der ein bisschen besser war als die anderen.

»Möchten Sie sich unsere Kleider ansehen? Wir haben Hochzeitskleider, die Sie tragen können, wenn Sie möchten«, sagte Marilyn. Sie hatte uns von Anfang an geholfen und wir erfuhren, dass sie diejenige sein würde, die die Zeremonie für uns durchführen würde.

»Sie hat gesagt, sie wolle in einem lavendelfarbenen Kleid heiraten, passend zu ihrem Ring, also glaube ich, sie ist perfekt«, sagte Aidan, bevor ich die Gelegenheit hatte, zu antworten. Ich grinste ihn an und zog ihn für einen schnellen Kuss zu mir herunter. Er schmiegte sich an mein Ohr und flüsterte: »Das ist Schummeln. Ich wollte, dass unser nächster Kuss als Ehemann und Ehefrau ist.«

»Ich konnte mich nicht zurückhalten. Außerdem konnte ich erst einen Tag lang genießen, meinen Verlobten zu küssen.«

Er lehnte sich für einen weiteren Kuss zu mir, dann

drückte er meine Hand, bevor er durch die Tür verschwand, die Marilyn ihm gezeigt hatte. Sie führte mich durch eine andere Tür, wo ich einen Blumenstrauß zum Tragen auswählen konnte, und dann in ein Bad, damit ich meine Haare und mein Make-up richten konnte. Als ich herauskam, hatte Marilyn eine Tiara für mich, die ich tragen konnte, wenn ich wollte, was ich tat, und sie sagte, wir wären bereit.

Die Nervosität drohte mich zu überwältigen. Ich würde heiraten! Aidan. In meinen kühnsten Träumen hätte ich mir nie vorgestellt, dass ich in einer Kapelle in Las Vegas stehen und im Begriff sein würde, Aidan Matthews zu heiraten.

Nach ein paar Minuten öffnete sich die Tür vor mir und ich trat in die kleine Kapelle. Aidan stand vorne in der Nähe des Altars, sein granatrotes T-Shirt und die beigefarbenen Shorts wirkten in dem weiß geblümten Raum fehl am Platz. Es gab eine Handvoll Kirchenbänke in der Kapelle, aber sie waren natürlich leer. Ich sah mich um und bedauerte fast, dass unsere Familie und Freunde nicht da waren. Ich konnte mir vorstellen, wie Mandy als meine Trauzeugin neben dem Altar auf mich wartete. Ich konnte den Arm meines Vaters in meinem spüren, als ich den Gang entlangging.

Mein Schritt stockte, als ich an all die Dinge dachte, die wir verpassten. Ich hielt mitten im Gang inne und Aidans Gesichtsausdruck verdüsterte sich. Er nickte, da er genau wusste, was ich fühlte und dachte.

Mit einem Blick zu Marilyn stieg Aidan vom Altar herunter und kam zu mir. Sie nickte der Person in der Ecke zu, die Musik spielte, und die romantischen Klänge wurden leiser gedreht, schwebten aber immer noch sanft um uns herum.

»Du willst das nicht tun, oder?«, fragte Aidan, als er mich erreichte.

Ich zuckte mit den Schultern und blickte in seine sanften braunen Augen. Ich sah so viel Liebe darin und mir stockte der Atem. »Ich weiß nicht. Ich will dich heiraten, ja, aber ich habe das Gefühl, unsere Familie und Freunde sollten hier sein. Ich habe fast das Gefühl, wir tun etwas Falsches, indem wir sie nicht miteinbeziehen. Als würden wir uns herumschleichen oder so.«

Aidan zog sein Handy aus der Tasche und reichte es mir. »Ruf sie an. Ruf an, wen du willst, und erzähl ihnen, was los ist. Frag, ob sie sauer sein werden oder ob du das Falsche tust. Rede, so lange du willst. Ich habe dir vorhin gesagt, dass ich so lange warten werde, wie es nötig ist, um dich zu heiraten. Wenn du jetzt hier rausgehen willst, werden wir das tun. Das hier muss sich richtig anfühlen.«

»Bist du nicht verärgert, dass deine Eltern nicht hier sind? Oder deine Freunde? Wünschst du dir nicht, du würdest das mit ihnen teilen?«, fragte ich und versuchte, das Chaos zu begreifen, das mir die Kehle zuschnürte.

Aidan küsste mich sanft. »Die einzige Person, mit der ich das teilen muss, bist du. Ich verstehe deinen Wunsch, andere dabeizuhaben, aber ich brauche nur dich. So oder so werde ich dich heiraten, ob es heute ist oder an einem anderen Tag, solange ich dich heirate, bin ich glücklich.«

Ich blickte auf sein Handy in meiner Hand und merkte, dass er recht hatte. Ich geriet in Panik, weil ich dachte, meine Familie und meine Freunde wären verärgert, dass sie nicht dabei waren. Aber zu heiraten hatte nichts mit ihnen zu tun. Es ging um mich und Aidan.

Aber er hatte recht. Er kannte mich vielleicht besser als ich mich selbst. Ich musste mit meinen Eltern und Mandy reden, um ihnen zu sagen, was wir vorhatten. Um es zu erklären, bevor es geschah, für den Fall, dass es zu Verstimmungen kommen würde.

Ich wählte zuerst die Telefonnummer meiner Eltern. Meine Mutter ging beim zweiten Klingeln ran: »Hallo?«

»Hi Mom, ich bin's.«

»Claire, mein Schatz. Wie geht es dir? Wie ist die Reise?«

»Sie ist großartig, Mom. Wir haben eine wundervolle Zeit.«

»Oh, gut, mein Schatz. Dein Dad und ich sind so neidisch, dass du da draußen bist, aber wir freuen uns, dass du Spaß hast. Aidan ist so ein netter Mann. Er wird auch ein großartiger Ehemann sein.«

Ich hatte sie am Abend zuvor angerufen, um ihnen von der Verlobung zu erzählen, und meine Eltern gestanden, dass sie es bereits wussten. Aidan war vor unserer Abreise zu ihnen gegangen und hatte sie in seinen Plan eingeweiht, ihr am Grand Canyon einen Antrag zu machen. Sie waren mehr als begeistert, dass er Teil unserer Familie werden würde.

»Das wird er, und tatsächlich ist das ein Teil des Grundes, warum ich anrufe. Wir haben heute einen Ausflug gemacht. Ich wollte eine Cirque du Soleil Show sehen, also sind wir in Vegas. Wir überlegen zu heiraten. Ähm, jetzt sofort.«

Mom war einen Moment lang still und ich hörte Dads Stimme im Hintergrund, wie er sie fragte, was los sei. Schließlich sprach sie, aber ich hörte die Tränen in ihrer Stimme. »Oh, mein Schatz, das ist wundervoll. Ich wünschte, dein Dad und ich könnten dabei sein, aber ich verstehe, dass ihr nicht länger warten wollt, um zu heiraten. Können wir einen Empfang geben, wenn ihr wieder zu Hause seid?«

»Du bist nicht böse, Mom?«, fragte ich, schockiert und erstaunt.

»Ich wäre niemals böse. Du und Rebecca wurdet dazu erzogen, eure eigenen Entscheidungen zu treffen. Wenn das das Richtige für dich ist, dann sei glücklich und genieße es. Hochzeiten können mehr Ärger machen, als sie wert sind, aber die Ehe ist das, was wirklich zählt. Sei glücklich, mein Schatz.«

Tränen liefen mir über das Gesicht und ich nickte. »Danke, Mom. Kann ich mit Dad sprechen?«

»Ich liebe dich, Claire. Herzlichen Glückwunsch, mein Schatz«, sagte sie.

Ich dankte ihr und hörte, wie das Telefon zwischen meinen Eltern hin- und hergereicht wurde, bevor die Stimme meines Vaters durch die Leitung dröhnte: »Herzlichen Glückwunsch, mein kleines Mädchen.«

»Danke, Dad. Ich wünschte, ihr wärt hier.«

»Nun, wenn Aidan uns in diesen Teil des Plans eingeweiht hätte, wären wir in ein Flugzeug gestiegen.«

Ich lachte. »Das war nicht geplant, Dad. Wir wollten einfach nicht warten. Ich meine, nicht so, nur ...«

»Ist schon in Ordnung, mein Schatz. Dein Dad macht sich keine Illusionen darüber, dass du oder deine Schwester bis zur Ehe gewartet habt, um euren Mann zu lieben. Ich wollte auch nicht warten, um deine Mom zu heiraten. Wir haben uns so sehr geliebt, dass wir bereit waren, zum Friedensrichter zu gehen, aber du kennst ja deine Großmütter.«

Ich lachte, als ich mir vorstellte, wie meine Großmütter gleichzeitig einen Anfall bekamen, weil meine Eltern keine große Hochzeit hatten. »Ich kann mir vorstellen, dass das nicht so gut angekommen wäre.«

»Nicht im Geringsten. Hör zu, mein Schatz, das ist vielleicht nicht der richtige Zeitpunkt, aber deine Mom und ich haben Geld für deine Hochzeit zurückgelegt. Wir wollten dir helfen, wie wir es bei Rebecca getan haben, aber da ihr die Dinge ein bisschen anders macht, wollt ihr das Geld vielleicht für das Haus verwenden. Das ist eure Entscheidung, du und Aidan, aber ich wollte, dass du davon weißt. Ihr könnt in den nächsten Tagen darüber reden und sehen, was ihr denkt.«

»Wow, Dad, danke. Bist du sicher?«

»Ja, mein kleines Mädchen. Wir hatten das Geld für dich. Hör zu, kann ich kurz mit Aidan sprechen?«

Ich sah meinen zukünftigen Ehemann an und verabschie-

dete mich von meinem Dad, bevor ich das Telefon weiter-
reichte. Ich versuchte verzweifelt, ihr Gespräch zu
belauschen, aber es funktionierte einfach nicht. Aidan
stimmte allem zu, was mein Dad ihm sagte, und nach einer
Minute legte er auf.

»Worum ging es da?«

»Er wollte sichergehen, dass ich dich nicht dazu zwinge.
Und er wollte mich in der Familie willkommen heißen. Bist
du bereit?«

Ich sah zu Aidan auf und wusste, dass ich in meinem
Leben noch nie für etwas bereiter gewesen war. »Absolut.«

KAPITEL 23

AIDAN GING ZURÜCK zu seinem Platz am Altar. Die Musik begann von Neuem und ich ging erhobenen Hauptes den Rest des kurzen Weges zum Altar.

»Sind wir so weit?«, fragte Marilyn, als Aidan meine Hand nahm. Wir standen vor ihr, eine geschlossene Front, und nickten.

»Gut, dann können wir anfangen. Wir sind heute hier zusammengekommen, um diese beiden Menschen zu vermählen. Aidan und Claire stehen für die Art von Liebe, die wir hier gerne sehen. Ihre Liebe ist wahrhaftig und rein, eine Liebe, die sich in jedem Blick, jeder Berührung und jedem Wort zwischen ihnen zeigt. Von dem Moment an, als ihr beide hereinkamt, wusste ich, dass ihr etwas Besonderes seid, aber wie besonders, wurde mir erst vor wenigen Augenblicken klar, als Aidan bereit war, von all dem hier Abstand zu nehmen, wenn du, Claire, es so gewollt hättest. Und zu sehen, wie Aidan dir genau das gegeben hat, was du brauchtest, um das Selbstvertrauen zu haben, dies durchzu-ziehen, zeigt mir, wie gut ihr beide euch kennt und wie tief euer Vertrauen, eure Liebe und euer Respekt füreinander sind.«

Aidan und ich sahen uns an und er zwinkerte mir zu. Ich drückte seine Hände. Wärme durchflutete mich, als ich in die Augen meines Bräutigams blickte, des Mannes, mit dem ich den Rest meines Lebens verbringen würde. In diesem Moment war ich so erfüllt von Glück, dass ich fürchtete, ich würde platzen.

»Ihr habt beide ein Ehegelübde vorbereitet, das ihr teilen möchtet, und ich lade euch ein, es jetzt zu sprechen. Aidan, du bitte zuerst.«

Er lächelte Marilyn an und richtete seine Aufmerksamkeit dann wieder auf mich. »Claire, ich liebe dich schon seit Jahren. Ich habe dir all die Gründe genannt, warum ich dich liebe, aber was ich dir noch nicht erzählt habe, ist, wie es war, als ich dich das erste Mal sah. Es war dein erster Arbeitstag und du bist Jenn gefolgt. Als ich in den Besprechungsraum kam, hast du dir gerade eine Tasse Kaffee eingeschenkt. Ich konnte dein Gesicht nicht sehen, aber ich hörte dich über etwas lachen, das Jenn gesagt hatte, und das Geräusch deines Lachens erfüllte mein Herz. In diesem Moment wollte ich dich am liebsten über meine Schulter werfen und dich von allen und allem wegschleppen. Ich beobachtete deine Hände, wie sie Sahne und Zucker in deine Tasse gaben, und stellte mir deine zarte Berührung auf meiner Haut vor. Als du dich umgedreht hast und sich unsere Blicke trafen, dachte ich, jemand hätte die ganze Luft aus dem Raum gesaugt. Du warst und bist immer noch die schönste Frau, die ich je gesehen habe. Ich habe meinen Eltern an diesem Abend erzählt, dass ich, auf die eine oder andere Weise, einen Weg finden würde, dich in meinem Leben zu haben, solange du mich haben wollen würdest. Ich gelobe heute, zu diesem Wort zu stehen. Ich werde dich wertschätzen, dich lieben, dich verehren, alle Tage meines Lebens. Ich werde an deiner Seite stehen und deine Dämonen besiegen, deine Angreifer abwehren und dich gegen jeden verteidigen, der es wagt, dich infrage zu stellen. Ich werde den Rest meiner Tage, die guten und die schlechten, damit verbringen, Gott dafür zu danken, dass er dich in mein Leben gebracht hat, und versuchen, dem Mann gerecht zu werden, den du siehst, wenn du mich ansiehst. Ich liebe dich so sehr, Claire.«

Tränen strömten über meine Wangen, als ich seinen Worten lauschte. Mein Herz schlug schnell in meiner Brust, als ich mich an denselben Tag erinnerte, den er beschrieb. Ich hatte ihn für verrückt gehalten, so wie er mich angestarrt hatte. Das war einer der Gründe, warum ich ihn nicht kennenlernen wollte. Zu hören, dass er mich von diesem ersten Moment an gewollt hatte, war der größte Schock meines Lebens.

»Ich erinnere mich an diesen Tag. Ich liebe dich auch schon seit Jahren, das weißt du. Heute und jeden Tag von nun an gelobe ich, dein Leben so schwierig wie möglich zu machen. Ich gelobe, dich herauszufordern, jeden Tag mit Leidenschaft zu leben. Ich gelobe, dich anzuspornen, deine Träume zu verfolgen. Ich gelobe, mit dir zu streiten, wenn du dir selbst nicht treu bist. Ich gelobe auch, dein Leben jeden Tag besser zu machen. Ich gelobe, dein Partner bei jeder Entscheidung zu sein. Ich gelobe, dich zu unterstützen, auch wenn ich nicht weiß, warum. Ich gelobe, mutig genug zu sein, mit dir Risiken einzugehen. Ich gelobe, das Leben mit dir gemeinsam in Angriff zu nehmen. Ich gelobe, dich von ganzem Herzen zu lieben. Jetzt und für immer bin ich dein, Aidan.«

Aidan und ich lehnten uns zueinander, auf halbem Weg zu einem Kuss, als wir erstarrten und zu Marilyn blickten. Sie lächelte uns an, ihre Augen funkelten mit unterdrückten

Tränen. Wir traten einen Schritt voneinander zurück, denn wir wollten, dass dieser Kuss unsere Ehe seal.

»Das war wunderschön. Und nun, die Ringe?«

Mein Herz schlug mir bis zum Hals. Wir hatten das nicht nur nicht geplant, sondern wir hatten auch keine Ringe. Panik überkam mich, bis ich zu Aidan blickte, der in seiner Tasche kramte. Ich kniff die Augen zusammen und legte den Kopf schief, während ich mich fragte, was um alles in der Welt er da tat.

Unter meinem erstaunten Keuchen kamen zwei glänzende Schmuckstücke aus seiner Tasche. Aidan zwinkerte mir zu, als er die Ringe auf das Buch legte, das Marilyn hielt. »Sie haben auch ein Juweliergeschäft. Ich habe sie ausgesucht, während du dich fertig gemacht hast. Wenn sie dir nicht gefallen, hat Marilyn gesagt, wir können sie umtauschen.«

Ich griff wieder nach seiner Hand und mein unaufhörliches Lächeln kehrte zurück. »Du bist perfekt.«

Aidan zwinkerte mir erneut zu, dann wandten wir uns Marilyn zu. »Diese Ringe sind ein äußeres Zeichen eurer Liebe. Ihr tragt diese Ringe, um der Welt zu zeigen, dass ihr Teil einer Verbindung seid, eine Hälfte eines Ganzen. Ich spreche einen Segen über diese Ringe aus, dass sie euch für immer aneinander binden mögen, in Liebe und Glück. Aidan, bitte nimm Claires Ring.«

Er hob einen Ring von dem Buch und griff nach meiner linken Hand. Aidan hielt den Ring unter seinen Fingern verborgen, während er ihn mir an den Finger steckte und sagte: »Mit diesem Ring nehme ich dich zur Frau.«

Als das Band an die Basis meines Fingers glitt, blickte ich endlich darauf hinab. Aidan hatte ein schlichtes Platinband mit Diamanten und Amethystsplittern gewählt, die in die Mitte des Bandes eingelassen waren. Er funkelte in dem

Meer aus Weiß, das uns umgab, und war die perfekte Ergänzung zu meinem Verlobungsring.

Wieder stiegen mir Tränen in die Augen und verschleierten meine Sicht. Aidan drückte meine Finger, holte mich in den Moment zurück, und ich hob meinen Kopf von meinen wunderschönen Ringen, die noch neu an meinem Finger waren.

Ich nahm den Ring, den Aidan für sich selbst ausgesucht hatte, von Marilyns Buch, wiederholte seine Worte und steckte ihm sein Platinband mit einem Diamantsplitter und zwei eingelassenen Amethystsplittern an den Finger.

Marilyns Stimme durchbrach meinen Glücksrausch. »Hiermit erkläre ich euch zu Mann und Frau. Du kannst ihr jetzt endlich diesen Kuss geben, Aidan.«

Lachend fielen Aidan und ich uns in die Arme. Unsere Lippen trafen sich stürmisch. Es fühlte sich an, als hätte ich ihn eine Ewigkeit nicht geküsst. Seine Hand glitt um meinen Nacken und zog mich näher, während seine Zunge meine Lippen erkundete. Ich gab ihm nach, und seine Zunge drang zwischen meine Lippen, sobald sie sich teilten. Er hielt mich fester, sein Kuss versprach die kommende Lust. Ich klammerte mich an ihn, unfähig, meinen Ehemann loszulassen.

Wahnsinn! Ich hatte einen Ehemann.

Ich lächelte bei dem Gedanken und löste damit unbeabsichtigt unseren Kuss. Aidans Augen waren schläfrig und sexy, aber nichts übertraf das Lächeln auf seinem Gesicht. »Was hältst du davon, wenn wir tanzen?«, fragte er, und sein Grinsen wurde von Sekunde zu Sekunde breiter.

»Ich weiß nicht, Aidan. Ich will nicht zu irgendeinem alten Lied tanzen. Ich will tanzen zu-«

Ich hörte auf zu reden, als ich die ersten Takte von „At Last" hörte, dem Lied, das ich Aidan als unseren ersten Tanz genannt hatte. Er grinste mich an, als hätte er im Lotto gewonnen.

»Sie hatten es. Tanz mit mir, meine Frau.«

Ich lächelte ihn an und ließ mich von ihm in seine Arme ziehen. Während unseres Kusses hatte Marilyn einige Stühle beiseite geräumt und nun war im Gang genug Platz für uns, um gemeinsam zu unserem Lied zu tanzen. Aidan hielt mich fest, unsere Körper aneinandergepresst, unsere Hände umschlossen und an seiner Brust ruhend. Meine andere Hand lag auf seiner Taille und seine ruhte tief auf meinem Rücken und führte mich über die kleine, behelfsmäßige Tanzfläche.

»Das ist perfekt, mein Mann«, sagte ich, ohne meinen Kopf von seiner Brust zu heben. Sein gleichmäßiger Herzschlag beruhigte mich und passte perfekt zur langsamen und friedlichen Melodie der Musik. Wir tanzten langsam, drehten uns und hielten uns fest, und genossen die ersten Momente unserer Ehe.

Als das Lied endete, küsste Aidan mich erneut und wir drehten uns um, um Marilyn zu danken. Sie reichte uns eine Einwegkamera. »Wir haben ein paar Fotos gemacht. Es wird auch noch mehr online geben. Ich schicke euch den Link. Alle Bilder sind lizenzfrei, ihr könnt also so viele ausdrucken, wie ihr möchtet, und sie für jeden Zweck verwenden, ohne euch um Urheberrechte sorgen zu müssen. Es war eine Freude, euch beide zu trauen. Ihr habt mich daran erinnert, warum wir diesen Ort gegründet haben. Genießt euer gemeinsames Leben.«

Wir umarmten Marilyn und machten uns auf den Weg nach draußen. Die Sonne war tief an den Himmel gesunken. Mit einem breiten Grinsen fuhren wir zurück zum The Mirage zum Abendessen und zum Cirque du Soleil.

Das Abendessen und die Show waren fantastisch. Ich hatte noch nie etwas so Spektakuläres oder Fantasievolles wie den Cirque du Soleil gesehen. Sogar Aidan gab zu, dass es sensationell war. Als die Show vorbei war und wir wieder im Auto saßen, gestanden wir uns beide, wie erschöpft wir waren.

»Irgendwas sagt mir, dass wir das Versprechen, uns in unserer Hochzeitsnacht zu lieben, nicht halten werden. Ich habe das Gefühl, du wirst einfach einschlafen.«

Ich gähnte laut und streckte dabei meine Arme und Beine. Müde war gar kein Ausdruck dafür, wie erschöpft ich war. Der Tag war emotional gewesen, aber auch einer der besten Tage meines Lebens. Nein, das stimmte nicht. Es war der beste Tag meines Lebens. Ohne jeden Zweifel. Aidan zu heiraten, war die beste Entscheidung, die ich hätte treffen können.

Ich ließ mich in meinen Sitz sinken und legte meinen Kopf an Aidans Schulter, während er fuhr. Wir sprachen über die Show und über unsere letzten Tage in Arizona. Wir beschlossen, noch einmal zum Grand Canyon zurückzukehren, und redeten darüber, unsere letzte Nacht in Phoenix zu verbringen. Aidan schlug einen Ausflug nach Kalifornien vor, aber wir waren uns einig, dass wir Flagstaff und Sedona erkunden wollten.

Bald darauf döste ich ein, während Aidan mein Knie rieb. Als ich wieder aufwachte, beugte er sich über mich, und hinter ihm ragte das Hotel auf. »Hey, Ehefrau, wir sind am Hotel.«

Ich murmelte missbilligend, weil ich aufstehen musste. Aidan half mir aus dem Auto, nahm mich dann auf seine Arme und riss mich damit erschreckend schnell aus meiner Schläfrigkeit. »Aidan, du tust dir noch weh. Ich bin zu schwer für dich.«

»Also, erstens mal, autsch. Ich bin stark genug, um dich zu tragen. Zweitens soll ein Ehemann seine Frau über die Schwelle tragen.«

»Zuhause, und nicht vom Auto aus. Aidan, du wirst dich ernsthaft verletzen.«

»Wenn du nicht aufhörst, dich zu bewegen, vielleicht, aber wenn du still halten kannst, werde ich meine wunderschöne Frau problemlos bis zu unserem Bett tragen.« Bei der Vorstellung, wieder mit Aidan im Bett zu sein, durchzuckte es mich wie ein Blitz. »Das scheint dich ja aufgeweckt zu haben.«

»Ich glaube, ich bekomme meine zweite Luft«, sagte ich, als ich mich an seinen Hals schmiegte. Ich drückte meine Lippen auf seine nackte Haut und küsste ihn direkt neben seinen Adamsapfel, dann fuhr ich mit meiner Zunge über dieselbe Stelle.

»Oh, du meine Güte, Baby. Ich schaffe es nicht, wenn du damit weitermachst.«

Also tat ich es natürlich wieder. Aidan hielt mitten auf dem Flur inne und atmete tief durch. Ich fuhr mit den Zähnen über sein Schlüsselbein und ließ meine Finger über seinen Brustwarze tanzen.

»Du bist teuflisch, Ehefrau«, knirschte er, während er wieder losging. Ich ließ mit meinen Neckereien nach, bis wir vor unserer Tür standen. Ich zog meinen Schlüssel heraus und schloss die Tür auf. Aidan stieß sie auf und stürmte hinein. Die Tür knallte hinter uns zu und Aidan ließ mich auf das Bett nieder, wobei er sein Hemd auszog, als er sich über mich beugte.

»Ich liebe dich«, sagte er. Er stützte sein Gewicht ab, doch er berührte mich von Kopf bis Fuß. Die Hitze, die von seinem Körper ausstrahlte, machte mich noch heißer.

»Ich liebe dich, Aidan«, erwiderte ich, bevor er mich küsste.

Seine Lippen senkten sich langsam auf meine und neckten mich so, wie ich ihn geneckt hatte. Seine sanften Küsse entfachten ein langsam brennendes Feuer in meinem Körper, die Hitze breitete sich von unseren Lippen in den Rest meines Körpers aus, und das Feuer sammelte sich dort, wo unsere Körper zwischen meinen Schenkeln aufeinandertrafen. Der einzige Teil von Aidan, der sich bewegte, waren seine Lippen, die mich immer weiter in den Wahnsinn trieben. Ich stöhnte frustriert auf und er lachte.

»Wirst du ungeduldig, Ehefrau?«

»Ja, Ehemann. Ich will mit meinem Mann schlafen, aber er neckt mich.«

»Ich necke dich nicht. Ich will mir heute Nacht nur Zeit mit dir lassen. Wir haben nur ein erstes Mal als Mann und Frau. Ich werde es nicht überstürzen.«

Er küsste mich weiter, während mein Herz sich mit derselben Wärme füllte, die sich zwischen meinen Beinen staute. Ich fuhr mit meinen Händen über Aidans glatte Haut, prägte mir das Gefühl seiner Haut ein, das Spiel seiner Muskeln, die Hügel und Täler seines Körpers. Als meine Finger sich zu seiner Brust bewegten, verlor er die Kontrolle. Er stieß seine Zunge in meinen Mund und drückte gleichzeitig seine Hüften gegen meine.

Ich stöhnte bei dem Gefühl, das er in mir auslöste, bei dem Versprechen, das er mir bot. Er küsste mich, bis ich mich an ihm rieb, verzweifelt danach, mehr von seinem Körper zu spüren. Gemeinsam zogen wir uns aus, entledigten uns all unserer Kleidung, bis nur noch mein pfirsichfarbener Tanga zwischen uns war.

»Ich bin froh, dass ich nicht wusste, dass das alles war, was du unter diesem Kleid anhattest. Das hier«, sagte er, während er mit einem Finger über das dünne Stück Stoff glitt, »ist sexy.«

Meine Hüften bockten gegen seine Hand, verzweifelt nach seiner Berührung.

»Ich liebe dich, Claire.«

»Ich liebe dich, Aidan.«

Mit auf mir ruhendem Blick senkte er sich zwischen

meine Beine, sein Atem fächerte über meinen Bauch und meine Oberschenkel. Er blickte zu mir hinunter, noch immer von meinem Höschen bedeckt, und senkte sein Gesicht dorthin. Seine Lippen schlossen sich über mir und saugten mit dem Rest von mir meinen Tanga in seinen Mund. Das Reiben des Stoffes auf meiner empfindlichen Haut ließ meinen ganzen Körper zucken.

Seine Zunge schnellte hervor, um in mich einzudringen und mich ans Bett zu heften. »Oh, Aidan«, stöhnte ich und liebte das Gefühl von ihm zwischen meinen Beinen.

»Ich werde mich immer zuerst um dich kümmern, Ehefrau. Ich brauche es aber, dass du für mich kommst. Ich kann es nicht mehr lange aushalten, bevor ich mit meiner Frau schlafe.«

Bei dem letzten Wort stieß Aidan seine Finger tief in mich und umklammerte meine Klitoris fest. All die Spannung, die er in meinem Körper aufgebaut hatte, entlud sich und ließ mich schaudern und zucken, während ich mein Höschen durchtränkte.

Als ich von meinem glorreichen Orgasmus herunterkam, ließ Aidan sich über mir nieder, seine Erektion hart zwischen uns. Mein Höschen war endlich weg und ich spürte meinen Mann zwischen meinen Beinen.

»Du bist so wunderschön, Ehefrau.«

»Du siehst auch nicht schlecht aus, Ehemann.«

Aidan glitt in mich, während wir sprachen, und füllte mich bis zum Bersten aus. Hitze durchflutete meine Adern und strömte aus meinem Körper. Ich hob meine Knie an seine Seiten und schlang meine Beine um seine Hüften, um ihn nah bei mir zu halten. »Du fühlst dich so gut an, meine wunderschöne Frau. Ich liebe dich.«

»Ich liebe dich«, flüsterte ich, denn die Empfindungen, die mich durchströmten, waren mehr, als ich ertragen konnte. Ich bog meine Hüften in Aidans Hüften, verzweifelt nach der Erlösung durch die blendende Lust.

Aidan spürte mein Verlangen und stieß härter und tiefer in mich, wobei er seine Stöße langsam und gleichmäßig hielt. Mit jeder Vereinigung unserer Körper baute sich ein Feuer in mir auf, wie zwei aneinander geriebene Hölzer. Das langsame, leidenschaftliche Liebesspiel ließ mich nach Luft schnappen, verzweifelt danach, zu kommen, und wimmernd vor Verlangen.

Ich zog Aidan für einen Kuss zu mir herunter, übernahm die Kontrolle und zwang meine Zunge in seinen Mund, gierig nach einer Erlösung. Seine Küsse schürten das Feuer in mir. Keuchend und schreiend löste ich den Kuss. Aidan bewegte sich schneller, sein Körper prallte gegen meinen und trieb mich immer weiter in den Tornado meines Verlangens.

»Lass los, Baby. Lass es mich hören. Lass es raus, Ehefrau.«

Beim Klang meines neuen Titels sprang mein Körper über die Kante. Ich schrie seinen Namen und vibrierte, als ich in einem kraftvollen und erstaunlichen Rausch kam. Meine Reaktion riss den letzten Rest von Aidans Kontrolle mit sich, und innerhalb von Sekunden stöhnte er meinen Namen und stieß hart gegen mich, während er sich in mich ergoss.

Er kollabierte auf mir, unfähig, sich noch zu stützen. Ich hielt ihn mit meinen Armen und Beinen fest und verbrauchte meine letzte verbliebene Kraft, nur um ihn zu halten. Als er sich von mir rollte, drehte er mich zu sich und bettete meinen Kopf unter seinem Kinn.

»Du meine Güte, ich liebe dich. Claire, das ist der beste Tag meines Lebens. Dich als meine Frau zu haben ... Ich kann gar nicht in Worte fassen, wie sehr ich dich liebe.«

Ich drückte ihn fester und spürte denselben Sog der

Gefühle. »Ich dich auch«, war alles, was ich herausbrachte. Aidan schien zu verstehen und zog mich noch näher, hielt mich fest, bis sich sein Atem verlangsamte und wir beide einschliefen.

Ehemann und Ehefrau.

KAPITEL 24

DER REST unserer Reise nach Westen verging viel zu schnell. Ehe wir uns versahen, waren wir wieder in Winterville und kehrten in unser normales Leben zurück.

Nachdem wir geheiratet hatten, beschloss ich, meine Freundinnen nicht anzurufen. Ich hatte Mandy erzählt, dass wir verlobt waren, und sie würde die Neuigkeit verbreiten, aber ich wollte warten und ihnen allen persönlich sagen, dass wir beschlossen hatten zu heiraten.

Am Dienstag, nachdem wir zurückgekommen waren, eine volle Woche, nachdem wir geheiratet hatten, betrat ich das Beiß mich! für unseren wöchentlichen Mädelsabend. Aidan hatte Xander mitgenommen, um sich das neue Haus anzusehen, damit er ein paar Ideen bekommen konnte, was wir renovieren müssten. Wir hatten beschlossen, das Geld meiner Eltern zu verwenden, um Leute für die Reparaturen zu engagieren, die wir nicht selbst erledigen konnten, und Xander sagte, er würde Aidan helfen herauszufinden, welche das sein würden.

Aidan plante auch, Xander zu erzählen, dass wir geheiratet hatten, während sie sich das Haus ansahen.

Der vertraute Duft von Cupcakes stieg mir in die Nase, als ich die Tür zum Beiß mich! öffnete. Charlie schaute auf, sah mich als Erste und lächelte. Sie kam um die Ecke der Theke herum, um mir auf halbem Weg zu dem Tisch entgegenzukommen, den die anderen Mädels in der Ecke für sich beansprucht hatten.

Charlie umarmte mich, dann wurde ich an Sam, dann an Addi, dann an Lexi und schließlich an Mandy weitergereicht, bevor man mich sanft auf einen Stuhl drückte. Charlie stellte einen Teller mit drei Cupcakes vor mich, während mir alle gratulierten und mich mit Fragen über die Hochzeit löcherten.

»Lass mal den Ring sehen«, sagte Sam lauter als die anderen.

Ich streckte meine Hand in die Mitte des Tisches, damit sie sich meine Ringe ansehen konnten, und fragte mich, ob ihnen auffallen würde, dass ich zwei Ringe trug.

»Warum hat er dir einen zweiten Ring geschenkt? Hebt man sich das nicht auf, bis man verheiratet ist?«, fragte Addi unschuldig.

Ich errötete und Mandy quietschte auf. »Das ist nicht dein Ernst. Ihr habt geheiratet, oder?«

Ich nickte und sie sprangen alle auf, um mich wieder zu umarmen. »Wie?« »Wann?« »Wo?«, stürmte es auf einmal auf mich ein. Charlie verschwand, kehrte aber schnell mit einer Flasche Wein und sechs Gläsern zurück.

»Hier, den nehme ich normalerweise zum Kochen, aber es ist ein guter Wein. Wir müssen anstoßen.«

Charlie öffnete die Weinflasche, und sie und Sam schenkten Gläser ein und verteilten sie an uns alle. Als Sam sich zu mir herüberbeugte, hielt sie inne und zog ihre Hand zurück, als hätte sie sich verbrannt. »Warte, du bist nicht schwanger, oder?«

»Meine Güte, Sam, echt jetzt?«, sagte Mandy, aber dann

hielt auch sie inne. Alle fünf drehten sich zu mir um und warteten auf meine Antwort.

Ich lachte. »Im Ernst, Mädels? Ist das der einzige Grund, der euch einfällt, warum Aidan mich heiraten würde?«

»Nein, natürlich nicht«, sagte Lexi sanft. »Aber wir alle wissen, dass ihr noch nicht so lange zusammen seid, und dann kommt ihr als verheiratetes Paar zurück. Die Frage ist schon einigermaßen berechtigt.«

»Na ja, es gab zwar reichlich Gelegenheiten, schwanger zu werden, aber nein, ich bin es nicht. Wir denken noch nicht an Kinder. Wir schließen den Hauskauf in ein paar Wochen ab und werden uns darauf konzentrieren. Außerdem möchten wir lieber eine Weile verheiratet sein, bevor wir uns ins Kinderkriegen stürzen. Wir haben Zeit.«

Sam musterte mich eine Minute lang, bevor sie schließlich akzeptierte, was ich gesagt hatte. Sie reichte mir das Weinglas und wir hoben sie alle. Mandy sagte: »Auf Aidan und Claire. Auf eine lange und glückliche Ehe voller Liebe.«

»Und voller Sex«, fügte Sam hinzu.

Wir lachten alle und nippten an unserem Wein, bevor sie wieder mit Fragen über unsere Hochzeit anfingen.

»Aidan hat mir am Grand Canyon einen Antrag gemacht. Wir blickten gerade darüber, standen einfach nur da, und er bat einen Mann in unserer Nähe, ein Foto zu machen, aber in Wirklichkeit filmte der Mann seinen Antrag. Ich dachte, er macht einen Witz, aber offensichtlich habe ich Ja gesagt. Als wir zurück im Hotel waren, überlegten wir, was wir tun sollten, und Aidan erwähnte, dass Vegas in der Nähe sei. Ich wollte mir eine Show ansehen, also sind wir hingefahren. Wir stießen auf diese süße kleine Kapelle und beschlossen, zu heiraten. Ich habe mit meinen Eltern gesprochen, als wir dort waren, und sie waren damit einverstanden. Sobald wir das Haus renoviert haben, werden wir eine riesige Party schmeißen, um die Hochzeit und die Einweihung zu feiern.

Mädels, es war so romantisch und wundervoll. Ich hätte es nicht besser planen können, wenn ich mir ein Jahr Zeit genommen hätte, aber ich bin froh, dass wir tidak gewartet haben. Ich bin seit einer Woche verheiratet und ich weiß, es ist perfekt. Er ist perfekt.«

»Das ist so süß. Ich freue mich wirklich für euch«, sagte Mandy.

»Aidan wollte es Xander heute Abend erzählen, während sie sich das Haus ansehen.«

»Vielleicht bringt er Xander ja dazu, mitzumachen, und ihr könnt auch heiraten«, neckte Sam sie.

»Oh, nein«, protestierte Mandy. »Werft mich da nicht in einen Topf. Ich liebe Xander, aber wir lernen uns auch noch kennen. Claire und Aidan haben jahrelang zusammengearbeitet. Das ist ja nicht so, als wäre das eine plötzliche Sache.«

»Das haben wir auch gesagt. Wir sind schon lange Freunde. Sich zu verloben und zu heiraten war für uns das Richtige. Wir wollten tidak warten, weil wir beide wussten, dass wir mit der Suche fertig waren.«

»Ich suche auch tidak mehr, aber für Xander und mich ist es noch nicht so weit. Ich kann mir zwar vorstellen, ihn zu heiraten, und wir haben auch darüber gesprochen, aber es ist einfach nicht der richtige Zeitpunkt für uns.«

Ich machte mir Sorgen, dass Mandy anfing, ihre Beziehung zu Xander infrage zu stellen. Das Letzte, was ich wollte, war, dass ihr Glück durch meines beeinträchtigt wurde. Sie war wie eine Schwester für mich, und ich wollte tidak, dass sie dachte, Xander würde sie tidak lieben, nur weil sie noch tidak verheiratet waren.

Die Unterhaltung um uns herum ging weiter, und ich fragte sie, ob sie in Ordnung sei. »Ja. Ich freue mich für euch. Ich will nur tidak, dass jetzt alle Xander und mich zur Ehe drängen. Ich habe Angst, dass er das Weite sucht, wenn er denkt, dass ich ihn unter Druck setze.«

»Er liebt dich, Mandy. Er wird nirgendwo hingehen. Aber wenn du bereit bist zu heiraten, solltest du mit ihm reden.«

Sie zuckte mit den Schultern und warf einen Blick auf die anderen, die immer noch in ihr Gespräch vertieft waren. »Ehrlich gesagt hatte ich nicht einmal darüber nachgedacht, bis du dich letzte Woche verlobt hast. Du und Aidan seid kürzer zusammen als Xander und ich, und ich schätze, ich frage mich, ob er mich tidak so sehr liebt, wenn er nicht bereit ist, sich an mich zu binden.«

»Er ist dir treu, Mandy. Das weißt du. Du darfst deine Beziehung tidak mit meiner vergleichen. Wie du schon sagtest, Aidan und ich kennen uns seit Jahren. Es ist nichts Falsches daran, dass du und Xander noch nicht verheiratet oder verlobt seid. Mach dich nicht verrückt, nur weil ich geheiratet habe.«

Mandy schüttelte den Kopf und schien ihre Gedanken zu ordnen. »Du hast recht. Ich liebe Xander, und das ist es, was zählt. Wir werden heiraten, wenn es für uns der richtige Zeitpunkt ist.«

»Ja, das werdet ihr. Oh, da kommen sie ja gerade.«

Xanders Blick wich nicht von Mandy, und ich wusste, es würde tidak mehr lange dauern, bis er ihr einen Antrag machte. Aidan zwinkerte mir zu, als er näher kam, und las meine Gedanken, wie er es schon seit Jahren tat.

»Stören wir euren Abend, meine Damen?«, fragte Aidan.

»Überhaupt tidak. Wir haben auf die frischgebackene Braut angestoßen«, sagte Lexi zu ihm. Aidan zog mich hoch und gab mir vor allen einen Kuss, bei dem sich mir die Zehennägel aufrollten. Pfiffe und Jubelrufe brachen hinter mir aus, als Aidan mich nach hinten beugte, um unseren Kuss zu vertiefen. Als er mich schließlich wieder aufrichtete, stahl er meinen Stuhl und zog mich auf seinen Schoß. Er blickte auf den Teller vor mir, auf dem noch ein Cupcake lag.

Derselbe Cupcake, mit dem er mich vor Monaten gefüttert hatte, als wir das erste Mal ausgingen.

Aidan zog eine Augenbraue hoch, seine Augen verdunkelten sich, und er zog mich zu sich heran. »Den nehmen wir mit nach Hause, Ehefrau. Und ich werde großen Spaß dabei haben, ihn zu verschlingen, nachdem ich deinen Körper mit dem Zuckerguss bedeckt habe.«

Er leckte über meinen Hals und knabberte an meinem Ohr, was Lustschauer durch meinen Körper schickte.

Xander hob ein Glas und stieß erneut auf uns an, wobei er Mandys Glückwünsche wiederholte. Wir nahmen alle noch einen Schluck, und ich blickte in die Runde zu meinen Freunden und meinem Ehemann. »Xander hat ein paar tolle Ideen für das Haus. Und es sieht so aus, als könnten wir in etwa sechs Wochen mit allem fertig sein.«

»Das klingt großartig. Danach können wir die Party feiern.«

»Genau, 27. September, haltet euch alle den Termin frei. Das wird unser Hochzeitsempfang und unsere Einweihungsparty. Wir erwarten euch alle. Oh, und Charlie, wir brauchen ein paar hundert Cupcakes. Sam, hoffentlich kannst du ein paar Fotos für uns machen.«

»Natürlich«, antworteten beide.

Wir redeten alle über Hauspläne und Empfangspläne und über den Rest des Sommers. Nach einer Weile brachen alle auf. Aidan und ich standen zusammen mit Xander und Mandy auf und gingen gemeinsam hinaus, mit dem letzten Cupcake.

Wir verabschiedeten uns von unseren Freunden und wandten uns unserer Wohnung zu. »Komm, Ehefrau, ich bringe dich nach Hause und werde dich lieben.«

Ich lächelte. Besser konnte das Leben nicht sein.

EPILOG

LEXI

»Auf Claire und Aidan«, klang es im Chor um mich herum. Ich hob mein Glas und stieß auf das Paar an. Claire und Aidan feierten ihre Hochzeit und ihr neues Haus, und alle waren gekommen, um ihnen zu gratulieren.

Ich freute mich für sie. Obwohl ich Claire kaum gekannt hatte, als sie heirateten, mochte ich sie wirklich sehr. Aidan schien ihr auch guttun. Er holte sie aus ihrem Schneckenhaus und half ihr zu heilen – etwas, das sie vor Aidan ganz offensichtlich nicht geschafft hatte.

Ich nippte an meinem Glas Champagner und wünschte mir stattdessen ein Bier. Es gab irgendwo Bier, aber für die Trinksprüche wurde Champagner ausgeteilt. Mandy sprach, dann Claires Vater, dann Aidans Vater. Es war süß.

Seit ich Claire in den letzten Monaten kennengelernt hatte, wurde mir klar, wie wichtig es für sie war, dass ihre Eltern da und glücklich waren. Claire arbeitete härter als fast jeder, den ich kannte, und Aidan stand ihr in nichts nach. Sie hatte es geschafft, ihr Programm rechtzeitig zum Schuljahr auf die Beine zu stellen, und hatte es zuerst an Addis Schule gebracht. Never Alone startete mit einer riesigen Resonanz von den Lehrern und Eltern. Die Schüler, mit denen Claire zuerst sprach, nahmen ihre Botschaft an, und Addi sagte, es habe ein paar Schüler gegeben, die sich gemeldet hätten, um anderen zu helfen, nachdem sie Claire hatten sprechen hören.

Never Alone entpuppte sich als ein riesiger Erfolg. Genau wie ihre Ehe und ihr neues Haus.

Xander und Aidan hatten an dem neuen Haus gearbeitet und es in etwas wirklich Spektakuläres verwandelt. Als die Trinksprüche verklangen, schlenderte ich mit einem Bier durch das Haus. Die Küche war vollständig entkernt und durch neue Schränke, Arbeitsplatten und Geräte ersetzt worden. Die originalen Holzböden erstreckten sich durch das gesamte Haus, passten zu den Schränken und verbanden den ganzen Raum.

Eine riesige Couch füllte das Wohnzimmer, eine, auf der ich mich am liebsten ausgestreckt hätte. Ich lächelte in mich hinein bei dem Gedanken, wie Claire und Aidan die Couch einweihen würden. Ich hoffte, sie hatten es getan. Ich schlenderte weiter, vorbei an Claires Heimbüro, einem Abstellraum, einem Gästezimmer und landete schließlich in Claires und Aidans Schlafzimmer.

Ich warf nur einen kurzen Blick hinein, um nicht in ihre Privatsphäre einzudringen. Ein Kingsize-Bett dominierte den Raum, zusammen mit passenden Kommoden und Nachttischen. Ein großes Bild von Aidan, der vor dem Grand Canyon kniete, hing auf der einen Seite des Raumes und ein weiterer großer Abzug von ihrer Hochzeit auf der anderen. Es war eindeutig ein Ort, an dem sie viel Liebe teilten.

Liebe.

Das war ein Fremdwort für mich. Ein Wort, das ich kaum hörte, außer wenn einer meiner Eltern etwas wollte. Als Scheidungskind wurde ich hin- und hergeschoben und von beiden Elternteilen manipuliert. Liebe war nichts, was ich gut kannte.

Ich glaube, deshalb reagierte ich auf Claire, als sie und Aidan anfingen, sich zu treffen. Ich hatte das Gefühl, jemanden getroffen zu haben, der genauso über die Liebe dachte wie ich.

Am Ende bin ich aber froh, dass Claire nicht wie ich war. Ich bin froh, dass sie in der Lage war, ihr Herz zu öffnen und Liebe anzunehmen. Ich wollte nicht, dass jemand anderes dasselbe Schicksal erleidet wie ich. Liebe schien etwas Wunderbares zu sein. Die Leute, die ich kannte und die behaupteten, verliebt zu sein, waren normalerweise glücklich, und wenn sie es nicht waren, hatten sie jemanden, mit dem sie ihren Kummer teilen konnten.

Aber nicht ich. Ich war allein.

Na ja, nicht ganz. Ich hatte meine neuen Freunde. Ich hatte Charlie. Und wenn ich ihn brauchte, hatte ich auch Mike.

»Wo ist Mike heute Abend?«, fragte Charlie und unterbrach meine Gedanken, als sie mich in Claires und Aidans Zimmer fand.

Ich warf ihr einen verlegenen Blick zu, aber Charlie zuckte nur mit den Schultern. Es brachte sie nicht aus der Fassung, dass ich im Schlafzimmer war.

»Ich schätze, er ist zu Hause. Ich weiß es nicht genau.«

Mike war meine Freundschaft plus. Wir waren schon lange zusammen, aber unsere Beziehung war rein körperlich. Er war nicht mein fester Freund, und das war für mich in Ordnung. Eigentlich bevorzugte ich es so. Es war einfacher.

»Ich weiß nicht, ob ich dich jemals verstehen werde. Ich kann nicht mit einem Kerl schlafen, wenn es nicht mehr als nur Sex ist.«

Ich zuckte mit den Schultern. »Für mich funktioniert es.«

Charlie und ich kannten uns seit Jahren. Sie wusste von

meinen Eltern, aber ich hatte ihr nie die Details darüber erzählt, wie sie mich behandelt hatten, wie sie meine Liebe zu ihnen benutzt hatten, um sich gegenseitig zu verletzen. Es war mein Geheimnis, das ich zu tragen hatte, mein Problem. Meine Vergangenheit.

»Ich weiß, dass es das tut. Ich mache mir nur Sorgen, dass du am Ende verletzt wirst.«

Ich lachte. Man musste ein Herz haben, um verletzt zu werden, aber das teilte ich Charlie nicht mit. Ich wusste, sie würde mir nicht glauben, wenn ich ihr sagte, dass ich keins hatte. Sie war eine Romantikerin und so süß wie ihre Cupcakes. Sie konnte sich nicht vorstellen, dass ich so herzlos war, wie ich wusste, dass ich es war. Natürlich hatte es mir in meiner Karriere geholfen, herzlos zu sein. Ich konnte es mit jedem Mann da draußen aufnehmen und ließ mich nicht von meinen Gefühlen überwältigen.

So hatte ich Mike kennengelernt.

Als einer meiner Kollegen und Leiter des Gebäudes X-7L, einem der Produktionsgebäude bei EAAC Pigments, hatte Mike mich in Aktion gesehen. Er wusste, dass ich wild und unnachgiebig war. Er wusste auch, dass ich feurig und leidenschaftlich war. Ich lebte das in meiner Arbeit aus, und er hatte mir mehr als einmal gesagt, dass ich das auch mit ins Schlafzimmer brachte.

Deshalb funktionierten Mike und ich gut. Wir konnten uns bei der Arbeit streiten, und das taten wir ständig, und dann diese Aggression im Schlafzimmer abreagieren. Es war das, was wir beide brauchten. Keine chaotischen Emotionen, keine Gefühle, nur Sex. Heißer, schweißtreibender, leidenschaftlicher Sex.

»Ich verspreche dir, ich werde nicht verletzt werden«, versicherte ich Charlie. Sie machte sich immer Sorgen um mich. Die Wahrheit war, sie war diejenige, die wahrscheinlich verletzt werden würde. Charlie verliebte sich schneller, als ich meine Unterwäsche wechselte. Sie war als Kind von ihren Eltern verlassen und von ihrer Oma aufgezogen worden. Als ihre Oma starb, erzählte sie mir, sei sie irgendwie zusammengebrochen. Sie war nicht darauf vorbereitet gewesen, allein zu sein, und hatte seitdem nach Liebe gesucht, nur um sie immer wieder ins Gesicht geschlagen zu bekommen.

Das würde ich nicht durchmachen. Ich kannte die Wahrheit über die Liebe. Und es gab keine Möglichkeit, dass ich riskieren würde, dass sie mich wieder verletzte.

»Niemand wird es bemerken, wenn wir für ein paar Minuten weg sind«, sagte eine geflüsterte Stimme vor der Schlafzimmertür. Charlie und ich sahen uns an und gingen dann zur Tür.

Ein leises Kichern berührte etwas in mir. Sie klangen glücklich. Ich hoffte, sie waren es. Es frustrierte mich jedoch. So vertrauensvoll, so sorglos zu sein … Nur ein einziges Mal würde ich mich gerne so fühlen. Mir keine Sorgen machen, wie schlimm mir die Dinge um die Ohren fliegen würden. Aber das taten sie immer.

»Aidan, wir haben aber Gäste«, Claires Protest endete mit einem leisen Stöhnen, das, da war ich sicher, von Aidan gezielt provoziert worden war. »Na gut, wenn wir schnell sein können«, stimmte sie schließlich zu.

Die Tür wurde aufgestoßen und Charlie und ich waren ertappt. »Wir gehen gerade«, sagten wir gleichzeitig, während wir die Tür absperrten und sie hinter uns zuzogen. Ich hörte ihr Lachen für eine Sekunde, bevor ein weiteres Stöhnen die Luft erfüllte.

Verdammt. Allein das Geräusch machte mich ganz wuschig. »Ich werde Mike anrufen müssen, wenn ich hier weggehe.«

»Bringt dich das ganze ›glücklich bis ans Ende ihrer Tage‹ dazu, deine Abmachung zu überdenken?«

Ich schüttelte den Kopf. »Nee. Unsere Abmachung ist gut. Außerdem stehen wir beide für diese Beförderung zur Wahl. Wenn einer von uns sie bekommt, müssen wir das, was wir haben, sowieso beenden.«

»Warum?«, Charlie sah verblüfft aus.

»Wer auch immer den Job bekommt, wird der Boss sein. Ich kann nicht mit jemandem schlafen, der für mich arbeitet. Das würde zu … kompliziert werden.« Chaotisch. Schwierig. Hässlich. Such es dir aus, es wäre nicht gut. Wenn wir auf Augenhöhe waren, konnten wir eine körperliche Beziehung haben und es war keine große Sache. Wenn ich Mikes Chefin wäre oder er meiner, würde Sex zu einem Mittel werden, den anderen zu manipulieren. Ein zusätzlicher Orgasmus dafür, dass ich ihn bei einem Problem unterstütze, ein Abendessen dafür, dass ich ihm die besseren Mitarbeiter gebe, mehr Sex für mehr Geld.

Darauf würde ich mich nicht einlassen.

Obwohl ich also hoffte, dass ich den Job bekommen würde, wollte ein Teil von mir, dass die Dinge so blieben, wie sie waren. Bequem. Ausgeglichen.

Schade, dass ich das Ergebnis nicht kontrollieren konnte.

VIELEN DANK, dass du Claire und Aidan kennengelernt hast! Ich hoffe, ihre Geschichte hat dich genauso berührt wie mich!

Die Serie wird mit Lexis Geschichte fortgesetzt. Sie wollte nie Liebe. Sie hat in ihrer Kindheit zu viel Schaden angerichtet, als dass sie es zulassen könnte, ihr Leben als Erwachsene durcheinanderzubringen. Sie war glücklich mit ihrer Freundschaft-plus-Beziehung mit Mike. Aber als er ihr Chef wird und sich weigert, einen Rückzieher zu machen, muss sie entscheiden, ob es im Leben mehr gibt als nur

Arbeit. Hol dir jetzt dein Exemplar von *Wohlproportioniert und atemberaubend*!

WILLST du etwas mit ein bisschen mehr Nervenkitzel? Beginne noch heute meine Romantic-Suspense-Serie. Sie ist eine kurvige Frau, die die Liebe so gut wie aufgegeben hat. Er ist der beste Freund ihres Bruders und ein sexy, knallharter SEAL. Zusammen müssen sie seinen Bruder finden, und vielleicht auch sich selbst. *Freiheit* ist jetzt erhältlich.

ALLE MEINE DEUTSCHEN Bücher finden Sie hier.

Die *USA TODAY*-Bestsellerautorin Mary E. Thompson verbrachte den größten Teil ihrer Kindheit damit, sich zu wünschen, sie hätte ein paar Kurven weniger. Sie flüchtete sich in die Seiten von Büchern, weil es ihren Lieblingsfiguren egal war, welche Kleidergröße sie trug. Heute ist das auch Mary egal, und sie schreibt Geschichten, die Frauen wie sie feiern. Echte Frauen, die Kurven haben, ihre Träume verfolgen und die Liebe finden, denn wir alle sollten glücklich sein, ganz gleich, welche Kleidergröße wir haben.

Ihre schreibfreie Zeit verbringt Mary mit ihrem Mann und ihren beiden Kindern, schaut zu viel fern, feuert die Football-Mannschaft ihrer Heimatstadt an (Go Bills!) und versteckt Schokolade vor ihrer Familie.

Besuche https://maryethompson.com/pages/deutsch, um dich für Marys Newsletter anzumelden. Abonnenten erhalten kostenlose E-Books und andere tolle Sachen, wie exklusive, nur für Mitglieder bestimmte Inhalte und Gewinnspiele, und erfahren außerdem als Erste von Neuerscheinungen und Sonderangeboten!

www.ingramcontent.com/pod-product-compliance
Lightning Source LLC
Chambersburg PA
CBHW020747310726
48969CB00002B/465